Röschen Taschenbuch

Röschen-Verlag

Danneckerstraße 20, D-60594 Frankfurt/Main
Internet: www.roeschen-verlag.de
e-Mail: frankdemant59@yahoo.de

Umschlagillustration: Shirin Franzmann
Lektorat: Stefanie Reimann
Satz: SLG Peter Ripper · peter.ripper@t-online.de
Druck: Prisma-Druck, Saarbrücken
1. Auflage

Das Geheimnis vom Kuhhirtenturm

Siebte Sachsenhäuser Kriminalepisode
von Frank Demant

Der Autor

Frank Demant, geboren 1959 in Frankfurt/Main, aufgewachsen im Stadtteil Fechenheim. Besuchte das Helmholtz-Gymnasium in Bornheim. Von 1984 bis 2005 Taxifahrer in Frankfurt. Seit Mai 2005 ist Demant freier Schriftsteller und schreibt außer Bücher gelegentlich Reportagen für das Frankfurter Fußballmagazin Zico. Spielte in der Jugend Fußball bei Eintracht Frankfurt, seit 1984 bis heute beim TSV Taras (TG Sachsenhausen).

Über allem lasten Tod und Zerfall. Das war schon seit Anbeginn so, präzise betrachtet seit dem Urknall. Der Mensch hätte sich inzwischen also daran gewöhnen können.

Trotzdem beschlich Herrn Schweitzer ein mulmiges Gefühl. Dabei ging er gerne auf Friedhöfen spazieren, studierte die Grabinschriften und malte sich aus, welche längst vergangenen Lebensgeschichten sich dahinter wohl verbargen. Berufsbezeichnungen wie Dichterin, Rittmeister oder Bäcker beflügelten seine Phantasie, aber auf den wenigsten Grabsteinen stand geschrieben, auf welche Art die Betreffenden ihr Brot zu Lebzeiten verdient hatten. Sehr anregend fand Herr Schweitzer auch die eingemeißelten Geburtsorte. Dann nämlich durchforstete er sein Wissen über jene Gemeinden oder größere Städte und wie es dort wohl zu Lebzeiten des Verblichenen ausgesehen haben mochte. Manche Orte sagten ihm rein gar nichts, bei anderen war es aufgrund der Schreibweise immerhin klar, daß sie irgendwo in Frankreich liegen mußten; wenn nicht dort, dann zumindest in einer Gegend, wo französisch gesprochen wurde. Das konnte dann zum Beispiel Belgien oder eine der ehemaligen Kolonien des Nachbarlandes sein. Dazu fiel ihm immerhin Indochina, Algerien, Martinique und Mocambique ein. Herrn Schweitzer war klar, daß Frankreichs Kolonialreich noch bedeutend größer gewesen war, aber seine Gedanken diesbezüglich machte er sich stets en passant, im Vorbeischlendern sozusagen. Auch empfand er die schattenspendenden Bäume gerade in den Sommermonaten als sehr angenehm. Man hätte meinen können, sie seien extra wegen der Toten gepflanzt worden, um ihre mißliche Lage ein wenig zu lindern. Bänke zum Ausruhen und der ein oder andere hübsch arrangierte Grabschmuck raubten der Endgültigkeit des Todes ihr Entsetzen. Waren Frau und Mann zusammen beerdigt worden, ging ihm das Herz auf, auch wenn er nicht wissen konnte, ob die Ehe vielleicht in Bahnen verlaufen war, die ein Ableben erstrebenswert gemacht hatte. Oft mußte er dann auch an seine Maria denken und daran, daß es mal wieder Zeit war, ihr einen Blumenstrauß als Zeichen seiner Liebe mitzubringen oder sie zum Essen einzuladen.

An all das dachte Herr Schweitzer, während er dem Sarg folgte. Er war nicht ganz freiwillig hier. Eigentlich wünschte er sich ein paar hundert Meter vom Südfriedhof entfernt in den Bungalow seiner Freundin. Der hatte einen wunderschönen gemütlichen Atriumsgarten, wo eine extrem belastbare Hängematte, Herr Schweitzer hatte schon wieder zugelegt, seiner harrte. Im Kühlschrank stand ein leckerer Erdbeersaft und in absehbarer Zeit hätte er sich einen kleinen Joint gegönnt und wäre, so wie es Usus war bei Sommerwetter, gemütlich hinfortgedämmert.

Aber heute würde er wohl oder übel auf seinen heiligen Mittagsschlaf verzichten müssen. Herr Schweitzer war einer der letzten in der langen Prozession. Hinter ihm folgte noch eine kleine Gruppe von vier oder fünf Personen. Neben ihm lief sein Kumpel Ferdi, der Taxifahrer. Auch der Tote, von dem er im Moment nur den Vornamen wußte, war Taxifahrer in Frankfurt gewesen. Die schwarzen polierten Schuhe vor ihm gehörten Bertha, der ältlichen Wirtin seiner Stammkneipe, wo der Tote seit knapp einem Jahr regelmäßig eingekehrt war. Und Bertha war es auch gewesen, die ihm eindringlich ins Gewissen geredet hatte, bei der Beerdigung teilzunehmen. Das könne er, Simon, doch nicht machen, einfach fortzubleiben bei so einem Ereignis, immerhin habe er mit Jens doch so manche Nacht durchzecht. Das stimmte nicht ganz, hatte Herr Schweitzer da gedacht, allenfalls ein paar Sätze hatte man in den paar Monaten gewechselt, aber er gestand sich auch ein, daß Bertha irgendwie recht hatte. Und bevor er sich mit der resoluten Wirtin auf eine längere Diskussion einließ, bei der er sowieso den Kürzeren ziehen würde, hatte er sich breitschlagen lassen. Zumal Bertha hernach die Stammgäste noch ins Weinfaß geladen hatte. Schnitzel und Bratkartoffeln, Gurkensalat und Freiwein bis zum Abwinken hatte ihr süßes Versprechen noch gestern abend gelautet, auf daß auch wirklich niemand der Grablegung fernbleibe. Herr Schweitzer kannte Berthas Schnitzel. Im Weinfaß gab's zwar außer Erdnüssen und ein paar anderen Snacks nur Trinkbares, aber er war schon privat in den Genuß von Berthas Spezialität gekommen. Und wenn er ehrlich zu sich war, und das war er, würde Herr Schweitzer sogar den ganzen Vormittag mit Beerdingungen verbringen, nur um sich Berthas Schnitzel einzuverleiben. Außerdem war eh kein Totenschmaus vorgesehen, wie Ferdi ihm gesteckt hatte, von daher gab es auch keine terminlichen Überschneidungen.

Der Ermordete hatte nämlich fast keine Verwandtschaft mehr gehabt, nur seine einzige Schwester war aus Argentinien angereist.

Fast wäre Herr Schweitzer auf Bertha aufgelaufen, denn der Trauerzug war abrupt zum Stehen gekommen. Man hatte das Grab erreicht. Der schmale Weg bot nicht allen Trauernden Platz, so daß der hintere Teil des Zuges auf Seitenwege ausweichen mußte. Die noch offene Grabstätte befand sich direkt an der efeuberankten südlichen Sandsteinmauer des Südfriedhofs. Dahinter verlief der Sachsenhäuser Landwehrweg, der linkerhand zum Goetheturm führte. Nur schwach war der Verkehrslärm der nahegelegenen Darmstädter Landstraße zu vernehmen. Herr Schweitzer lehnte sich an den steinernen, an den Seiten mit Moos bewachsenen Brunnen, zu seinen Füßen stand eine grüne Plastikgießkanne der Genossenschaft der Friedhofsgärtner, wie ihm die weiße Aufschrift zu verstehen gab. Sofort erhielt er von Bertha einen kleinen Stoß in die Rippen, woraufhin er militärische Haltung annahm. Ihr Blick gab ihm deutlich zu verstehen, daß wenn er sich weiterhin danebenbenahm, er, Herr Schweitzer, sein Schnitzel vergessen könne.

Nachdem sich die Unruhe gelegt und jeder seinen Platz gefunden hatte, hielt der Geistliche seine Rede. Herr Schweitzer hörte nicht hin, betrachtete vielmehr die Grabsteine links und rechts von ihm. Ihm war langweilig und er hoffte, daß das salbungsvolle Gesülze dort vorne sich nicht allzu sehr in die Länge ziehen würde. Trauerreden waren doch immer gleich. Stets wurden die guten Seiten des Toten hervorgehoben, und daß Gott sein Schäflein zu sich genommen habe, auf daß er seinen Frieden im Himmelreich finden möge. Er selbst war da viel pragmatischer veranlagt. Da er nicht wußte, welche Annehmlichkeiten das Jenseits ihm zu bieten hatte, trachtete er nach ebendiesen, so lange er noch trachten konnte. Sicher ist sicher. Außerdem hegte er starke Zweifel, daß Gott die Kunst des Apfelweinkelterns und des Marihuanaanbaus beherrsche. Stringent ließ sich daraus ableiten, der Himmel mußte die Hölle sein. Luzifer traute er da schon mehr zu. Vielleicht, so überlegte Herr Schweitzer, sollte ich kurz vor meinem Tod noch eine Bank überfallen und vorab noch ein Totenhemd mit Taschen in Auftrag geben, damit er dem Teufel ein paar Marihuanasamen als Geschenk offerieren konnte. Man weiß ja nie, vielleicht konnte Luzifer aus dem einen oder anderen Grund den Bedarf nicht decken. Zumindest klimatisch dürfte die Hölle mit ihrer propagierten Hitze für die Haschisch-Aufzucht viel besser geeignet sein als die einem steten Wind ausgesetzten Wölkchen, auf denen man allenfalls Harfe spielen konnte. Und vorher zum Islam überzutreten war auch nichts für Herrn Schweitzer. Siebzig Jungfrauen erst noch schweißtreibend und zeitaufwendig in puncto Sex zu unterrichten – in seinem Alter, nein danke!

Vorne tat sich was. Bewegung kam in die Menge. Offenbar hatte der Herr Pfarrer geendet. Durch eine Lücke konnte Herr Schweitzer sehen, wie die ersten kondolierten. Um sein Schnitzel nicht zu gefährden, folgte er dem Ritual. Bertha, die alte Krawallschachtel, konnte unerbittlich sein.

Es ging nur langsam voran. Herr Schweitzer konnte nichts dafür, ein Grab mit einem fast verwitterten einfachen Holzkreuz faszinierte ihn. Der Junge war nur knapp drei Jahre alt geworden. Nur zehn Tage hatten zu seinem Geburtstag gefehlt. Was da wohl geschehen war? Eine Krankheit? Ein Unfall? Totschlag gar?

Von hinten erhielt er einen leichten Stupser. „Auf was wartest du?" zischte Bertha.

„Auf meine zwölf Jünger", hauchte Herr Schweitzer. Er nahm an, es sei leise genug gewesen.

Doch Bertha hatte gute Ohren. Zu gute. „Depp. Beweg endlich deinen Arsch."

Na, na, na, dachte er daraufhin, das gehört sich aber nicht auf einer Beerdigung. Herr Schweitzer schloß auf. Das Schnitzel ...

Nach schier endlosen Minuten nahm er eine kleine Schaufel in die Hand und bediente sich am eigens aufgeschichteten Sandhügel. Dann stand er einer Frau gegenüber. Wahrscheinlich die Schwester von Jens, überlegte er, denn sie war die einzige, die Beileidsbekundungen entgegennahm. Schräg hinter ihr stand der Geistliche mit einem Gebetsbüchlein in der Hand. Er hielt den Kopf gesenkt. Herr Schweitzer nahm die ihm dargebotene Hand und murmelte etwas, das nicht zu verstehen war. Auch von ihm selbst nicht. Er hatte sich keine Worte zurechtgelegt, wußte auch nicht, was in solchen Fällen angebracht war.

Aber er achtete immerhin darauf, daß sein Tonfall unendliche Trauer transportierte. Ihre Augen waren hinter einem Schleier verborgen. Rote Haare lugten unter einem kleinen schwarzen Hut hervor. Sie hatte eine gute Figur. Die schwarze Bluse schimmerte wie Seide. „Danke", sagte sie.

Im letzten Moment dachte Herr Schweitzer daran, noch einen Blick auf den schwarzen marmornen Stein zu werfen. Jens Auer, gestorben am 4. Juli. Jetzt wußte er auch den Nachnamen.

Nun war er durch, hatte seine Pflicht erfüllt. Er war erleichtert. Doch nicht nur ihm erging es so. Die ersten Gespräche wurden aufgenommen, wenn auch nur flüsternd. Manch einer raffte die Schulter oder schüttelte sich die Beine. So als habe man Muskelübungen absolviert und müsse nun die Muskulatur lockern.

Nachdem Herr Schweitzer die 1896 erbaute Trauerhalle passiert hatte und auf der gepflasterten Zufahrtsstraße inmitten der Menschenmenge stand, lockerte er seine Krawatte. Den Knoten hatte seine Freundin Maria vor langer Zeit für ihn gebunden. Den Schlips würde er später vorsichtig über den Kopf ziehen, damit der Knoten keinen Schaden nahm. Herr Schweitzer konnte keine Krawatten binden. Es gab Wichtigeres auf der Welt. Zum Beispiel Essen. Dann gesellte er sich zu den anderen der Weinfaß-Clique.

„Wo ist eigentlich Maria?" wurde er vom Apfelweinkellner Buddha Semmler gefragt, der inzwischen auch schon wieder ein paar Kilo mehr in die Waagschale warf, wie Herr Schweitzer zufrieden feststellte.

„Sie wollte eigentlich heute früh eintreffen, aber in Neapel wird mal wieder gestreikt."

„Ja, ja, die Italiener. Haben's einfach drauf", kam es verschmitzt von Weizenwetter, dessen wirklicher Name schon vor langer Zeit verschollen gegangen war. Das kam davon, wenn man alle naslang um Weizenbier wettete.

„Was jetzt?" wollte dessen Freundin Karin wissen, die ihre Locken kürzlich erst in der Annahme, ihr Freund und alle anderen Männer stünden darauf, bums-mich-blond gefärbt hatte.

„Na, ich tät vorschlache, mer gehen jetzt erst emal nach Haus, ziehn uns um und treffe uns in ner Stund bei mir im Faß. Is schon alles vorbereit. Ich muß bloß noch die Kartoffeln un die Schnitzel in die Pfann hauen“, erklärte Bertha.

Und wenn auch die Hunde vom Physiologen Pawlow und Herr Schweitzer ansonsten nichts gemein hatten, hierin waren sie sich einig: Auch ihm lief das Wasser im Munde zusammen. „Au fein“, kommentierte der Detektiv händereibend. „Ich muß nur noch Pepsi füttern, dann komme ich.“ Das entsprach nicht ganz der Wahrheit, denn die Katze hatte bereits gefrühstückt. Herr Schweitzer hatte eher einen kleinen Joint im Sinn. Nicht zu stark, es war ja noch früh am Tag.

„Ich fahre dich“, bot Ferdi ihm an. „Mein Taxi steht da hinten.“

Dann löste sich die Gruppe auf.

Kurze Zeit später wünschte sich Herr Schweitzer, die paar Schritte zum Lerchesbergring gelaufen zu sein, denn an die hundert Taxen wollten annähernd gleichzeitig den Parkplatz verlassen, was einen immensen Stau vor dem Südfriedhof verursachte. An den Funkantennen wehten schwarze Bänder als Zeichen der Trauer. Natürlich, dachte Herr Schweitzer, ist doch logisch, Jens ist ja ermordet worden und seine Kollegen wollten mit ihrer Anwesenheit auf der Beerdigung darauf aufmerksam machen, daß der Täter immer noch nicht dingfest gemacht war und die Polizei sich langsam mal sputen sollte. Auf der Grünfläche an der Bushaltestelle entdeckte er ein Kamerateam des Hessischen Rundfunks.

Der Erdbeersaft war mit Eiswürfeln versehen und das mit mildem Tabak und verbotener Substanz gedrehte Zigarettchen steckte zwischen seinen Lippen. Gerade wollte es Herr Schweitzer anzünden und sich in die Hängematte schmeißen, als eine ihm wohlbekannte Stimme dazwischenfunkte.

„Hier steckst du also.“ Maria stand breitbeinig, was nicht sehr feminin wirkte, am Tor und musterte ihn. Sie mußte eben erst gekommen sein. Noch hatte sie keine Zeit gefunden, sich ihrer leichten beigefarbenen Sommerjacke zu entledigen.

„Ist dir nicht heiß?“ konterte Herr Schweitzer die eher rüde Begrüßung, schließlich hatte man sich geschlagene fünf Tage nicht gesehen. Seine Freundin hatte mal wieder geschäftliche Termine wahrgenommen. Vielleicht war Maria noch immer sauer auf ihn, weil er nicht mitgeflogen war. Warum soll ich von der Sonne in die Sonne fliegen, war eventuell doch nicht die Antwort, die sie hatte hören wollen. Außerdem hatte er Flugangst.

„Natürlich ist mir zu heiß. Komm, wir machen Sex."

Was? Jetzt? „Och ..." Dabei hatte man doch erst vor sechs Tagen miteinander ... Herr Schweitzer sah seine Felle davonschwimmen respektive seinen Joint ungeraucht im Aschenbecher verglimmen. Wie komme ich aus dieser Nummer bloß wieder heraus, überlegte er fieberhaft.

„Na, was ist? Fühlt sich der Herr wieder einmal zu schlapp?" Herausfordernd sah sie ihn an.

Wieder einmal! Welch unangebrachten Worte. Natürlich hätte er Maria stante pede (pede heißt nicht Penis, wie so mancher jetzt geneigt ist zu glauben, sondern weiterhin Fuß) das Gegenteil beweisen können, aber ... Plötzlich hatte er den Geistesblitz, den er brauchte. Herr Schweitzer erhob sich und ging mit ausgestreckten Armen auf sie zu: „Du, hör mal, ich würde ja auch gerne. Aber Jens ist gerade beerdigt worden. Wäre es da nicht ein bißchen pietätlos, wenn wir gleich danach ...?"

Maria von der Heide wirkte sichtlich erschrocken. „Ups. Das hatte ich in all der Aufregung ganz vergessen. Wie konnte ich nur? Tut mir leid. Du bist sicherlich noch ganz durcheinander."

Na also, geht doch. Zwar schämte sich Herr Schweitzer nun ein wenig, denn Jens' Tod war ihm nicht wirklich nahe gegangen, aber der Zweck heiligte schon immer die Mittel. Erneut entflammte er ein Streichholz. „Magst du auch mal?"

„Gerne. Heute kann ich echt einen gebrauchen. Du glaubst gar nicht, wie chaotisch es in Neapel zugeht."

„Doch, glaube ich. Hier." Herr Schweitzer reichte den Joint weiter und gab ihr einen Kuß.

Das Weinfaß, Insel der Glückseligkeit in Sachsenhausen.

Über Herrn Schweitzers positive Eigenschaften konnte man sich streiten, wie man wollte, aber was Pünktlichkeit betraf, so versuchte er stets sein Bestes. Aber vielleicht spielte auch die Angst eine Rolle, keines von Berthas Schnitzeln mehr abzukriegen, die ihn als ersten das Weinfaß am Ziegelhüttenplatz betreten ließ. Es hatte dreizehn Uhr geheißen, und exakt dreizehn Uhr war es, als er mit Maria im Schlepptau die paar Stufen erklomm. Der Rolladen war bereits hochgezogen und die Tür stand offen. Der Duft von Bratkartoffeln lag in der Luft. Sie würden mit Speck und glasiggebratenen Zwiebeln angemacht sein, wußte Herr Schweitzer aus Erfahrung. Er stürzte nicht sofort in die Küche, ein Triumph der Selbstbeherrschung, sondern nahm an einem als Tisch dienenden umgedrehten Weinfaß Platz. Besteck und Servietten samt Pfeffer- und Salzstreuer waren darauf arrangiert. Die Theke zierte ein mächtiger Blumenstrauß. Ein mit einem Trauerflor geschmücktes Foto zeigte einen gutaufgelegten Jens Auer bei einer der vielen spontanen Partys hier im Weinfaß.

Nach und nach trudelten sie ein. Erst René, der Ex-Rocker, dann Buddha Semmler zusammen mit Weizenwetter und Karin, wobei man bei den beiden Letztgenannten nie wußte, ob sie gerade mal wieder ein Paar waren oder nicht. Karin mit den bums-mich-blonden Haaren hatte sich obendrein mit Kosmetik zugedonnert. Aber auch sonst stimmte bei ihr was nicht im Oberstübchen. Ein Rentner namens Ouzo-Schorsch, der hier irgendwo ums Eck im Altersheim wohnte und seit dem Frühjahr regelmäßig vorbeischneite, folgte kurz darauf. Ouzo-Schorsch war einer von der stillen Sorte. Selten redete er von sich aus.

Derweil man noch auf Ferdi und die Schwester von Jens wartete, verlustierte man sich mit alkoholischen Getränken, vorzugsweise Wein. Gelegentlich kam Bertha aus der Küche und schenkte nach.

Um halb zwei meinte Bertha: „Wenn die in fünf Minutte noch net da sin, fange mer ohne se an. Pech gehabt."

„Kann ich dir irgendwie helfen?" fragte Maria.

„Klar doch. Kannst schon ma de Gorkesalat rausbringe."

Justament als die ersten Schnitzel serviert wurden, erschien Ferdi mit der Schwester. Der sie begleitende Herr mit dem weißen Polohemd wurde ihnen als Tobias Studer, Jens' Chef vom Taxibetrieb Studer & Studer vorgestellt.

„Elly McGuire. Ihr könnt mich Elly nennen", sagte Jens' Schwester in einem selbstbewußten Tonfall. „Alles, was heute gegessen und getrunken wird, geht selbstverständlich auf mich. Meinem Bruder hätte es gefallen. Guten Appetit und Prost. Auf Jens."

Das gefiel Herrn Schweitzer. Er hob wie alle anderen sein Glas, randvoll gefüllt mit einem Rioja, und stimmte ins Prost mit ein. Das Schnitzel vor ihm war riesengroß und auch die Kartöffelken waren sehr nach seinem Gusto.

Maria schaffte ihres nur zur Hälfte, was aber nichts machte, Herr Schweitzer sprang gerne ein.

Während der Mahlzeit waren nur Schmatzen und das Geräusch von auf Porzellan schabendem Besteck zu hören. Das änderte sich danach. Bereits um vier herrschte eine Lautstärke wie in den Nächten von Samstag auf Sonntag zur vorgerückten Stunde. Allenthalben herrschte Frohsinn. Elly erwies sich als angenehme Plauderin und gab einige Anekdoten aus Puerto Madryn, einem argentinischen Hafenstädtchen am Golfo Nuevo, zum Besten, wohin es sie mit ihrem irischen Ehemann verschlagen hatte. Dort führten sie ein Hotel mit angeschlossenem Restaurant.

Zwischendurch fiel Buddha Semmler auf, daß Maria einerseits hier war und andererseits laut Herrn Schweitzers Aussage in Neapel feststeckte, weil dort gestreikt wurde. Dieser unglaublichen Leistung wollte er auf den Grund gehen und so fragte er Maria kurzerhand: „Du, warum bist du eigentlich hier, wo da unten doch die Flieger streiken?"

Maria: „Ein paar haben sie rausgelassen. Hat mich aber eine Handvoll Bakschisch gekostet."

So wurde das Thema kurz auf die Italiener gelenkt und daß sie auch nicht mehr das sind, was sie einmal waren. Ja, ja, stimmte Herr Schweitzer mit ein, das könne man schon daran erkennen, daß da unten eine Luftnummer von Präsident an der Macht sei, der seit ein paar Monaten allmorgendlich eine Viertelstunde früher aufstehen müsse, weil er seiner neuen Freundin noch den Schulranzen zu pakken habe. Und außerdem gehöre Berlusconi sowieso in den Knast. Bei dem, was der schon alles verbrochen habe.

Es muß so gen neun gewesen sein, wie sich Herr Schweitzer später zu erinnern glaubte, als Ferdi und Elly, die Schwester des Toten, sich zu ihm gesellten. Obschon er zwischendurch immer mal wieder einen Kaffee eingeschoben hatte, um nicht vollends und viel zu früh im Delirium zu stranden, waren seine Geisteskräfte doch irgendwie geschwächt. Wären sie es nicht gewesen, hätte die Geschichte hier in aller Harmonie enden können.

Aber wer weiß, eventuell wäre Herr Schweitzer auch nüchtern anfällig für Ellys Schmeicheleien gewesen. Die McGuire jedenfalls verstand es, ihre Karten optimal auszuspielen. „Du, Simon."

„Ja, der bin ich. Angenehm." Er streckte ihr die Hand entgegen.

Elly McGuire war darob ein wenig irritiert, schlug aber ein. „Elly, auch angenehm. Du, sag mal, Ferdi hat mir gerade erzählt, du seist Detektiv."

Ferdi schaute weg, als habe er damit nichts zu tun.

Herr Schweitzer: „Na ja, wie man's nimmt. Zur Zeit beschäftige ich mich eher mit ..." Ihm fiel nicht ein, womit er sich gerade beschäftigte. Außerdem störten Ellys feuerrote Haare seine Konzentration. „Äh, ja, stimmt, manchmal bin ich ermittlerisch tätig, aber mehr so im privaten Kreis. Verstehst du?"

„Verstehe. Ferdi hat aber auch gesagt, daß du ziemlich erfolgreich seist, wenn du dich erst mal aufgerafft hast." Ihre Worte wurden von einem erotischen Wimpernaufschlag assistiert.

„Nun ... manche sagen so ... andere sagen so." In dieser Sache war Herr Schweitzer wie die meisten Männer. Sie wollten gelobt werden. ‚Ganz toll, mein Liebster, wie du den Mülleimer ausgeleert hast.'

Noch zierte er sich, aber das gehörte zum Spiel.

Ferdi, als wolle er sich aus der Schußlinie bringen: „Ich geh dann mal. Mein Wein ist alle."

Doch Herr Schweitzer wollte gar nicht schießen. Er wartete.

„Du, Simon, es wäre nur für den Fall der Fälle. Jens ist doch ermordet worden und die Polizei sucht mit Hochdruck nach dem Mörder. Bestimmt wird er bald gefaßt sein."

Erleichtert seufzte er auf. Die deutsche Aufklärungsrate bei Mord war eine der höchsten weltweit. „Da bin ich mir aber ziemlich sicher. Bloß eine Frage der Zeit, wenn du mich fragst."

„Genau so sehe ich es auch." Elly spielte mit ihren roten Locken.

Ihre Fingernägel waren in derselben Farbe lackiert. „Wärst du denn generell bereit, nur falls es wirklich notwendig werden sollte, da dann gegebenenfalls ein wenig nachzuhaken? Oder bist du im Moment an einem anderen Fall dran? Ich bin ja noch ein Weilchen hier, es müssen noch ein paar Dinge erledigt werden."

Herr Schweitzer war noch nüchtern genug für eine Kurzanalyse der Sachlage: Er hatte gerade keine Geldsorgen, Maria Urlaub, es war Sommer und erst vorgestern hatte er sich neues Dope besorgt. Außerdem stand in der Zeitung, der Mörder sei bei seiner Flucht vom Tatort am Kuhhirtenturm beobachtet worden und die Personenbeschreibung sehr detailliert. Auch ein recht gutes Phantombild war schon erstellt worden. Es konnte also ein wenig auf die Pauke gehauen werden, ohne den geplanten Müßiggang der nächsten Wochen großartig zu gefährden: „Aber klar doch, Elly. Mach dir keine Sorgen, so oder so wird der Fall bald gelöst sein."

Wenn er sich da mal nicht täuschte.

„Danke, Simon. Geld habe ich übrigens auch. Für den Fall der Fälle." Sie zwinkerte ihm zu und ging wieder zu Ferdi und Tobias Studer.

Oberkommissar Schmidt-Schmitt tauchte erst sehr spät auf. Eine Razzia im Bahnhofsviertel war Ursache hierfür. Aber er hatte morgen frei, was ihn dazu veranlaßte, sich geschwind drei Kurze hinter die Binde zu gießen, bevor es in ruhigeres Fahrwasser ging und er ebenso wie die meisten anderen ein Weinchen schlürfte.

Erwähnenswert sei vielleicht noch der Umstand, daß der Oberkommissar sich auffallend lange mit dem Ouzo-Schorsch unterhielt, was wiederum von Herrn Schweitzer mit Erstaunen konstatiert wurde, weil doch der Ouzo-Schorsch ein sehr mundfauler Geselle war.

Alles in allem klang der Tag sehr friedlich aus. Das war nicht immer so. Nicht im Weinfaß. Bei extrem intensiven Gelagen war es nämlich schon des öfteren vorgekommen, daß hernach Verluste, oder zumindest kleinere Blessuren verzeichnet wurden. Mal stolperte jemand auf dem Nachhauseweg und zog sich sichtbare Schürfwunden im Gesicht zu. Ein anderer irrte sich in der Richtung, landete anstatt im Bett in einer anderen Kneipe, randalierte dort und wußte am nächsten Tag von nichts mehr. Oder Ampeln und Verkehrsschilder waren einfach nur ungünstig positioniert und hinterließen beim Nachtschwärmer faustgroße Beulen am Kopf. Unter ungünstigen Umständen konnten Vorkommnisse solcher Art in einem Dorf wie Sachsenhausen Gesprächsstoff für einige Wochen generieren. Natürlich auf Kosten des Geschädigten.

Doch heute geleitete der Mond am gestirnten Himmelsgewölbe einen jeden sicher nach Hause.

Es gibt solche Tage. Man ist sicher im Bett gelandet, kann sich an alles prima erinnern, keine Gedächtnislücken, nichts. Und trotzdem fühlt man sich, als sei man mit einem Preßlufthammer perforiert worden. So erging es Herrn Schweitzer am Morgen danach, als er um Viertel nach zehn das erste Äuglein öffnete. Maria schlief noch.

Er schlurfte in die Küche und spülte zwei Aspirin mit Cola runter. Dann setzte er sich an den Tisch und seufzte herzzerreißend.

Da saß er eine Weile, bis Maria ihn rief: „Simon! Simon, wo bist du denn?"

Gleichzeitig miaute es. Das einstige Wollknäuel Pepsi, im letzten Jahr zwar größer geworden, aber noch immer keine richtige Katze, saß auf der Fensterbank und begehrte Einlaß.

„Simon!"

„Ich komm ja schon. Muß erst noch die Katze füttern."

Eins nach dem anderen, war schon immer Herrn Schweitzers Devise, sonst droht ein Durcheinander und man macht zwar viel, aber nichts richtig. Und seine Liebste wollte bestimmt Sex. Noch war er aber nicht wohlauf, ein Kaffee könnte ihm auf die Sprünge helfen. Der Dringlichkeit in ihrer Stimme nach zu urteilen, mußte der Kaffee aber warten. Maria konnte schon recht stinkig werden, wenn sie sich vernachlässigt fühlte.

Nachdem die Katze versorgt war, huschte Herr Schweitzer ins Schlafgemach. Was man bei einem Mann seiner Leibesfülle halt so Huschen nennen kann.

„Was gibt's?" fragte er beim Eintreten.

„Man hat schon feuriger zu mir gesprochen." Trotzdem klopfte

Maria mit der Hand auf seine Bettseite, damit Herr Schweitzer wußte, wo er hingehörte.

– Rückblende –

Das allmorgendliche Trainingsprogramm war absolviert. Die Hanteln lagen wieder auf dem dafür vorgesehenen Gestell, daß er sich vor vielen Jahren selbst zusammengeschweißt hatte. Er hatte nicht übertrieben, denn heute nacht würde er seine Kräfte noch brauchen, wenn alles nach Plan lief. Und der Plan war gut, alle Eventualitäten hatte er berücksichtigt. Aber das glauben alle, die meinen, sich über oder gegen bestehendes Recht stellen zu können. Die Gefängnisse quollen über von solchen Leuten. Er stellte sich vor den Spiegel und ließ die Muskeln spielen. Mit dem Handtuch wischte er sich die wenigen Perlen von der Stirn.

In der Küche schnipselte er je eine Banane und Orange ins Müsli. Er legte größten Wert auf seine Ernährung, kaufte fast ausschließlich in Bioläden ein. Menschen, die sich mit Junkfood vollstopften, verachtete er von ganzem Herzen. Den grünen Tee süßte er mit Honig von einem Imker aus Alsfeld, den er auf dem Wochenmarkt an der Konstablerwache erstanden hatte. Die Wanduhr mit den römischen Ziffern zeigte 6 Uhr 25 an. Er war zeitig dran heute. Eine halbe Stunde früher als sonst. Unwillkürlich mußte er schmunzeln. Daß er seine acht Stunden Schlaf nicht ganz geschafft hatte, machte ihn auch irgendwie menschlich, fand er und schlug die Zeitung von gestern auf. Beim Kinoprogramm für diese Woche blieb er hängen. Zwei Filme markierte er mit einem Kuli; der Rest war amerikanischer Trash. Damit konnte sich verblöden, wer wollte, er selbst hatte höhere Ansprüche. Und Kino wäre eine gute Gelegenheit zum Entspannen, ein bißchen nervös war er nämlich schon. Es war ihm egal, wenn er in einem Jahr im Gefängnis saß. Vorher mußte alles zum Abschluß gebracht werden. Alles, denn das Wichtigste hatte er sich aufgehoben. Das war der Anreiz, vorher durfte ihm kein Fehler unterlaufen. Denn ohne das Letzte wäre es wie ein Sechser im Lotto, bei dem man vergessen hatte, den Schein abzugeben. Abermals mußte er schmunzeln. Ein guter Vergleich, der mit dem Lotto.

Er legte den Löffel beiseite, ging zur Kommode im Flur und holte sich das Messer. Fünfzehn Zentimeter maß die Stahlklinge. Unzählige Male hatte er sie in den letzten Tagen geschärft. Behutsam legte er sie auf den Tisch und aß weiter.

Nachdem er das Geschirr abgespült hatte, zog er sich an. Da er noch Zeit hatte, bis der Blumenladen am Friedhof seine Pforten öffnete, dehnte er seinen Spaziergang bis zum Sportplatz der Spielvereinigung 05 aus.

– Ende der Rückblende –

Endlich kam Herr Schweitzer zu seinem Kaffee. Maria wollte noch eine Runde schlafen, Neapel hatte sie ihrer Kräfte beraubt. Schnell fand er den Artikel über den Taximord am Kuhhirtenturm. Er überflog ihn nach Neuigkeiten. Es gab keine. Lediglich das Phantombild war erneut abgedruckt. Aber das hatte es in sich. Es wirkte sehr real, fast wie ein Paßfoto. Der Typ, circa 35 bis 45 Jahre alt, mit den vielen Pickeln im Gesicht, sah aus wie ein Bilderbuchjunkie. Das paßte, fand Herr Schweitzer, denn fast alle Taximorde wurden von Gelegenheitstätern verübt. Looser, die dringend Kohle für den nächsten Schuß oder sonstwas brauchten. So gut wie nie kamen die Täter aus dem näheren Umfeld des Ermordeten. Was die Aufklärung naturgemäß immens erschwerte. Doch bei der Ermordung von Jens Auer hatte offensichtlich Kommissar Zufall seine Hände mit im Spiel gehabt. Der Zeuge war nämlich ein Kunststudent, der sich mit dem Porträtieren von Menschen sein Studium finanzierte. Und er mußte gut sein, wie das Phantombild bezeugte. Herr Schweitzer sah nun genauer hin und entdeckte ein kleines keltisches Kreuz als Ohrring. Es hing an einem etwa drei Zentimeter langen feingliedrigen Kettchen.

Er legte die Zeitung beiseite und führte die Kaffeetasse zum Mund. Die Kripo wird wohl gerade dabei sein, sämtlichen Fixerstuben Frankfurts einen Besuch abzustatten, überlegte er. Und natürlich die Verbrecherdateien durchforsten. Kaum ein Junkie, der noch nie straffällig geworden ist. Gäbe es ein Wettbüro dafür, Herr Schweitzer würde umgehend einen hohen Betrag darauf setzen, daß die Kripo den Mörder bereits verhaftet oder zumindest seinen Namen ausfindig gemacht hatte. Jens' Schwester Elly wird wohl getrost auf meine Dienste verzichten können, freute er sich.

Wenn doch bloß die blöden Wolken nicht wären. Leider hatte der Wetterbericht nicht gelogen. Das Thermometer zeigte unter zwanzig Grad an. So nahm er sein Buch, Stieg Larssons *Verblendung*, und begab sich zum Sofa. Kaum hatte er sich die Decke bis zur Brust hochgezogen, kam auch schon die kleine schwarze Katze mit den weißen Pfötchen und machte es sich auf seinem Bauch gemütlich. Herr Schweitzer ließ es geschehen und kraulte Pepsi am Hals.

– Rückblende –

Drei Gräber weiter wurde gearbeitet. Es war abgelaufen und zwei Männer in grünen Arbeitsanzügen machten sich daran, den verwitterten Stein auf eine Sackkarre zu wuchten. Keine einfache Angelegenheit, wie er aus den Augenwinkeln beobachtete.

Den kleineren Strauß, größtenteils aus Gänseblümchen bestehend, die er selbst gepflückt hatte und ihre Lieblungsblumen waren, steckte er in die linke, mit Moos bewachsene Keramikvase. Seine Augen füllten sich mit Tränen, als er daran dachte, wie seine Tochter, gerade einmal drei Jahre alt, nach Hause gekommen war und sie Mami zum Geburtstag überreicht hatte. In ihrem hellrosa Sommerkleidchen aus Baumwolle.

Er unterdrückte den aufkeimenden Zorn und legte den zweiten Strauß daneben. Die zweite Vase aus Glas, die nach oben hin wie eine sich den Sonnenstrahlen entgegenreckende Blume geöffnet war, war offensichtlich in den letzten zwei Tagen gestohlen worden. Er würde eine neue besorgen müssen. Vera hatte rote Rosen geliebt. Damals, als die Welt noch eine heile war. Erneut bückte er sich, weil sich eine Blüte zu weit von den anderen entfernt hatte. Ordnung muß sein, dachte er. Ohne Ordnung würde sein Plan mißlingen. Ein Plan, den seine vor fünf Wochen verstorbene Frau nie und nimmer gebilligt hätte. Aber es waren Rachegelüste, die ihn überhaupt hatten weiterleben lassen seit damals. Mit dem Tod der Tochter war auch seine Lebensfreude beerdigt worden. Vera konnte sich seitdem nur noch mit Tabletten durchs Leben schleppen. Nun war auch sie tot. Wahrscheinlich waren die vielen verschiedenen Arzneien gegen ihre Depressionen in immer höheren Dosen schuld an ihrem Herzstillstand.

Liebend gerne hätte er sich dazugelegt. Doch zuvor mußte er noch drei Menschen töten.

Er rechnete damit, in etwas mehr als drei Wochen mit der ihm selbst auferlegten Aufgabe fertig zu sein. Nach jedem Mord war eine Woche Pause geplant, in der er sich für den nächsten sammeln konnte. Daß eines seiner Opfer unerwartet verreisen sollte, war fast auszuschließen. Nicht umsonst hatte er sie jahrelang beobachtet. Er kannte ihre Gewohnheiten so gut wie seine eigenen. Vera brauchte er nie zu erklären, warum er so lange außer Haus war. Sie war mit ihrem Kummer beschäftigt.

Er verließ den Friedhof und hatte nur sieben Minuten später seine Wohnung im Goldbergweg erreicht.

– Ende der Rückblende –

Der Entschluß war ein felsenfester. Zwischen jedem Glas Wein würde Herr Schweitzer zwei Gläser Mineralwasser einschieben. So konnte es schließlich nicht weitergehen. Das erst im Frühjahr hinzugefügte Loch reichte nicht mehr. Jetzt besaß er nur noch einen Gürtel, der groß genug war.

Maria wollte nicht mitkommen ins Weinfaß. Der gestrige Abend steckte ihr noch in den Knochen. Außerdem lief auf ARTE ein Film, den sie schon immer mal sehen wollte.

Im Prinzip hatte er auch keinen großen Bock, aber sein Kumpel, der Oberkommissar, wollte vorbeischauen und ein wenig aus dem Nähkästchen plaudern, was den Taximord anging. Es bestand ja immerhin noch die Möglichkeit, daß Herr Schweitzer sein Versprechen Elly McGuire gegenüber einlösen mußte.

Der Gelegenheitsdetektiv nahm den fünfzig Zentimeter langen Schuhlöffel, den ihm seine Freundin vor nunmehr einem halben Jahr von einem Einkaufsbummel mitgebracht hatte, und schlüpfte in seine braunen Lederschuhe. Dann hielt er inne und betrachtete ausgiebig den Schuhlöffel. Natürlich war er praktisch, bücken brauchte er sich damit ja nicht mehr. Und doch ... erst jetzt ging Herrn Schweitzer ein

Licht auf. Steckte hinter diesem Mitbringsel etwa eine Portion subtiler Sarkasmus seitens seiner Freundin. Er ging noch mal zurück. „Du, Maria ..."

„Ja, mein kleiner Bär."

Aha. Schon wieder. Waren Bären nicht die Tiere, die sich vor dem Winterschlaf einen Ranzen anfraßen, der alle Dimensionen sprengte? „Du sag mal, warum hast du mir eigentlich den Schuhlöffel geschenkt? Damit ich mich nicht mehr bücken muß?"

„Aber, Schatz! Ich weiß doch, der Herr hat's gerne kommod."

Das war nicht die Antwort, die er hatte hören wollen. Allerdings wußte Herr Schweitzer auch nicht so recht, wie sie zu seiner Zufriedenheit hätte ausfallen sollen. Und Marias kaum erkennbares Lächeln ließ Interpretationen nach allen Seiten zu. Er glaubte, seine Freundin gut genug zu kennen, um zu erahnen, daß der Schuhlöffel mehr eine Anspielung denn eine nette Geste war. Aber hundert Prozent sicher war er sich nicht. „Bis später", sagte er daher lapidar.

Der Gedanke ließ ihm keine Ruhe. Anstatt, wie er vorgehabt hatte, zum Taxistand am Südfriedhof zu laufen, entschied sich Herr Schweitzer für einen Spaziergang runter zum Weinfaß. Die Sonne warf lange Schatten. Probehalber neigte er den Kopf ein wenig nach vorne. Das Resultat war, daß sein Schatten nun in der Tat aussah wie ein Bär kurz vorm Winterschlaf. Verdammter Mist, fluchte Herr Schweitzer, ich muß dringend was unternehmen.

Es war nicht gut bestellt um ihn, als er seine Stammkneipe am Ziegelhüttenplatz erreichte. Mit trüben Gedanken betrat Herr Schweitzer das Weinfaß und orderte ein großes Glas Wasser. Bertha war darob doch sehr perplex, enthielt sich aber eines Kommentars. Weitere Gäste waren nicht anwesend. Die würden erfahrungsgemäß erst später auftauchen, denn es war Hochsommer und das Weinfaß hatte keinen Garten zum Draußensitzen.

– Rückblende –

Er ging an der Kneipe vorbei, in der der Verbrecher wie jeden Mittwoch seine Feierabendbiere trank. Durch das große Panoramafenster sah er sein Opfer am Tresen stehen. Er atmete tief durch, es konnte also losgehen. An der Straßenbahnhaltestelle in der Rohrbachstraße setzte er sich auf die Bank für wartende Fahrgäste und überprüfte ein letztes Mal den Inhalt seiner braunen Ledertasche. Akribisch, wie er sich vorbereitet hatte, war natürlich alles an seinem Platz. In seiner Verkleidung als Maler hätte er sich selbst kaum erkannt. Er zog den blauen Hut aus Jeansstoff mit den Farbklecksen ein wenig mehr in die Stirn und setzte sich die Brille mit Fensterglas auf, die er vor mehr als zwei Jahren auf einem Flohmarkt in Offenbach erstanden hatte. Das Messer steckte in der verstärkten Außentasche seines weißen Kittels, auch er mit Farbspritzern übersät. Die vorbeifahrenden Autos hatten bereits die Scheinwerfer eingeschaltet. Bis sich der Verbrecher auf den Nachhauseweg begab, würden noch mindestens zwei Stunden vergehen. Er sah auf seine Armbanduhr. Auch wenn der vorgesehene Tatort im Günthersburgpark sehr abgelegen und schwer einsehbar war, so tummelten sich doch noch zu viele Leute dort herum, um unbemerkt die falschen Spuren zu legen. Ihm war klar, daß die Kripo bei Mord jeden Stein umdrehte. Soll sie doch, sagte er sich, die werden schon sehen, was sie davon haben. Und bevor die auf mich kommen, werden sie eher den Polizeipräsidenten verdächtigen. Das erste Mal seit langer Zeit mußte er lachen.

Die 12 bog um die Ecke der Friedberger Landstraße. Quietschend und ratternd kam sie zum Stehen. Er half einer alten Dame beim Aussteigen. An der Eissporthalle verließ er die Tram. Er wollte noch ein paar Runden im Ostpark drehen. Daß sein Opfer früher nach Hause gehen würde, war unwahrscheinlich. Als er es vor dreizehn Wochen das letzte Mal beschattet hatte, war es kurz nach Mitternacht und die Zeche ließ auf mindestens sechs große Bier schließen. Zufrieden hatte er es registriert. Damals hatte er sich als alter Greis verkleidet und absichtlich übertrieben mit den Händen gezittert, als er sein Glas Cola zum Mund führte. Da die Kneipe aber immer gut besucht war, würde sich keiner mehr an ihn erinnern. Und wenn doch, dann würde dieser Umstand sowieso nur für noch mehr Verwirrung sorgen.

Zwei Stunden später waren die drei Kippen der gleichen seltenen Marke, die er gestern abend vom Rasen neben einer Bank am Mainufer aufgeklaubt hatte, hinter einen Baum gelegt. An einer noch nicht ganz ausgetrockneten Stelle, die nie von Sonnenstrahlen erreicht wurde, hatte er einen besonders gut sichtbaren Abdruck seiner Sohlen hinterlassen. Auch die sich schon lange in seinem Besitz befindlichen Schuhe würde er wie den Kittel, den Hut, die Brille und das Messer nur dieses eine Mal verwenden, bevor sie auf Nimmerwiedersehen entsorgt werden sollten. Das heute vormittag am Eisengitter des Günthersburgparks abgeschlossene Rennrad stand noch an seinem Platz. Nur ein Profi hätte das teure Schloß knacken können. Auch das Rad war vom Flohmarkt. Den Rahmen hatte er umlackiert, so daß der Name des Herstellers nicht mehr zu lesen war. Was ihm ein wenig Sorgen bereitete, war das knutschende Liebespaar am Eingang zur Comeniusstraße, durch die er zu flüchten gedachte. Aber noch war Zeit genug.

Heinz-Günther Sattler zahlte ohne Grummeln. Daß er zwei der drei Runden Skat verloren hatte, machte ihm nichts aus. Die Blätter waren heute einfach schlecht gewesen und es war schon drei oder vier Wochen her, seit er das letzte Mal zwei Schnäpse hatte springen lassen müssen. Er verabschiedete sich von den beiden Stammgästen, mit denen er seit etwa anderthalben Jahren unregelmäßig die Karten drosch.

Vor der Tür blieb er kurz stehen und betastete die Taschen seiner Jeans. Schlüsselbund und Portemonnaie waren an ihrem Platz und Heinz-Günther Sattler setzte sich in Bewegung. Um zum Eingang des Günthersburgparks an der Hartmann-Ibach-Straße zu gelangen, überquerte er den Asphalt in der Kurve. So hatte er drei Zebrastreifen gespart, außerdem war es so einige Meter kürzer. Schon nach wenigen Minuten war er ins Schwitzen gekommen. Er haßte diese schwülen Nächte. Wieder würde er ohne Ventilator nicht schlafen können. Er liebte die Wintermonate, ganz im Gegensatz zu seiner Claudia, die heute ihren Kegelabend im Gallus hatte und erst viel später nach Hause kommen würde. Sie hatten sich auseinandergelebt in den letzten Jahren ihrer nun schon ein Jahrzehnt andauernden Partnerschaft. Von sich wußte Heinz-Günther, daß er einfach nur zu bequem für einen Schlußstrich war. Von seiner Frau erahnte er es. Mit seinen achtunddreißig Jahren war er noch nicht zu alt für eine neue Beziehung, überlegte er. Aber er wollte alles auf sich zukommen lassen, das war seine

Natur. Ergab sich was, dann gut. Wenn nicht, dann auch gut. Außerdem waren sie nicht verheiratet, eine Trennung konnte gegebenenfalls also ganz schnell über die Bühne gehen.

Auf den Bänken vor dem Kiosk, an dem sich tagsüber die Kinder und Mütter mit Eis und Getränken versorgten und der in den Abendstunden ein beliebter Treffpunkt war, saß niemand mehr. Heinz-Günther Sattler kramte schon mal seine Schlüssel hervor, die er bald brauchen würde.

Dann brauchte er sie doch nicht mehr. Die Wucht, mit der sein Kopf an den Haaren nach hinten gezerrt wurde, erzeugte noch eine kleine Abwehrreaktion seinerseits. Der kräftige Schnitt quer durch seinen Hals beendete sein Leben. Blut spritzte nach allen Seiten, während er vornüber auf den Weg sank. Seine Knie knickten von ganz alleine ein.

Sofort wurde der Leichnam am Kragen Richtung Dortelweiler Straße geschleift. Als der Mörder ganz am oberen Ende ein paar Scheinwerfer erblickte, zerrte er den leblosen Körper durch zwei parkende Wagen hindurch auf die Fahrbahn. Zum Plan gehörte, daß er schnellstmöglich entdeckt wurde. Dann schwang er sich auf seinen Drahtesel und raste davon. Fast alle Fenster der gegenüberliegenden Altbauten waren dunkel. Unwahrscheinlich, daß ihn jemand beobachtet hatte. Und wenn doch, umso besser. Dafür war ja die Verkleidung gedacht.

Im letzten Moment konnte der herannahende Fahrer noch bremsen. Dr. Foggenhausen kam von einem 18-Stunden-Dienst und war dementsprechend erledigt. Nachdem er den Tod des auf der Straße Liegenden konstatiert hatte, wählte er die 110.

Mit einem selbstgefälligen Grinsen auf dem Gesicht radelte er auf Teufel komm raus. Der Zirkus vor der Eissporthalle flog nur so an ihm vorüber. Er wechselte die Straßenseite. Auf dem Radweg am Ostpark mußten keine Querstraßen passiert werden. In der menschenleeren Unterführung zwischen Ratsweg und Kaiserleibrücke zog er den Malerkittel aus und verstaute ihn in einer Plastiktüte. Sollte er irgendwem aufgefallen sein, von nun an würde sich die Spur des wie irre radelnden Malers für immer verlieren. Ein Blick auf die Uhr und er fuhr schnell weiter. Am Fußballplatz der Fortuna bog er in die Wasserhofstraße ein. Einige Minuten später stand das schwarze Rennrad verschlossen an einem Laternenpfahl an der S-Bahnstation zum Mühlberg. Dort konnte es von ihm aus bis in alle Ewigkeiten vor sich hinrosten. Er zog die cremefarbenen Plastikhandschuhe aus und warf die geforderten ein Euro fünfzig für eine Kurzstrecke in den Schlitz des Automaten.

Bevor er die Straßenbahn am Oberräder Markt verließ, klopfte er an die Fahrerkabine. „Entschuldigung, aber das hier habe ich eben neben meinem Sitz gefunden."

Er überreichte dem Fahrer ein Bund mit drei Schlüsseln, allesamt nach und nach auf verschiedenen Flohmärkten erstanden. Kein Mensch würde sie auf der Fundstelle je abholen, aber er hatte ein Alibi für fast unmittelbar nach der Tat. Er rechnete nicht damit, daß es von Relevanz war, aber wie gesagt, er war ein ordentlicher und akribischer Zeitgenosse.

Nun war er ein Mörder, der erste Eintrag in sein Sündenregister war vollzogen. Zwei weitere sollten noch folgen. Doch erst der letzte sollte ihm die Befriedigung verschaffen, nach der er trachtete.

Genüßlich sog er die Nachtluft ein und sah den Lichtern der 16 nach. Euphorisch schwenkte er die Plastiktüte und bog in die Buchrainstraße ein. Noch hatte er keinen Feierabend.

– Ende der Rückblende –

Etwa drei Wochen nach dieser Tat, die in Sachsenhausen niemandem wirklich an die Nieren gegangen war, hockte Herr Schweitzer mit knurrendem Magen im Weinfaß. Er hatte sich geschworen, dieses Mal niemandem davon zu erzählen, daß er fürderhin einen großen Abstand zwischen sich und maßlosen Völlereien zu halten gedachte. Viel zu oft in den letzten Jahren hatte er sich damit bis auf die Knochen blamiert und Spötteleien geradezu provoziert. ‚Na, Dickerchen, schmeckt das vegetarische Rumpsteak?' Marias Worte bei seinem vorerst letzten gescheiterten Diätversuch im Februar. Auf Dauer können solche dummen Sprüche ganz schön traumatisieren.

Oberkommissar Schmidt-Schmitt hatte seinen freien Tag im Schrebergarten verbracht. Herr Schweitzer konnte die dabei gegrillten Thüringer förmlich riechen, was seine sowieso schon schlechte Laune noch tiefer in den Keller sacken ließ. Als Ouzo-Schorsch beim Brezelbub auch noch eine Käse-Schinken-Stange orderte, hielt er es nicht mehr aus und ging zu Bertha in die Küche. Diese schnitt gerade ein paar Käsewürfel zurecht, die ein Gast bestellt hatte. Heroisch ignorierte Herr Schweitzer diesen Leckerbissen und fragte Bertha nach Karotten, denen man nachsagte, sie seien Bestandteil vieler Diäten und würden vor lauter brauchbaren Vitaminen nur so strotzen.

Die Wirtin verkniff sich jeden Kommentar, Herr Schweitzer war von jeher etwas wunderlich, und holte das Gewünschte aus dem Kühlschrank.

Er setzte sich wieder zu Ouzo-Schorsch und Schmidt-Schmitt an den Tresen. Während er an der orangefarbenen Abscheulichkeit knabberte, warf er zwischendurch immer mal wieder begehrliche Blicke auf die Käse-Schinken-Stange und den blöden Fettsack, der ein paar Meter weiter provozierend langsam von den Käsehäppchen naschte.

Eigentlich war Herr Schweitzer auf Neuigkeiten im Jens Auer-Mordfall erpicht, doch Schmidt-Schmitt und Ouzo-Schorsch unterhielten sich dermaßen angeregt, daß er nicht zu unterbrechen wagte. Er hörte nur mit halbem Ohr zu. Sein Mineralwasser schmeckte nach nichts. Trotzdem bekam er mit, daß der Pensionär früher einmal Richter am Oberlandesgericht hier in Frankfurt gewesen war. Es waren also Fachgespräche, die hier geführt wurden. Gerade schwadronierten die beiden über einen Fall, bei dem ein gehörnter Ehemann zornestrunken seine Gattin abgemurkst und Schmidt-Schmitt die Beweise für dessen Überführung gesammelt hatte. Ouzo-Schorsch war dann auch der Richter gewesen, der das Lebenslang aussprach.

Eine halbe Stunde und zwei Mineralwasser später begann sich Herr Schweitzer zu langweilen. Wieso babbelt der Ouzo-Schorsch ausgerechnet heute so viel, wo er doch sonst so schweigsam ist, ärgerte er sich.

Dann fing der ehemalige Richter auch noch zu gickeln an: „Hihi, stell dir das mal vor, meldet sich der Typ am Handy doch tatsächlich mit Osterhasi. Osterhasi, hast du so etwas schon mal gehört?"

Schmidt-Schmitt: „Muß man den kennen, den Osterhasi?"

„War so ein Typ, der immer so einen komischen Hut trug. Einen grünen aus Filz, vielleicht Jäger oder so."

„Ach der! Natürlich", sprach Schmidt-Schmitt, der aus beruflichen

Gründen auch des öfteren am Oberlandesgericht verkehrte. „Der Bekloppte, der immer in der ersten Reihe saß. Osterhasi, sagtest du ..."

„Ja genau: Osterhasi." Ouzo-Schorsch konnte sich offensichtlich kaum noch beherrschen.

Herr Schweitzer fragte sich, was daran denn so lustig war, daß ein gestandener Richter sich dermaßen wegeimern konnte. Gedanklich tippte er sich an die Stirn. Ich muß aufpassen, daß ich im Alter nicht auch so kindisch werde, sagte er sich.

Es war schon Mitternacht durch, als Herr Schweitzer doch noch zum Zuge kam. Der Richter, dessentwegen Bertha extra den Ouzo im Weinfaß eingeführt hatte, war gegangen. Nach den widerlichen Karotten und dem faden Wasser bereitete ihm der Abend einen weiteren Tiefschlag. Der Oberkommissar hatte nämlich mit der Aufklärung von Jens Auers Tod nichts zu tun, vielmehr war er mit zwei anderen Todesfällen beschäftigt. „Mord ist gerade sehr im Kommen", erklärte er Herrn Schweitzer. „Einer im Günthersburgpark und einer in Niederrad. Davon hast du bestimmt gehört. Und so gut wie keine Anhaltspunkte. So etwas hat's in Frankfurt meines Wissens noch nie gegeben. Ich mag morgen gar nicht zur Arbeit gehen. Nichts als Frust, sag ich dir."

In einem Zug leerte Schmidt-Schmitt sein Weinglas. „Bertha! Zahlen."

Und: „Wieso trinkst du eigentlich Wasser? Das schmeckt doch überhaupt nicht."

Ach nee! „Nur so", gab sich der Gelegenheitsdetektiv bedeckt.

In dieser Nacht träumte Herr Schweitzer von herumalbernden Osterhasen mit grünen Hüten, die sehr lieb zueinander waren und sich gegenseitig mit appetitlichen Käsehäppchen fütterten.

– Rückblende –

Kein Lüftchen wehte, als mainaufwärts ein heller horizontaler Streifen den neuen Tag ankündigte. Er stand auf einem Ponton des Rudervereins an der Gerbermühle und von weitem sah es aus, als füttere er Enten. Und tatsächlich hatte er auch einige Brotkrumen untergemischt, nach denen das Federvieh begierig und schnatternd die Hälse reckte. In der Hauptsache aber war die Plastiktüte vom Aldi mit zerkleinerten, während der Tat getragenen Kleidungsstücken gefüllt. Am meisten Arbeit hatte er mit den Schuhsohlen aus Hartgummi gehabt. Hunderte kleiner Schnipsel verteilten sich auf der Wasseroberfläche und trieben Richtung Osthafen. Anfangs hatten die Enten noch nach jedem Happen geschnappt, mit der Zeit jedoch zu unterscheiden gelernt, was eßbar war und was nicht. Er fragte sich, wie viel von dem, was er hier ins Wasser warf, wohl das Rhein-Maas-Delta erreichte und was in der Uferböschung unterwegs hängenblieb.

Er wartete, bis der einsame Jogger mit dem hechelnden Labrador hinter den Tennisplätzen verschwunden war, dann holte er weit aus und warf das Messer, das vor wenigen Stunden dem Leben von Heinz-Günther Sattler ein jähes Ende bereitet hatte, in hohem Bogen von sich. Vielleicht, aber nur vielleicht würde es in einigen Jahren, wenn mal wieder die Fahrrinne ausgebaggert wurde, aus der Versenkung auftauchen. Doch dann würde es kein von der Kripo händeringend gesuchtes Tatwerkzeug mehr sein, sondern lediglich ein verrostetes, von Algen überwuchertes Etwas, das niemand mehr gebrauchen konnte.

Jeglichen Anschein von Hektik vermeidend nahm er auf der ersten Bank vor den Kleingärten zwischen Fluß und Uferstraße Platz. Tja, du kleiner mieser Penner, gedachte er seinem Opfer, ein klein wenig Reue vor Gericht und du wärst noch am Leben.

Er fühlte sich ausgezeichnet. So ist das also, wenn man jemanden getötet hatte, der nichts anderes verdiente. In sechs Tagen würde er sich um den Bäcker aus Niederrad kümmern müssen. Auch dieser würde seiner gerechten Strafe nicht entgehen, auch wenn er bei dem Unfall damals sein linkes Ohr verloren hatte.

– Ende der Rückblende –

Die Tage nach Jens Auers Beerdigung ließ sich Herr Schweitzer treiben. Seine Mitbewohnerin Laura Roth weilte zu einem Tauchkurs auf den Seychellen und er hatte die Wohnung im unteren Mittleren Hasenpfad für sich alleine. Seine Diät machte Fortschritte, den gröbsten Hunger hatte er überwunden. Die ersten beiden Tage hatte sich Herr Schweitzer noch mit einer Wäscheklammer die Nase und damit den Geruchssinn abklemmen müssen, um sich das Müsli herunterzuwürgen, doch inzwischen ging's auch ohne Tricks. Auch bewegte er, der passionierte Bewegungsallergiker, sich sehr viel. Ausgiebige Spaziergänge im Stadtwald und am Main entlang brachten ihn langsam wieder in Form. Klar, ein Ironman würde nicht mehr aus ihm werden, aber Herr Schweitzer wollte auch nicht so aussehen wie Alfred Hitchcock mit seinem doppelten Doppelkinn. Er war auf dem besten Wege und das vorletzte Loch seines Gürtels war schon zum Greifen nahe.

Was seine Laune ein wenig trübte, war der Umstand, daß die Kripo im Mordfall Jens Auer den Zeitungsberichten nach zu urteilen das Phantom noch immer nicht identifiziert hatte. Es war nicht zu glauben. Hin und wieder guckte er sich im Fernsehen Aktenzeichen XY mit Rudi Cerne an und da hatte es schon wesentlich ungenauere Phantombilder gegeben, die trotzdem zur Ergreifung des Gesuchten geführt hatten. Als logisch denkender Mensch fühlte er, hier stimmte etwas nicht. Aber was? Ein Ausländer, den hierzulande niemand kannte? Jemand, der sein vorheriges Leben anonym in einer Hippiekommune verbracht hatte? Oder wollte sich der vermeintliche Zeuge einfach nur wichtig machen?

Sei es wie es sei, so lange sich Elly McGuire nicht bei ihm meldete, würde er von sich aus nichts unternehmen. So gut hatte er ihren Bruder nun auch wiederum nicht gekannt, als daß die Tätergreifung zu einer Herzensangelegenheit hätte reifen können.

Es war ein Donnerstag und Herr Schweitzer bereitete sich gerade einen Obstsalat zu, als er heftig erschrak. Er war so tief in Gedanken an das Phantombild versunken, daß der Klingelton seines Handys wie ein Schuß wirkte. Er hoffte, es würde nicht Elly McGuire sein. Natürlich war sie es.

„Wollen wir uns heute abend treffen? Hast du Zeit? Im Weinfaß?"

Viele Fragen auf einmal, dachte Herr Schweitzer. Aber er dachte auch an seinen Speiseplan, auf dem ein großer Salatteller geschrieben stand. „Wie wär`s mit dem Dautel? Wir könnten dort auch essen."

„Dautel? Wo ist der?"

„Neuer Wall. Äh, kennst du die Bushaltestelle von Alt-Sachsenhausen?"

„Ich glaube schon."

„Gut. Etwa fünfzig Meter Richtung Osten. Die Straße, die immer noch gepflastert ist, das ist der Neue Wall."

„Okay. Wann?"

Herr Schweitzer hörte auf seinen Bauch. Je später er zu Abend aß, desto leiser würden die Schreie seines Magens nach blutigen Steaks mit Pommes kurz vorm Einschlafen zu hören sein. „Sagen wir um acht?"

„Gebongt. Bis später. Ciao."

„Tschö."

Den Apfelwein-Dautel gibt's schon ewig. Er liegt quasi direkt auf der Demarkationslinie zwischen der weithin bekannten Touristenarena Alt-Sachsenhausen und dem großen Rest dieses Stadtteils, in dem sich die Einheimischen heimisch fühlen. Es gibt nur wenige Sachsenhäuser, die es auf diese Partymeile zieht. Synonym für den ätzenden Schwachsinn, der sich dort meist am Wochenende abspielt, ist die Lokalität Unterbayern. Nicht umsonst parkt davor oft ein Polizeiauto, weil sich dort die meisten Kloppereien abspielen. Testosterongesteuerte Halbwüchsige tragen hier ihre anabolikagestärkten Muskeln zur Schau und üben sich im Komasaufen. Blondgefärbte Bauernmädels – Rodgau, Wetterau, Main-Kinzig-Kreis etc. – stehen daneben und gucken, welcher dieser intelligenzfreien Bubis eventuell als Erzeuger von Stammhaltern in Frage käme. Wie zu Zeiten, als der Mann noch auf die Jagd ging, werden die Gewinner der Kloppereien natürlich bevorzugt. Kann er dann auch noch ein tiefergelegtes Fahrzeug sein eigen nennen, ist der Beischlaf so gut wie geritzt.

Als wäre diese Plage der einfallenden und geistig limitierten Bauernkinder nicht schon Strafe genug für Sachsenhausen, so ist in den letzten Jahren ein weiteres, noch perverseres Phänomen aus England herübergeschwappt: Junggesellenabschiede. Alles wäre nur halb so schlimm, würden diese krakeelenden Horden ihre irre lustigen Aktivitäten auf Alt-Sachsenhausen beschränken. Aber nein, bereits mit dem Verlassen der S-Bahnstationen Süd- und Lokalbahnhof penetrieren sie die Bevölkerung, indem sie, in Einheits-T-Shirts gekleidet, Kondome, Lutscher und ähnlichen spaßfreien Unsinn an den Mann zu bringen versuchen. Auch darf man für einen Euro die künftige und brünstige Braut respektive den Bräutigam küssen. Bei etlichen dieser in Bälde Verheirateten fragt sich der Sachsenhäuser natürlich, ob es nicht angebrachter wäre, statt einen Euro zu zahlen, Hunderte zu verlangen. Nach verlorenen Kriegen nennt man so etwas dann Reparationszahlungen. Angebracht wären sie, denn vollgekotzte Bürgersteige, zerbrochene Bierflaschen und Fast-food-Verpackungsabfall zieren die Bürgersteige, wenn sie mit dem Marodieren fertig sind.

Auch Herr Schweitzer mied Alt-Sachsenhausen wie die Pest, obwohl es dort tatsächlich noch die eine oder andere angenehme Kneipe gab. Spritzehaus, Altes Haus und Zum alde Germane, um nur einige zu nennen. Aber wenn, dann nur unter der Woche, wenn die Bauern ihre Äcker zu bestellen hatten. Ansonsten war der Dautel die absolute Schmerzgrenze.

Da er um Ellys Zigarettenkonsum wußte, nahm er, der stets eher zu früh statt zu spät dran war, im Innenhof Platz. Er bestellte eine Apfelsaftschorle. Die Speisekarte übersah er geflissentlich. Herr Schweitzer wollte warten, bis Elly eingetrudelt war. Trotz des hochsommerlichen Wetters war der Hof fast leer. Die meisten Gäste saßen an den Tischen und Bänken am Neuen Wall. Wegen des Sehens und Gesehenwerdens, wie er vermutete.

Elly McGuire kam mit Ferdi, dem Taxifahrer. Sie trug einen schwarzen Longblazer mit goldfarbenen Knöpfen und hochhackige rote Schuhe, die gut zu ihren Haaren paßten. Ferdi, den Herr Schweitzer öfter auf dem Handy anrief, wenn er mal ein Taxi brauchte, war wie immer sehr leger gekleidet.

Nach der Begrüßung widmete man sich erst einmal der Speisekarte. Nach eingehendem Studium selbiger entschied sich Elly, die in ihrer Wahlheimat Argentinien mit diversen Fleischgerichten auf höchstem Level verwöhnt wurde, für die Spezialität Grüne Soße, schließlich braucht der Gaumen ja auch Abwechslung. Ferdi wählte den Flammkuchen Classic und Herr Schweitzer, nach zähem Ringen, einen Salatteller mit Putenbruststreifen. Vor- und Nachspeise würden seinem Diätplan zum Opfer fallen. Er konnte, wenn er wollte, knallhart gegen sich selbst sein.

„Ach, so manchmal vermisse ich die Frankfurter Küche schon ein bißchen“, seufzte Elly, nachdem sie die Serviette auf den Teller gelegt hatte. „Falls einer von euch einmal nach Argentinien reist, vergeßt bitte nicht, uns zu besuchen. Mein Mann ist bekannt für das beste Asado im Umkreis von hundert Kilometern.“

„Asado?“ fragte Ferdi.

Herr Schweitzer hatte nicht gefragt, er konnte es sich denken. Und daran denken wollte er nicht.

Elly, die nichts von seiner momentanen Phase ahnte, plauderte unbedarft drauflos: „Na ja, Asado halt. Das ist so die argentinische Art, Fleisch zuzubereiten. Meist sind es Steaks, die da auf den Grill kommen. Aber es können auch andere ...“

„Entschuldigung, ich muß mal auf Toilette“, wehrte sich Herr Schweitzer nach Kräften. Noch war er nicht über'n Berg.

Als er wieder zurück war – er hatte sich nur die Hände gewaschen –, hatten die beiden das saublöde und völlig unpassende Asado-Thema zum Glück abgehandelt.

Die nächsten zehn Minuten ging's um Jens Auers Wohnung in der Kranichsteiner Straße. Laut Elly mußte sie bis Ende des Monats geräumt sein. Sie breitete Fotos von Einrichtungsgegenständen auf dem Tisch aus. „Wenn euch was gefällt, ihr könnt alles geschenkt haben. Ich kann ja schlecht Möbel nach Argentinien mitnehmen. Die Transportkosten wären viel zu hoch.“

Herr Schweitzer besah sich die Fotos und war erstaunt über den extravaganten Geschmack des Ermordeten. Fast alle Möbelstücke waren antik und in gutem Zustand, so weit man das erkennen konnte. „Meinst du das ernst? Ich denke, die könnte man doch locker noch verkaufen.“

„Na ja“, erklärte Elly, „ich hab mit Ferdi schon darüber gesprochen. Die Wohnung müßte noch gestrichen werden.“

Ferdi: „Genau, ist doch ein prima Deal. Wir machen die Wohnung bereit für die Übergabe und dafür können wir uns dann aussuchen, was wir haben wollen. Der Rest wandert auf den Sperrmüll.“

Zwar hatte es Herr Schweitzer nicht so mit dem Arbeiten, andererseits war er auch niemand, der sich drückte, wenn Not am Mann war. Und bei den Möbeln dachte er nicht so sehr an sich, sondern viel mehr an seine Liebste und ihren Faible für hübsche antike Dinge. Einige der abgebildeten Möbelstücke würden ganz viele Blumensträuße aufwiegen. Er dachte schon jetzt an die vielen Streicheleinheiten. Braver Simon. Guter Simon.

Es liegt in der menschlichen Natur, sich die etwas unangenehmeren Dinge bis zum Schluß aufzusparen. So unterhielt man sich übers Wetter, die Veränderungen, die Frankfurt durchlaufen hatte, seit Elly vor zehn Jahren das letzte Mal hier war, Politik und Fußball. Ja, auch über Fußball. Wie sich herausstellte, war Elly früher nämlich selbst aktiv und betreute derzeit ein Mädchenteam vom Club Social y Deportivo Madryn. Herr Schweitzer hielt sich beim Fußball dezent im Hintergrund, denn sein Fachwissen diesbezüglich war weder vom Fach noch konnte man die spärlichen Informationen darüber guten Gewissens als Wissen betrachten. Oft genug war er damit schon aufgezogen worden. Meist von seinem Kumpel Weizenwetter, einem Fußballfreak durch und durch.

Erst sehr spät kam dann Elly doch noch auf die Ermordung ihres Bruders zu sprechen. „Meinst du, Simon, du könntest da ein wenig nachhelfen?“ Und, was immer gut ankam, kurz hinterher: „Was man so hört, hast du ja Verbindungen bis ins BKA hinein.“

Das stimmte natürlich nicht, andererseits kannte Herr Schweitzer eine Menge Leute, die wiederum eine Menge Leute kannten. Sein komplettes Leben hatte er nach seiner Lieblingsdevise ausgerichtet, welche da hieß, man muß nichts selbst können oder wissen, man brauchte bloß die Leute kennen, die über das gerade benötigte Können und Wissen verfügten. Damit ließ es sich prima leben, wie sich am Lebenskünstler Schweitzer vorzüglich studieren ließ. Simon Schweitzer, das Paradebeispiel für gelebte Kommodität schlechthin. „Aber, Elly, jetzt übertreibst du aber.“ Er räusperte sich. Fehlte nur noch, daß er sich ein paar Staubflusen vom ordenbehangenen Jackett wischte.

Nach einer kurzen Pause sprach er weiter: „Aber natürlich kann ich mich ein bißchen umhören.“

Wir erinnern uns, Herr Schweitzer war weder betrunken noch hatte er die letzten Tage einen Joint geraucht. Was um alles in der Welt war also in ihn gefahren? Hatte er nicht vor kurzem noch damit geliebäugelt, den Sommer lesend in Marias Hängematte zu verbringen? Aber manche Gedanken sind einfach unergründlich. Belassen wir es einfach dabei.

„Oh ja, das wäre sehr nett von dir. Weißt du, Jens und ich haben uns nie sehr nahegestanden, aber mir wäre unwohl bei dem Gedanken, daß sein Mörder für immer frei herumläuft. Und falls du Ausgaben hast, Jens hatte noch ein Sparkonto mit ein paar Tausendern drauf. Daran soll's also nicht scheitern."

„Danke. Ich fang gleich morgen an", erwiderte Herr Schweitzer, der die Hoffnung noch immer nicht aufgegeben hatte, daß sich der Mord schon die nächsten Tage Knall auf Fall quasi von selbst löste. Na ja, dachte er bei sich, sein Freund, der Schmidt-Schmitt, könnte ja auch mal langsam ein paar Infos rüberrücken. Immerhin war der Mord in Sachsenhausen geschehen und als interessierter Bürger wüßte er schon ganz gerne, was hier eigentlich abging.

Kurz vor Ladenschluß verabschiedete man sich wortreich und Ferdi bot ihnen noch an, sie mit seinem Taxi nach Hause zu bringen. Dankbar wurde die Tour angenommen. Elly wohnte oben im Holiday Inn. Mit Ferdi vereinbarte Herr Schweitzer, daß sie morgen früh miteinander telefonierten, um einen gemeinsamen Termin für Jens' Möbel und die Renovierung zu finden.

Diesmal trugen die Osterhasen, von denen Herr Schweitzer schon letztens geträumt hatte, rote Filzhüte.

Sigmund Freud hätte wohl geschlußfolgert, daß dies auf Ellys ebenso rote Haare zurückzuführen sei. Aber Sigmund Freud als Begründer der Psychoanalyse zu betrachten, so oft, wie dieser Labbeduddel daneben lag, wäre ungefähr so, als würde man jenen altbabylonischen Möchtegern-Baumeister, dessen zweistöckige Lehmbauten permanent zusammenkrachten, als Vater aller Wolkenkratzer feiern. Natürlich gab es den Penisneid. Vermutlich brach er über den kleinen wie den großen Sigmund immer dann herein, wenn er nackt vor dem Spiegel stand. Außerdem war er Österreicher.

Ferdi schloß die Wohnungstür mit dem Schlüssel auf, den er von Elly bekommen hatte. Herr Schweitzer war froh, daß sich Jens' Wohnung im

Parterre befand, das würde die Sache mit den Möbeln vereinfachen. Maria wollte noch duschen, würde aber auf jeden Fall später dazustoßen.

Weder Ferdi noch Herr Schweitzer waren darauf vorbereitet, daß sich noch jemand in der Wohnung befand. Es war Elly, die vor einem Schreibtisch saß und Papiere ordnete.

„Puuh", sagte der Taxifahrer, „hast du uns erschreckt."

„Sorry. Aber gestern dachte ich noch, ich würde erst am Nachmittag hier sein. Schaut euch in Ruhe um. Ich muß noch die Aktenordner von Jens durchgehen. Ihr glaubt gar nicht, wieviel Papierkram noch zu erledigen ist, wenn jemand gestorben ist. GEZ, Rentenkasse, Einwohnermeldeamt, die Bank und, und, und."

Herr Schweitzer: „Ich kann's mir vorstellen. In Argentinien ist das bestimmt anders."

„Hast du eine Ahnung. Das war vielleicht früher so, aber mittlerweile hat man das Gefühl, die haben sich vorgenommen, Deutschland in Sachen Bürokratie an die Wand zu spielen."

„Was gar nicht so einfach sein dürfte", witzelte Ferdi.

„Sie geben sich aber die größte Mühe. Versucht mal, da unten eine Baugenehmigung für ein Restaurant zu bekommen. Kinderchen, Kinderchen, danach seid ihr reif für die Klapse."

Dann herrschte für einen Moment Ruhe, in dem sich Herr Schweitzer und Ferdi den Möbeln zuwandten.

Doch kaum hatten sie eine Tür des Schranks im Flur geöffnet, hörten sie Ellys Stimme erneut. „Apropos Klapse ..."

Ihrer Stimmlage nach war es unmöglich herauszufinden, ob Elly mit ihnen oder mit sich selbst sprach.

Sicherheitshalber ging Herr Schweitzer wieder ins Wohnzimmer.

Wie in Zeitlupe erhob sich Jens' Schwester aus dem Stuhl. In der Hand hielt sie ein Blatt Papier. Auch Ferdi war nun eingetreten.

„Das gibt's doch gar nicht", hauchte Elly und runzelte die Stirn. Noch immer war nicht klar, wem die Ansprache galt.

„Was gibt's nicht?" wollte Herr Schweitzer wissen.

Statt einer Antwort schüttelte Elly ihren Kopf. Dann reagierte sie doch noch: „Hier, eine Rechnung." Sie reichte das Papier weiter. „Jens war in psychiatrischer Behandlung. Wußtet ihr das?"

Herrn Schweitzer war's eher gleichgültig. Er hatte das Opfer nicht gut genug gekannt, um sich ein Urteil über dessen Psyche zu erlauben.

Doch Ferdi fiel aus allen Wolken: „Was? Jens und Probleme? Kann ich mir beim besten Willen nicht vorstellen."

„Hier steht's aber", erklärte Elly und studierte mit Ferdi zusammen das Schreiben.

Derweil setzte sich Herr Schweitzer in einen äußerst bequemen Ohrensessel, drehte Däumchen und beobachtete eine Krähe, die sich ihr Federkleid auf einer kleinen Birke im Hinterhof putzte.

Ferdi: „Doktor Seiboldt ... nie gehört."

Elly: „Aber schau mal aufs Datum. Das ist ja fünfzehn Jahre her. Komisch, daß Jens gar nichts davon erzählt hat."

Herr Schweitzer fand es weniger komisch. Denn wer posaunt schon gerne seine Defizite in die Welt hinaus? Ihn beschäftigte aber etwas ganz anderes: „Das ist doch hoffentlich nicht der Doktor Werner Seiboldt vom Schaumainkai?"

Beider Blicke wanderten zum Briefkopf hoch. Fast zeitgleich entgegneten sie: „Doch. Warum?"

Elly, alleine: „Kennst du den etwa?"

Und ob Herr Schweitzer den kannte. Leider. Der hatte sich bei seiner Freundin Maria von der Heide vor ein paar Jahren mal eine circa vierzig Zentimeter hohe Skulptur gekauft. Erst hatte er so getan, als spiele Geld keine Rolle, dann aber gefeilscht, als hinge sein Leben davon ab. Herr Schweitzer hatte ihn damals in die Kategorie ‚Versnobter Emporkömmling' gesteckt. Was er zweifelsohne auch war. Einige Male hatte er Doktor Seiboldt mit seinem affektierten blauen Seidenschal dann noch unter seinesgleichen auf dem Affenfelsen gesehen, wo er den Mann von Welt spielte. Das taten fast alle Gäste dort. Sie saßen durch ein paar Stufen erhöht an den Tischen einer Lokalität in der Oppenheimer Landstraße, tranken ihr Piccolöchen, aßen Kleinigkeiten zu überteuerten Preisen und blickten scheinbar desinteressiert aufs vorbeilaufende Fußvolk herab. Mit Genugtuung hatte Herr Schweitzer vor ein paar Wochen die Schließung dieses Szeneschuppens registriert. Und Affenfelsen war natürlich auch nicht der richtige Name gewesen. Phantasiebegabte Sachsenhäuser Schlappmäuler hatten den

Schuppen so getauft – in Anspielung darauf, was sich im Frankfurter Zoo bei den Schimpansen so abspielte, wenn sie sich von den Besuchern beobachtet wußten. Der weithin bekannte Sachsenhäuser Schriftsteller K. befand sich seinerzeit auch regelmäßig unter den Gästen. Natürlich.

„Hallo, Simon. Redest du noch mit uns?“ holte Elly Herrn Schweitzer aus der geistigen Versenkung zurück.

„Äh ... ja ... logo. Doktor Seiboldt. Ein Seelenklempner. Eine arme Sau und geizig. Würde gerne zur Sachsenhäuser Society gehören. Ob er's inzwischen geschafft hat, weiß ich nicht. Ist auch unwichtig. Mit Jens' Tod hat er bestimmt nichts zu tun. Das war sicherlich ein Junkie.“

Elly war ob seinen merkwürdigen Ausführungen etwas verdattert. „Natürlich nicht. Hab ich doch gar nicht gesagt.“ Sie zuckte mit den Schultern, faltete das Papier und steckte es in ihre Handtasche. Dann vertiefte sie sich mit den Worten „Mal schauen, ob hier irgendwo steht, warum Jens in Behandlung war“ wieder in den Aktenordner.

Dann kam Maria. Sie und Ferdi teilten die besten Stücke untereinander auf. Elly McGuire fand keinen weiteren Hinweis auf die psychischen Probleme ihres Bruders.

– Rückblende –

Man sagt, ist die Generalprobe ein Flop, reißt einen die Uraufführung vom Hocker. Manchmal ist es so. Manchmal aber auch umgekehrt.

Ein paar Tage nach seinem ersten Mord war noch alles in Butter; der nächste sollte am letzten Freitag im Juni stattfinden. Bis dahin waren es noch drei Tage. Zwar hatte er sein Opfer in spe, einen Bäcker namens Ingolf Decker, über die Jahre schon mehrfach observiert, um dessen Gewohnheiten zu studieren, trotzdem konnte und wollte er nicht ruhig zu Hause im Sessel sitzen und warten, bis es soweit war. In Hessen würde man dazu sagen, er war hibbelig.

Ein neues Fahrrad hatte er sich auch zugelegt. Kosten hatte er keine gescheut. Ein Zwölfgang-Getriebe sorgte für die nötige Geschwindigkeit. Über zweitausend Euro hatte er für das Gefährt mit dem Carbonrahmen hingeblättert. Er schloß es an den Zaun der Pferderennbahn und ging die paar Meter zum Uhren-Walther in der Schwarzwaldstraße. Sein Opfer wohnte schräg gegenüber. In einer Toreinfahrt versteckte er sich. Kein Mensch war unterwegs. In Niederrad wurden die Bürgersteige relativ früh hochgeklappt. Ein Fenster im zweiten Stock war erleuchtet. Er wußte, es war dessen Badezimmer, weil er den Decker dort schon stehen gesehen hatte – mit einer Zahnbürste hantierend. Er blickte auf seine Armbanduhr. In zwölf bis siebzehn Minuten würde der Bäcker das Haus verlassen, um zu seinem Auto zu gehen. So wie immer. Sein Dienst in einer Großbäckerei im Fechenheimer Industriegebiet begann um ein Uhr dreißig nachts. Montags hatte er immer frei. Urlaub nahm er stets im Winter, außerhalb der Schulferien.

Dieses Mal würde es eine echte Herausforderung werden. Die ganze Strecke, vom Hauseingang, der direkt an der Straße lag, bis hin zum angemieteten Parkplatz war von Laternen beleuchtet. Außer seiner Arbeit schien Ingolf Decker keine festen Termine zu haben. Nur selten ging er abends aus. Und wenn, dann zu keinem bestimmten Zeitpunkt. Sein Arbeitsplatz in Fechenheim war als Tatort völlig indiskutabel. Scheinwerfer beleuchteten den Hof, auf dem die Angestellten ihre Fahrzeuge abstellten. Obendrein drehte dort ein Wachmann mit seinem Schäferhund die Runden. Die einzige Möglichkeit war der Parkplatz in Niederrad. Immerhin hatte das weißgetünchte Haus an der Seite keine Fenster und man konnte zumindest von dort aus nicht auf die Autos blicken. Gegenüber allerdings befand sich ein vielgeschossiges Gebäude der Deutschen Post. Die dort untergebrachten Arbeitnehmer kamen und gingen zu den unmöglichsten Zeiten. Auch um ein Uhr nachts schloß da so manch einer die Haustür auf. Oft in angetrunkenem Zustand, wie er selbst aus der Entfernung noch hatte beobachten können. Aber auch das hatte er einkalkuliert. Es mußte halt alles sehr schnell gehen. Die Schlinge um den Hals und fertig. Bis ein möglicher Zeuge reagieren konnte, würde er schon längst wieder auf seinem Drahtesel sitzen und kräftig in die Pedale treten. Und dann hatte er sich noch etwas ganz Besonderes ausgedacht. Eine zusätzliche Pirouette sozusagen. Ob es aber zu diesem Zusatzprogramm kommen konnte, würde sich erst wenige Stunden vor dem Mord entscheiden. Schön wäre es, dachte er, als das Licht oben ausging und das im Hausflur an.

Wie immer waren Ingolf Deckers Haare noch naß vom Duschen.

In der linken Hand hielt er seine braune Ledertasche. Seine weiße Bäckerkleidung trug er bereits. Seinem morgendlichen Ritual folgend steckte er sich vor der Haustür eine Zigarette an. Eine Marlboro light, wie der Täter wußte.

Er folgte ihm in beträchtlichem Abstand. Beim Hotel, das sich auf Besucher der nahen Rennbahn spezialisiert hatte, blieb er stehen und sah, wie Decker in der Hofeinfahrt verschwand. Zwei Minuten später erblickte er erst die Scheinwerfer und dann die Rücklichter, die sich Richtung Königslacher Straße entfernten.

Er hatte Oberrad fast erreicht, als ein Unwetter über Frankfurt hereinbrach und ihn binnen Sekunden restlos durchnäßte. Da wollen die Götter mir wohl zürnen, dachte er. Aber scheiß auf die Götter! Sie, die Götter, die angeblich das Schicksal in den Händen hielten. Zornig kämpfte er gegen den Sturm an. Sie werden keine Chance gegen mich haben! Keiner wird eine Chance gegen mich haben!

– Ende der Rückblende –

In Filmen wird die Polizei oft als trottelige Gemeinschaft von Dilettanten und Versagern dargestellt. Genährt wird diese Vorstellung durch so lustige Fälle wie der Jagd nach dem weiblichen Phantom, das im Süddeutschen im quasi Stundentakt ein Verbrechen nach dem anderen begangen haben soll, bis man herausfand, daß eine Mitarbeiterin des Wattestäbchenherstellers für die immergleichen DNA-Spuren verantwortlich war. Dieser Fall sorgte natürlich für Heiterkeit allerorten, vornehmlich im Ausland. So etwas kann vorkommen, ist jedoch nicht die Regel.

Die Mordserie in Frankfurt mit den Opfern Heinz-Günther Sattler, Ingolf Decker und Jens Auer innerhalb von nur fünfzehn Tagen brachte die Kripo an den Rand ihrer Belastungsgrenze. Obendrein waren auch viele Beamte im Sommerurlaub, was die Sache nicht unbedingt vereinfachte. Bei keinem der drei Morde war man dem Täter auch nur annähernd auf die Pelle gerückt. Selbst vermeintlich erstklassige Spuren wie das gestochen scharfe Phantombild (Fall Jens Auer) oder die DNA- und Lippenstiftspuren an den Zigarettenkippen sowie das Schuhsohlenprofil (Fall Heinz-Günther Sattler) schienen im Nirgendwo zu verlaufen.

Nach wie vor untersuchte man die Morde unabhängig voneinander, war jedoch nicht so blöd anzunehmen, sie hätten nie und nimmer etwas miteinander zu tun. Doch nachdem man den Bekannten- und Freundeskreis und die persönlichen Lebensumstände der Opfer wieder und wieder nach allen Seiten abgeklopft hatte, blieb als einziger gemeinsamer Nenner lediglich die vermeintliche Kaltblütigkeit des oder der Täter übrig. Auch die unterschiedlichen Tatwaffen ließen keine Rückschlüsse auf Querverbindungen zu. Das Messer und die Drahtschlinge veranlaßten die Profiler zu der Annahme, daß die Täter emotionale Defizite haben mußten, während beim Jens Auer-Mord die Pistole eher dafür sprach, der Mörder sei sensibel und wollte sich nicht die Hände schmutzig machen.

Trotz dieser offenkundigen Unvereinbarkeit der Fälle hatte der Kripochef an diesem Morgen beschlossen, die Kräfte zu bündeln und die drei Teams in einem fast hundert Quadratmeter großen Raum im Polizeipräsidium an der Adickesallee unterzubringen. Ein jeder sollte gefälligst mal über den Tellerrand schauen, genau so hatte er sich ausgedrückt, auf daß vielleicht doch noch Übereinstimmungen zutage träten.

So kam es, daß Oberkommissar Schmidt-Schmitt zu Einblicken am Mord seines Stammkneipengenossen Jens Auer gelangte.

Doch war es nicht Schmidt-Schmitt, sondern seine hübsche Kollegin Doris Brenn-Scheidler, eine Kommissaranwärterin, bei der ihm öfter die Phantasie durchging, die gegen Mittag, justament als Elly McGuire die psychischen Problem ihres Bruders entdeckte, plötzlich stutzte.

„Hey Leute“, machte sie die Umstehenden auf sich aufmerksam. „Hier ist was!“

Und es war tatsächlich was. Jens Auer und Heinz-Günther Sattler gingen nämlich einst auf ein und dieselbe Schule in Sachsenhausen.

Das paßte Herrn Schweitzer gar nicht in den Kram. Kein Mensch konnte zeitgleich hungern und einer schweißtreibenden Arbeit nachgehen, war seine unumstößliche Meinung. Viel zu teuer, hatte Ferdi seinen Vorschlag abgetan, für den Abtransport der Möbel ein Last-Taxi zu rufen. Selbst der Hinweis, da habe man mit dem Fahrer doch gleich einen weiteren Malocher an der Hand, war wirkungslos im Orbit verpufft. Ferdis Standpunkt war, der Mensch könne fast alles alleine erledigen, wenn er nur wolle. Wozu also teures Geld ausgeben, wenn's auch billiger ging? Alles, was er brauche, sei Simons tatkräftige Unterstützung.

Außerdem stand der hellblaue Ford Transit in der prallen Sonne. Die Garage des Taxibetriebs Studer & Studer konnte leider wegen eines Getriebewechsels an einem anderen Fahrzeug nicht genutzt werden. Tobias Studer, Jens Auers Chef zu Lebzeiten, hatte Ferdi sofort zugesagt, den Bus übers Wochenende nutzen zu können, nachdem dieser ihn angerufen und danach gefragt hatte. Nur die Sitze müßten noch ausgebaut werden, aber das ginge ja ganz fix.

Wie fix das ging, verspürte Herr Schweitzer nun am eigenen Leib. Nicht wenige der Schrauben und Muttern waren, wenn nicht verrostet, so doch dergestalt feste verschraubt, daß man alleine für die hintere Sitzreihe eine halbe Stunde brauchte.

Eine Unterhaltung fand kaum statt. Ferdi und Herr Schweitzer saßen außer Puste am Tisch des Taxibetriebs, eine ehemalige Esso-Tankstelle, und tranken eine Cola nach der anderen.

Gerade als sie wieder die Arbeit aufnehmen wollten, kam ein junger Mann in einem ölverschmierten Overall herein und nahm sich aus dem Kühlschrank eine Fanta.

Niemand, der den Dicken so in den Seilen hängen sah, hätte ihm diese unglaublich Gedankenschnelle zugetraut. Herr Schweitzer: „Sag mal, hast du gerade einen klitzekleinen Augenblick Zeit?"

Der Werkstattchef war weggefahren, ein Ersatzteil besorgen.

„Nö, muß Getriebe ausbauen."

„Geht ganz schnell." Um das noch einmal zu überdenken, das mit dem Getriebe, wedelte Herr Schweitzer mit einem 20-Euroschein. „Wirklich, ganz schnell."

Ferdi: „Aber Simon, das können wir doch ..."

Aber Herr Schweitzer konnte ganz schön böse gucken. So böse, daß selbst bis an die Klauen bewaffnete Straßengangs aus Johannesburg zusammengezuckt wären. Ferdi verstummte. Gegen bis an die Klauen bewaffnete Johannesburger Straßengangs hatte er keine Chance.

Zehn Minuten später war die Arbeit erledigt. Gerade rechtzeitig, denn der Chef bog mit dem Ersatzteil in dem Augenblick auf den Hof ein, als der Lehrling wieder in der Garage verschwand.

Weil Ferdi noch immer grimmig dreinschaute, bemüßigte sich Herr Schweitzer zu den Worten: „Brauchst auch nix dazu geben, die zwanzig Euro gehen auf mich."

Während der Taxifahrer einer war, der anfallende Arbeiten gerne sofort erledigte, lag Herrn Schweitzers Augenmerk mehr auf den Ruhepausen. So hatte er Ferdis Vorschlag, den Möbeltransport noch heute hinter sich zu bringen, rigoros abgeschmettert. Der morgige Samstag war der Kompromiß, auf den man sich geeinigt hatte. Wenn es nach Herrn Schweitzer gegangen wäre, wäre der Montag auch noch früh genug gewesen.

Er erklomm den Beifahrersitz. Ferdi hatte ihm angeboten, ihn zu Hause abzusetzen. Der schwarze Kunststoffbezug glühte vor Hitze. Die Fenster waren bis zum Anschlag heruntergekurbelt.

Erst nachdem sie die Konstablerwache passiert hatten, fielen die ersten Worte. Sie kamen von Ferdi: „Meinst du, die Elly kriegt bei dem Doktor Seiboldt, oder wie der heißt, raus, warum Jens psychiatrische Hilfe beansprucht hat?"

„Glaubst du denn, das hat was mit dem Mord zu tun?"

„Nein. Aber ich kann's immer noch nicht glauben. Jens und ich waren doch Freunde."

Aha, dachte Herr Schweitzer, dieser Schuh drückt ihn also. „Du, Ferdi, mach dir nichts draus. Echt nicht. Oft wissen nicht mal die nächsten Angehörigen, wenn sich einer so einem Psycho-Heini anvertraut. Weißt du, den meisten Menschen ist es schlichtweg peinlich. Wer gibt schon gerne zu, daß er nicht mehr weiter weiß und Hilfe braucht?"

Ferdi versank in Gedanken. Erst als Herr Schweitzer im Mittleren Hasenpfad am Aussteigen war, richtete sein Kumpel erneut die Worte an ihn: „Das meine ich nicht."

„Was denn?"

„Jens war so ein ... na ja, wie soll ich sagen ... lustiger Mensch. Nie hätte ich daran gedacht, daß ..."

„Das gehört zur Tarnung, Ferdi. Verstehst du? Zur Tarnung."
„Hm. Ja. Verstehe."
Ferdi kuppelte den ersten Gang ein. Herr Schweitzer brauchte für die Tür zwei Versuche, ehe sie ganz zu war. Er wartete noch ab, bis der Transit gewendet hatte, dann winkte er Ferdi nach.

Der alte Schlawiner Schmidt-Schmitt hatte es einfach mal versucht. Und voll ins Schwarze getroffen. Nun saß er mit der hübschen Doris Brenn-Scheidler in einem Weinlokal auf der Eckenheimer Landstraße im Nordend. Die Tische draußen waren leider alle besetzt gewesen. Kein Wunder, bei diesem herrlichen Wetterchen.

Um seine nicht schwer zu erratenden wahren Absichten zu kaschieren, hatte er aufs Geratewohl einen privaten Gedankenaustausch bezüglich der unheimlichen Mordserie vorgeschlagen. Seine Kollegin war sofort einverstanden. Auch sie war solo und der Oberkommissar entsprach ihrem Anforderungsprofil. Die Weinkaraffe war zur Hälfte leer. Da der Oberkommissar die restlos langweilige Aufgabe zugeteilt bekommen hatte, den mikroskopisch winzigen Lippenstiftspuren an den Zigarettenkippen im Mordfall Heinz-Günther Sattler nachzugehen, hatte er Informationsdefizite, was den Rest betraf. „Und, Doris, hat sich aus der Spur mit derselben Schule was ergeben?"

„Noch nicht. Auer und Sattler waren drei Jahrgänge voneinander getrennt. Zur Zeit überprüfen wir, wie Ingolf Decker ins Schema paßt."

„Vielleicht waren sie Freunde", schlug der Oberkommissar vor. „Und haben sich in einem Sportverein kennengelernt."

„Da sind wir gerade dran. Decker, das wissen wir bereits, hat in seiner Jugend mal bei der Germania gekickt. Leider haben wir von denen noch keinen erreichen können. Der Präsident ist geschäftlich unterwegs und soll erst am Montag zurück sein."

„Vizepräsident, Schatzmeister?"

„Fehlanzeige. Beide für länger im Urlaub."

Schmidt-Schmitt füllte die Gläser nach. „Ich weiß nicht. Meinst du, diese Spur bringt was?"

„Nein", antwortete Doris. „Aber momentan müssen wir für jede

Kleinigkeit dankbar sein. So etwas hat's immerhin schon gegeben. Vier Freunde teilen ein Geheimnis miteinander. Ein Überfall, eine Erpressung, irgend etwas Illegales. Und Jahre später laufen die Ereignisse aus dem Ruder und einer von den Vieren rächt sich an den anderen für was auch immer."

„Und den Vierten suchen wir jetzt?"

„Falls die Fälle überhaupt zusammenhängen, wonach es überhaupt nicht aussieht. Fällt dir was Besseres ein?"

„Klar." Der Oberkommissar tat, als würde er kurz nachdenken. Dann aber: „Denk an den Lippenstift. Eine Frau hat die Schnauze voll von Männern. Nach und nach bringt sie ihre Verflossenen um. Die anderen Leichen haben wir nur noch nicht gefunden, weil sie die Toten ins Essen gemischt hat."

„Ins Essen? Wie abscheulich."

„Na ja, vielleicht führt sie ein englisches Restaurant. In englischem Essen fallen Leichen nicht so auf."

Nun merkte auch Doris Brenn-Scheidler, daß sie gefoppt wurde. Sie lächelte. „Aber Herr Schmidt-Schmitt ..."

„Mischa. Sag einfach Mischa zu mir."

„Doris. Ich bin die Doris. Die nächste Karaffe zahle ich."

Der Oberkommissar sah ihr nach, als sie zum Tresen ging. Hm, lekker, dachte der Chauvi in ihm.

Doch auch Doris Brenn-Scheidler hatte es faustdick hinter den Ohren. „Wollen wir noch enger zusammenarbeiten?" fragte sie ein paar Stunden später, als das Weinlokal dichtmachte. „Ich wohne hier um die Ecke."

„Besser um die Ecke wohnen, als jemanden um die Ecke bringen", nahm der Oberkommissar das Angebot an.

– Rückblende –

Noch regnete es nicht, was sich aber von einer Sekunde auf die andere ändern konnte. Für sein Vorhaben war es nicht von Bedeutung. Ich bin doch kein Schönwetterrächer, dachte er. Der Gedanke stimmte ihn froh. Er stand in derselben Toreinfahrt, in der er über viele Abende verteilt schon etliche Stunden verbracht hatte. Die Schlinge hatte er sich um die rechte Faust gewickelt. Er hätte gerne gewußt, wie er mit der Perücke aussah, jetzt, da ihm die durchnäßten Haare glatt über der Schulter hingen. Der Regenschauer hatte ihn auf Höhe des Spielparks Louisa erwischt. Wie beim ersten Mal war er ein bißchen nervös. Pausenlos sah er auf die überdimensionierte Uhr vom Uhren-Walther. Nur zäh rückte der Zeiger vorwärts.

Dann war es endlich soweit. Im Flur ging das Licht an. Er trat einen Schritt zurück. Die Drahtschlinge verlieh ihm Stärke. Etwas Magisches ging von ihr aus und übertrug sich auf ihn.

Als die Tür zugefallen war und Ingolf Decker sich die obligatorische Zigarette angezündet hatte, wartete er noch ein paar Sekunden. Dann folgte er ihm. Zu seinem Entsetzen erblickte er die Silhouette des Opfers mit einem aufgespannten Regenschirm, obwohl es doch bloß nieselte. Sein Plan sah vor, dem Bäcker in dem Moment die Schlinge über den Kopf zu ziehen, wenn dieser sich leicht nach vorne beugte, um sein Auto aufzuschließen. Der Schirm aber war nicht vorgesehen. Würde er mit der rechten Hand aufschließen und den Schirm dabei in der linken halten? Dann könnte es zu Komplikationen kommen, überlegte er, je nachdem, wie weit er den Regenschirm vom Kopf entfernt hielt. Er merkte, wie er viel zu schnell ging. Er merkte auch, daß sein Puls raste. Sein erster Impuls war, die ganze Sache abzublasen und zu verschieben, denn wenn er das hier vermasselte, würde vielleicht Jens Auer davonkommen. Alternativ könnte er dem Bäcker auch das Leben schenken und sich voll und ganz auf den Taxifahrer konzentrieren. Letzteren würde er ja gleich noch sehen. Das war die Pirouette, die er sich ausgedacht hatte und auf die er mächtig stolz war.

Nachdem er ein paar langsamere Schritte eingelegt und sich zu tieferen Atemzügen gezwungen hatte, beruhigte sich auch sein Puls wieder. Vorsichtig spähte er in die Herzogstraße.

Noch bevor Ingolf Decker in den Hof bog, in dem sein Auto stand, blieb er kurz stehen und schüttelte die wenigen Tropfen vom Schirm.

Das nahm er als Zeichen. Kein gespannter Regenschirm, keine Probleme. Gleich, mein Lieber, dachte er, gleich wird dein Alltag mit seinen kleinen Dramen für immer der Vergangenheit angehören. Er spürte das Adrenalin in den Adern. Seine Mission nahm ihren Lauf.

Doch gerade, als er den letzten Richtungswechsel vollziehen wollte, um die restlichen fünf oder sechs Meter zum Opfer zurückzulegen, hörte er Schritte. Schritte, die es um diese Uhrzeit in Niederrad gar nicht geben dürfte.

Und dann auch noch Stimmen.

„Wieso müssen wir jetzt schon runtergehen? Blödsinn. Das Taxi ist erst für halb bestellt." Männliche Stimme.

„Jetzt fang nicht schon wieder mit dem Theater an. Du weißt doch, wie aufgeregt ich bin. Immer muß alles nach dir gehen. Immer!" Weibliche Stimme.

„Wer wollte denn nach Malle fliegen? Du doch."

„Was hat das damit zu tun? Sag schon, was?"

Kinderstimme: „Mami, hast du Bärli? Wo ist Bärli?"

Sie kamen aus dem Hinterhaus und trugen schwere Koffer. Als sie den Mann in der weißen Bäckeruniform sahen, hörten sie zu streiten auf und grüßten freundlich.

Fast hätte ihn das Intermezzo paralysiert. Als Übersprungshandlung tat er, als binde er sich die Schuhe. Als er sich wieder aufrichtete, blickte er direkt in Ingolf Deckers Augen. Dieser wirkte genauso irritiert wie er selbst. So viele Menschen um diese Uhrzeit. Was sollte das?

Und um das Maß vollzumachen, kam auch noch das Taxi. Der Fahrer schaute ein wenig verwundert, als er die Straßenseite wechselte. Er hatte angenommen, er wäre der Fahrgast, da sonst noch keiner zu sehen war. Zum Glück war es nicht Jens Auer, das hätte ihm gerade noch gefehlt. Schnellen Schrittes entfernte er sich. Er behielt die Richtung bei, alles andere hätte noch mehr Aufmerksamkeit erregt. Nachdem der zweite Mord nun gründlich ins Wasser gefallen war, mußte er umdenken. Noch hatte er genug Zeit. In einer dreiviertel Stunde würde ihn Jens Auer aus einer Sachsenhäuser Kneipe abholen und ihn nach Oberrad bringen. Das hatte er telefonisch mit ihm vereinbart. Was sollte er jetzt tun? Wie seinen Plan ändern?

Rechts in die Königslacherstraße. Wieder rechts in die Schwarzwaldstraße. Er kam zu keinem Ergebnis. Zeit, ich brauche Zeit. Mist, verfluchter Bockmist, warum müssen die gerade heute in Urlaub fahren? Alles hätte so schön sein können.

Mechanisch schloß er sein neues Rennrad auf. Am Himmel über dem Oberforsthaus blitzte es schon wieder. Kurz darauf war der Donner zu hören.

– Ende der Rückblende –

Herr Schweitzer war in einen Hinterhalt geraten, wie er hinterhältiger nicht hätte sein können. Obwohl er sich mit Müsli und frischem Obst vollgestopft hatte, warf ihn der Bratenduft aus dem zweiten Stock fast um. An der Haustür kam ihm sein türkischer Nachbar Güney mit in Folie gepackten Dönern entgegen. Er täuschte Eile vor und grüßte nur kurz, um den kulinarischen Gefahrenherd schnellstmöglich hinter sich zu lassen. Auf den paar Metern zur Mörfelder Landstraße erholte er sich zumindest so weit, daß sich die tänzelnden Sternchen, die ihm um den Kopf schwirrten, fast immaterialisierten. Trotzdem hechelte sein Bauch nach Fleisch. Als Tausch bot er Obst und Müsli an. Vollends aus dem Gleichgewicht brachte ihn ein widerlicher Punk mit metallicblauem Irokesenschnitt, der auf einem Poller sitzend eine Pizza in der Größe eines Wagenrades verzehrte. Der Thunfischgeruch verhieß Zustände wie im Paradies. Von da an torkelte Herr Schweitzer, als habe er sich im Vollsuff beide Knie gestaucht. Menschen, die ihm entgegenkamen, machten einen großen Bogen um ihn.

Beim Autohändler kapitulierte er. Er schlug sich in einen Busch und übergab sich. Dann verlor er den Boden unter den Füßen und schaffte es gerade noch bis zum Mäuerchen. Die Sternchen waren wieder da. Saftige Steaks epiphanischer Natur umkreisten ihn in wenigen Zentimeter Abstand.

Eine Dame weit jenseits der Siebzig im geblümten Sommerrock blieb stehen und musterte ihn unverhohlen. „Diese Jugend, tz, tz, tz. So wehleidig, tz, tz, tz. Fehlt Ihnen was?“

Wie durch eine dichte Nebelwand drangen die Worte an sein Ohr. „Geht schon. Danke. Der Kreislauf.“

Dabei war Herr Schweitzer die letzten Tage so tapfer gewesen. Zwei Tage noch, allerhöchstens drei, und das nächste Loch in seinem Gürtel wäre fällig gewesen. Es gab sogar Obst, das ihm inzwischen schmeckte: Erdbeeren.

„Ja, ja, der Kreislauf. Das kenne ich, das kenne ich. Sie müssen sich mehr bewegen, junger Mann. Glauben Sie einer alten Frau."

Mühsam rappelte sich Herr Schweitzer auf. „Mach ich, danke. Bewegen."

„Und trinken. Bei dieser Hitze, immer viel trinken. Das vergessen die meisten. Bei uns im Seniorenheim ..."

„Ja, mach ich auch. Trinken, immer viel trinken." Aber das hatte er sowieso vorgehabt, allein schon wegen des schalen Geschmacks in seinem Munde.

„Da vorne ist ein Kiosk. Soll ich Ihnen was holen?"

„Geht schon. Danke. Schönen Tag noch."

Skeptisch blickte sie zum Häufchen Elend. „Na dann. Gute Besserung."

Zwanzig Minuten und zwei Flaschen Mineralwasser später war Herr Schweitzer insoweit wieder hergestellt, daß er die letzten Meter zu Jens Auers Wohnung unfallfrei bewältigte, wenn man mal von den vielen Rülpsern absah.

– Rückblende –

Es hatte ewig und drei Tage gedauert, bis er endlich die Handynummer des Taxifahrers erfuhr. Zwar hatte er in Erfahrung bringen können, daß Jens Auer für den Taxibetrieb Studer & Studer arbeitete, aber nicht, an welchem Halteplatz er seine Schicht begann. Tagelang hatte er umsonst die Taxistände Merianplatz, Zoo und Nibelungenplatz beobachtet, bis er auf die Idee gekommen war, ihn direkt bei der Ausfahrt vom Hof abzupassen. Endlich mal ein Fahrer, der sich auskennt, hatte er Jens Auer überschwenglich am Zielort in Oberrad gelobt und ihm dann ein fettes Trinkgeld gegeben. Und noch bevor er es selbst ansprechen konnte, hatte ihm der Taxifahrer von sich aus seine Visitenkarte in die Hände gedrückt. ‚Falls Sie mal wieder einen zuverlässigen Fahrer brauchen.'

Erst im letzten Moment hatte er an die Perücke gedacht und sie in eine Plastiktüte gesteckt. Sie kannten sich ja und die Verkleidung war nun überflüssig. Bereits um neunzehn Uhr hatte er Jens Auer angerufen und die Vorbestellung durchgegeben. Von einem öffentlichen Telefon aus, natürlich. Alles andere hätte die Kripo nachverfolgen können.

Noch immer nagte der fehlgeschlagene Racheakt in Niederrad an ihm. Fünf Minuten vor der vereinbarten Zeit kam das Taxi um die Ecke gebogen. Sein Fahrrad stand am eisernen Zaun der Wallschule, er selbst am geschlossenen Hinterausgang der Apfelweingaststätte Zum gemalten Haus. Es regnete in Strömen. Sein grauer Anzug klebte am Körper.

„Guten Abend", begrüßte ihn der Fahrer. „Nach Oberrad, wie immer?"

Er nahm auf der Rückbank Platz und gurtete sich an. „Oberrad. Ja."

Als Jens Auer bemerkte, wie durchnäßt sein Fahrgast war, fragte er: „Oh, hätte ich das gewußt, wäre ich früher gekommen. Bin ich zu spät?"

„Nein, nein. Alles in Ordnung. Bei dem Sauwetter kann man ja fast schwimmen."

„Wem sagen Sie das?! Morgen soll's aber wieder besser werden."

„Na, hoffen wir's mal."

An der Textorstraße setzte der Fahrer den Blinker nach links. Er war froh, daß Jens Auer alles andere als eine Plaudertasche war. Die Ruhe tat ihm gut. Durch die Schlieren sah er nach draußen. Sachsenhausen wirkte wie ausgestorben. Nur vereinzelt brannten noch Lichter in den Wohnungen. Die Tüte mit der Perücke lag auf seinem Schoß. Er wünschte sich nach Hause. Ja, heute würde er sich ausnahmsweise einen Cognac gönnen. Er konnte ihn fast schon schmecken.

Die Versuchung war da, noch immer steckte die Drahtschlinge in der Außentasche seines Jacketts. Aber er beherrschte sich. Jens Auer sollte sein Leben am Kuhhirtenturm beenden und nirgendwo sonst. Am Kuhhirtenturm, dort, wo alles begann. Und zwar am 4. Juli, keinen Tag eher, keinen Tag später. Ingolf Decker war da schon fast egal. Eine Randerscheinung sozusagen.

Wieder gab er großzügig Trinkgeld, als der Wagen im Goldbergweg hielt.

„Einen schönen Abend noch, Herr Müller", wünschte ihm Jens Auer beim Aussteigen.

Herr Müller. So hatte er sich ihm vor langer Zeit vorgestellt. Eine reine Vorsichtsmaßnahme. Gedacht nur für den Fall, daß Jens Auer

Kollegen gegenüber von dem spendablen Fahrgast aus Oberrad erzählen sollte.

„Ja, Ihnen auch. Kann sein, daß ich nächste Woche mal wieder ein Taxi brauche. Am nächsten Freitag fahren Sie doch, oder?"

„Ja, rufen Sie an, wenn Sie mich brauchen."

Mit dem Cognacglas in der Hand saß er dann in seinem Sessel. Das sanfte Wiegen der Baumkrone vor seinem Fenster wirkte einschläfernd. Es dauerte eine Stunde, bis das Glas leer war. Ingolf Decker arbeitete auch samstags. Morgen war Samstag. Auf ein Neues!

– Ende der Rückblende –

Herrn Schweitzer interessierte weder das Chesterfield-Sofa noch der zweitürige Biedermeier-Kleiderschrank noch das Jugendstil-Vertiko. In seinem Fokus befand sich der Miele-Kühlschrank. Darin war ein Schatz verborgen. Für viele war ein Snickers nichts anderes als ein süßer Snack für zwischendurch. Für Herrn Schweitzer war es mehr als eine göttliche Offenbarung. Nach wie vor hatte er seine Diät zur Top-secret-Angelegenheit deklariert. Hastig riß er das Papier ab. Mit zwei Bissen war das Snickers verschlungen. Hätten sich in der Schatz-Kühltruhe noch mehr Leckerlis befunden, sie alle wären dem temporären Diätabtrünnigen zum Opfer gefallen.

Erst danach grüßte er Ferdi, der ihm die Tür aufgemacht und ihm entgeistert nachgestarrt hatte. „Hallo. Geht's dir gut?"

„Mir schon."

„Mir jetzt auch. Sag mal, du hast nicht zufällig noch ein Snickers einstecken?"

„Was ein Pech aber auch! Eine grüne Betonmischmaschine, einen Gabelstapler und einen Chemiebaukasten, all das trage ich immer am Mann. Aber Snickers? Nee, du, Simon. Sorry, die habe ich in der Hektik heute morgen glatt vergessen."

Bis dato war Herrn Schweitzer Ferdis Humor gar nicht aufgefallen. „Irre lustig. Ham mer heute einen Clown gefrühstückt?"

„Nee. Aber ein paar Snickers. Die waren echt lecker, hm."

Blödmann, dachte der Gelegenheitsdetektiv, verarschen kann ich mich auch selber. „Sag mal, wer kommt eigentlich noch? Ich meine, der Schrank, den können wir doch unmöglich zu zweit da runterwuchten."

„Nein, nein, keine Bange. Eigentlich sollten Weizenwetter und Buddha Semmler längst hier sein."

Weizenwetter war okay. Der trank zwar öfter als ihm guttat einen über den Durst, war aber ansonsten noch recht gut beieinander. Bei Buddha Semmler, dem urigen Apfelweinkellner, sah die Sache allerdings schon anders aus. Der hatte eine ähnlich voluminöse Wampe wie Herr Schweitzer, deswegen auch Buddha. Dementsprechend skeptisch musterte er den Biedermeierschrank. „Glaubst du, das kriegen wir hin?"

„Was bleibt uns anderes übrig? Wo sind eigentlich deine Arbeitshandschuhe?"

„Arbeitshandschuhe? Wie meinst du das?" fragte ein leicht irritierter Herr Schweitzer.

Ferdi verdrehte die Augen. „Ach, stimmt ja. Der liebe Simon und die Arbeit. Freunde werdet ihr in diesem Leben auch keine mehr."

„Dafür bin ich ziemlich intim mit Marias Hängematte", konterte Herr Schweitzer.

„Na dann. Damit ist der Schrank ja so gut wie unten. Für was brauchst du uns eigentlich noch?"

„Damit ihr aufpaßt, daß ich im Treppenhaus nirgendwo dagegenstoße. Ist ja echt unhandlich, das Teil."

Tja, so ist das in Sachsenhausen. Kaum ein Flecken Erde, auf dem das Dummrumgebabbel ausgeprägter ist. Zum Glück klingelte es und die Verstärkung traf ein.

„Ich hab gehört, hier müßten ganz dringend ein paar Kopfkissen geschleppt werden", waren Buddha Semmlers erste Worte, als er die Wohnung betrat.

„Logo", sagte Herr Schweitzer, dem das Snickers neue Lebensgeister eingehaucht hatte. „Die Kopfkissen sind in dem kleinen Schrank dort. Leider lassen sich die Türen nicht öffnen. Fang schon mal an. Wir gehen derweil zum Dautel, uns vollaufen lassen."

„Prima Idee." Buddha Semmler rieb sich die Hände. „Ganz meine Devise. Erst das Vergnügen, dann die Arbeit Arbeit sein lassen."

„Hey“, intervenierte Herr Schweitzer, „das ist meine Devise. So etwas nennt man Diebstahl geistigen Eigentums.“

So ging das noch eine Weile weiter. Nichtsdestotrotz war alsbald auch die Arbeit erledigt. Das Vertiko, ein afghanischer Teppich mit ruhigem Muster, ein gußeiserner Beistelltisch und eine Holztruhe unbekannter Herkunft waren wohlbehalten oben bei Maria gelandet und der Transit stand nun vollbeladen mit Ferdis Sachen auf dem Bürgersteig. Die Herrschaften waren ziemlich groggy. Buddha Semmlers Kopf glich einer überreifen Tomate. Ferdi und Weizenwetter hatten sich die klitschnassen Shirts ausgezogen und Herr Schweitzer gierte nach Sauerstoff.

Zu aller Überraschung tauchte dann auch noch Elly McGuire auf. „Hallo Jungs. Wie ich sehe, wart ihr schon fleißig. Nur zur Info, der Sperrmüll kommt am Dienstag.“

„Das heißt, spätestens am Montagabend sollten wir den Mist runtergetragen haben“, bewies nun Herr Schweitzer gestochen scharf seine geistigen Fähigkeiten.

„Genau“, bestätigte Elly. „Wenn ihr mit dieser Fuhre fertig seid, lade ich euch zum Essen ein. Ihr seht aus, als könntet ihr was vertragen.“

Daraufhin war Herr Schweitzer gar arg wankelmütig. Einerseits war da seine Diät. Andererseits sagte er sich, wenn ich schon 20.000 Kalorien verbraucht habe, kann ich wohl mal läppische 1.000 von den Dingern zu mir nehmen. Bleibt immer noch ein Minus von 19.000. „Wo?“

„Ich dachte an den Mexikaner Ecke Textorstraße.“

Der Gedanke daran setzte neue Energien frei. Und bevor ein dummer Spruch kam, erbot sich Herr Schweitzer, im Laderaum mitzufahren, bevor's vorne zu eng wurde.

Zwei Stunden darauf war es dann doch nur ein Minus von circa 18.000 Kalorien, weil er dem Nachtisch nicht hatte widerstehen können.

So nebenbei erfuhr Herr Schweitzer auch, daß sich besagter Doktor Seiboldt vom Schaumainkai geweigert hatte, mit Elly über Jens Auers psychische Probleme zu reden.

Der Jour fixe im Weinfaß war seit jeher Samstag. Ein jeder in der Clique um Herrn Schweitzer war bemüht, wenigstens mal kurz vorbeizuschauen. Spötter nannten es auch die Klatschbörse, weil hier lokale Neuigkeiten dermaßen geschwind die Runde machten, daß die Presse der folgenden Tage oft nur unter dem Gesichtspunkt gelesen wurde, ob man eventuell irgendwelche Feinheiten verpaßt hatte.

Auch heute war Berthas Kneipe zum Bersten voll. Bis auf Buddha Semmler, der Thekendienst im Eichkatzerl hatte, war man quasi komplett. Allesamt waren gut drauf. Nur Weizenwetter saß mit mürrischer Miene etwas abseits, weil es mit seiner Haßliebe Karin mal wieder nicht zum Besten stand. Er hatte vor, sich die volle Dröhnung zu geben. Viel fehlte nicht mehr.

Voll des Glücks und leer des Spermas hatte Oberkommissar Schmidt-Schmitt seine Eroberung Doris Brenn-Scheidler mitgebracht. Mit ihrer knallengen Jeans und frischgestylten Pagenfrisur war sie eine absolute Augenweide. Selbst der pensionierte Richter Ouzo-Schorsch hatte seine lüsternen Blicke nicht unter Kontrolle. Wehmütig gedachte er seiner Adoleszenz.

Das opulente Mittagsmahl beim Mexikaner war ein Ausrutscher. Herr Schweitzer hatte sich wieder im Griff und trank als einziger Mineralwasser. Und, was man ihm so gar nicht zugetraut hatte, er fühlte sich wohl dabei. Seit Tagen hatte er auch keinen Joint mehr geraucht; nicht mal als begleitende Maßnahme für seinen gewohnten Mittagsschlaf. Allerdings hatte diese ihm eher fremde Lebensweise auch seine Nachteile. Obschon er sich vorgenommen hatte, den Sommer nicht mit Arbeit zu vergeuden, lauschte er gebannt den Ausführungen des Oberkommissars bezüglich der unheimlichen Frankfurter Mordserie. Trotz der teilweise vielversprechenden Spuren war man kaum einen Schritt vorangekommen.

Herr Schweitzer spitzte die Ohren, als Doris erklärte, sie glaube im Mordfall Jens Auer nicht an eine Zufallstat, der Täter habe es nur so aussehen lassen wollen.

„Warum denn das?" fragte er ziemlich entgeistert.

Doris blickte zu Schmidt-Schmitt.

Dieser nickte mit dem Kopf, was bedeutete, es gehe schon in Ordnung, wenn sie Herrn Schweitzer gegenüber Ermittlungsgeheimnisse preisgab.

„Erstens sieht die Kleidung des Täters nicht nach einem Junkie aus, sofern der Zeuge auch nur halbwegs verläßlich ist ...", erklärte Doris.

Und der Oberkommissar ergänzte: „Zweitens ist Jens mit vier Schüssen niedergestreckt worden. Wenn es der Täter nur auf das Geld abgesehen hätte und er verhindern wollte, daß Jens ihm folgte, wäre ein Schuß vollkommen ausreichend gewesen."

Die Kommissaranwärterin: „Genau. Zumal der erste Schuß schon tödlich war. Direkt in die Herzkammer. Bei den anderen hat er bereits sterbend auf dem Pflaster gelegen. Das sieht mir eher nach einem sehr wütenden Täter aus."

Herrn Schweitzers erster Gedanke: „Und wenn sie vorher in Streit geraten sind ..."

„Siehst du, Doris", sagte Schmidt-Schmitt nun, „das ist unser Simon. Gar nicht so dumm, das Kerlchen." Er wandte sich an Herrn Schweitzer. „Genau dasselbe haben wir uns auch schon gefragt. Der Zeuge hat aber von einem Streit nichts mitbekommen."

„Der konnte ja schon stattgefunden haben, als die Türen vom Taxi noch geschlossen waren", versuchte es Herr Schweitzer mit einer neuen Theorie.

Doris: „Genau das ist unser Problem. Nichts als Hypothesen."

Der Oberkommissar: „Und beim Mord im Günthersburgpark sieht's auch nicht viel besser aus."

Doris wieder: „Da hat nämlich die Pathologie entdeckt, daß das Mordmesser höchstwahrscheinlich vorher extra noch geschliffen worden ist."

Herrn Schweitzers Blicke schwirrten hin und her.

„Yeap. Auffallend viele Partikel aus Edelstahl am Ringknorpel", fügte Schmidt-Schmitt hinzu. „Zu viele für seinen Geschmack, sagt der Pathologe."

Natürlich hatte er keine Ahnung, wo in der menschlichen Anatomie ein Ringknorpel zu suchen sei. Sein fragender Gesichtsausdruck sprach Bände.

Doch sein Kumpel klärte ihn auf, wenn auch sehr kryptisch: „Der Ringknorpel. Hals. Zack. Viel Blut und so. Gleich tot. Hatte keine Chance."

Doris Brenn-Scheidler fiel in einen ähnlichen Duktus: „Und Niederrad, Ingold Decker. Auch so. Viel Wut im Bauch. War aber kein Messer, war eine Drahtschlinge. Der Kopf hing nur noch am seidenen Faden."

„Hihi, der war gut", kicherte Schmidt-Schmitt nun dümmlich und gab Doris einen Kuß. „Seidener Faden ..."

Herr Schweitzer kam nicht umhin sich zu fragen, ob die bei der Kripo intern immer so babbeln oder ob nun der Zeitpunkt gekommen war, an dem seine eigene Nüchternheit nicht mehr mit dem Alkoholgenuß der anderen harmonierte. Er besah sich ihre Deckel. Beide waren beim siebten Glas Wein angekommen. Ui, ui, ui.

Und während er noch darüber sinnierte, wie er sich nach sieben Gläser Wein fühlen mochte, kam eine aufgeräumte Elly McGuire zu ihnen. Wie eine Monstranz trug sie ein volles Tablett kleiner Schnapsgläser. „Na, wie steht's, wie geht's? Williams Christ, wer möchte?"

Doris und Mischa mochten. Herr Schweitzer lehnte dankend ab.

Nachdem man einen Toast auf das Leben im allgemeinen ausgesprochen und die Gläser in einem Zug geleert hatte, fragte Elly leichthin: „Und, wie weit seid ihr mit euren Ermittlungen? Muß Simon euch tatsächlich unter die Arme greifen?"

„Ach, lieber nicht", widersprach der Oberkommissar. „Unter den Armen bin ich kitzelig." Er hatte ein Stadium erreicht, in dem Ernsthaftigkeit nicht mehr angesagt war.

„Versteh ich nicht. Bist du etwa auch von unserem Verein?" fragte Doris ernsthaft.

Bevor sich Herr Schweitzer die Worte zurechtgelegt hatte, sprang sein Kumpel für ihn in die Bresche: „Hihi, du bist vielleicht komisch. Simon und ein Bulle ... Da müßte er doch arbeiten. Das paßt zusammen wie Teufel und Weihwasser." Zum Zeichen, daß er es nicht so gemeint hatte, gab Schmidt-Schmitt dem Herrn Schweitzer einen Klaps auf die Schulter.

Dann ließ er sich doch noch zu einer Erklärung herab: „Nein, nein. Simon ist kein Bulle. Vielmehr ist er ... wie soll ich sagen? Privatdetektiv wäre übertrieben."

Aber auch Herr Schweitzer konnte nicht so recht erklären, was er eigentlich war. An schlechten Tagen bezeichnete er sich selbst als Faulpelz, an guten als Bonvivant. Schlechte Tage waren eine Rarität, der jetzige drohte gerade einer zu werden. Er fragte sich, ob er selbst auch immer so viel sinnloses Zeug daherredete, wenn er einen im Tee hatte. Erste Anzeichen einer veritablen Identitätskrise?

Unbemerkt hatte sich seine Freundin Maria von hinten genähert, schlang ihren Arm um seinen Hals und sagte: „Simon ist ein Schatz. Gelle, mein Schatz?"

Hic et nunc hätte sich Herr Schweitzer am liebsten eine Decke über den Kopf gezogen. Statt dessen spitzte er die Lippen und küßte den ihm dargebotenen Mund, was Doris und Mischa zum Anlaß nahmen, ihrerseits ausgiebig zu knutschen.

Trotz dieser prickelnden Ablenkung war Doris weiterhin neugierig. So fragte sie, als sie wieder Atem schöpfte: „Was ist denn Simon nun wirklich?"

Elly: „Simon ist Privatdetektiv. Ein verdammt guter, was man so hört. Stimmt's?"

„Klar", stimmte Maria ein ins Hohelied. „Mein Schatz ist außer, daß er mein Schatz ist, auch noch verdammt schlau. Wäre ich sonst mit ihm zusammen!?"

Abwehrend schüttelte Herr Schweitzer seine rechte Hand wie einen Fächer. „Nun laßt mal gut sein, Kinderchen. Privatdetektiv, manchmal. Aber nur in Sachsenhausen." Er fühlte sich zunehmend von allen Seiten bedroht. Nüchtern im Weinfaß, so lernte er gerade, ist so unmöglich wie Handkäs ohne Musik. Zumindest an einem Samstag, wenn die ganze Bagage in Partylaune war.

Zu allem Überfluß kam dann auch noch der Ouzo-Schorsch angedackelt und gab mit schwerer Zunge ein paar Anekdoten aus seinem Berufsleben als Richter des Frankfurter Oberlandesgerichts zum Besten. Und, was Herrn Schweitzer am meisten erstaunte, alle schienen dessen Ausführungen folgen zu können, indes er selbst nur Bahnhof verstand. Zur Sprache der Alkoholisierten war ihm der Zugang verwehrt. Es gab keinen gemeinsamen Nenner mehr. Wie auch, wenn aus einem Zeugen ein Scheuge, einem Staatsanwalt ein Schdadsanwatt und einer Revision eine Rewischonn wurde. Allein die Dechiffrierung einzelner Worte beanspruchte Herrn Schweitzer dermaßen, daß für den Inhalt keine Kapazitäten mehr frei waren. Er wünschte, die Tortur habe bald ein Ende.

Leider war auch seine Maria heute außer Rand und Band. Sonst gehörte sie immer zu den ersten, die gehen wollte.

Als es dann, weit nach Mitternacht, endlich an der Zeit war, schlug seine Freundin auch noch vor, ganz romantisch, so wie früher, den weiten Weg hoch zum Lerchesberg zu Fuß zurückzulegen. „Guck doch mal, der Mond, ist das nicht schön? Ach, Simon ...“ Sie hakte sich bei ihm ein.

Unterwegs kamen sie noch am Denkmal des unbekannten Detektivs vorbei. Natürlich gab es in ganz Sachsenhausen keinen Gedenkstein dieser Art. Aber Herr Schweitzer stellte ihn sich bildlich vor, so schlecht stand es um ihn. Sogar die Lupe war aus Marmor.

Wie nicht anders zu erwarten, schlief Maria umgehend ein, kaum hatte sie sich ihrer Klamotten entledigt.

Eigentlich war Herrn Schweitzer das Schlafen in die Wiege gelegt worden. Nun wollte es ihm partout nicht gelingen. Er starrte an die Decke und wartete auf die ihn übermannende Müdigkeit. Immer wieder tauchte Jens Auers Gesicht vor ihm auf. Und er, Herr Schweitzer, war mittenmang in der Detektivarbeit. Jens Auer, mal ein skrupelloser Mädchenhändler, der sich mit einer übermächtigen Konkurrenz angelegt hatte, mal ein ahnungsloses Opfer, das unwillentlich der Rauschgiftmafia in die Quere gekommen war.

Erst als liebliche Sonnenstrahlen den Lerchesberg grüßten, fiel der mit einem imaginären Denkmal Geehrte in einen unruhigen Schlaf, der von allerlei Abenteuer rund um die Detektiverei begleitet wurde.

– Rückblende –

Derselbe Ort, dieselbe Zeit wie gestern. Er hatte sich von dem Fehlschlag nicht aus dem Konzept bringen lassen, war ein Gefangener im Netz seiner eigenen Philosophie. Der Plan, der allem zu Grunde lag, wartete darauf, umgesetzt zu werden. Auch wenn er es sich nicht eingestehen wollte, so hatte das gestrige Fiasko doch an seinen Nerven genagt. Kurz hatte er in Erwägung gezogen, statt der Drahtschlinge jene Pistole zu benutzen, die er sich eigens für Jens Auer zugelegt hatte. Das ging aber nicht, die Bullen hätten sonst ein zu leichtes Spiel gehabt. Zweimal dieselbe Tatwaffe und die Verbindung wäre hergestellt.

So entfuhr ihm ein Riesenseufzer, als sich der Bäcker pünktlich wie ein Maurer auf den Weg zur Arbeit begab.

Die Tat verlief dann doch nicht nach Plan. Viel zu früh war der Bäcker auf ihn aufmerksam geworden. Ein kräftiger Schlag aufs Kinn streckte ihn nieder. Erst dann kam die Schlinge zum Einsatz. Er hielt erst inne, als sich der Draht durch alle Weichteile gearbeitet hatte. Sein eigener Schatten verlieh dem Blut eine tiefschwarze Färbung. Es kostete ihn einige Mühe, die Schlinge wieder zu lösen. Dazu mußte er den fast abgetrennten Kopf vom Boden heben. Nur mühsam unterdrückte er den starken Brechreiz.

Benommen bestieg er sein Fahrrad. Fast hätte er die Schlinge auf dem Bürgersteig vergessen. Wie nie zuvor trat er in die Pedale. Bei der Tour de France hätte er damit eine Sprintwertung gewonnen. Obwohl er die letzten Jahre Sport bis zum Exzeß betrieben hatte, lief ihm der Schweiß in Strömen herab. Obendrein pochte sein Herz wie wild.

In tranceähnlichem Zustand verbrachte er Stunden auf dem Sofa seiner Wohnung im Goldbergweg. Nur langsam kam er wieder zu sich. Noch immer lag die Mordwaffe in seinem Schoß. Wie ein Relikt aus einer anderen Zeit betrachtete er sie.

Dann ging er in die Küche und holte sich eine Flasche Wasser. Wieder setzte er sich und versuchte, das, was geschehen war, zu rekapitulieren.

Es gelang ihm nicht. Er wußte, Ingolf Decker war definitiv tot. Das war aber auch schon alles. Hatte das Opfer ihn berührt? Er stand auf, ging zum Spiegel im Flur und untersuchte sein Gesicht nach Kratzspuren. Keine, soweit er feststellen konnte. Er befühlte seine Kopfhaut. Auch dort keine Unregelmäßigkeiten. Die Drahtschlinge war hier, das Fahrrad stand im Keller. So weit, so gut. Aber was war schiefgelaufen? War überhaupt etwas schiefgelaufen? Akribisch ging er alle Möglichkeiten, die ihm einfielen, durch. Aber egal, was er auch dachte, immer blieb ein Restzweifel. Hat mich jemand gesehen? Habe ich irgendwelchen Unsinn gebaut, der mich zweifelsfrei überführt?

Nach reiflichen Überlegungen kam er zu dem Schluß, daß ihm nur eine einzige Möglichkeit blieb: Jens Auer so schnell wie möglich zu töten, nicht daß die Bullen ihm dazwischenfunkten. Aber das ging ja nicht. Der 4. Juli!

„Scheiße, scheiße, scheiße", fluchte er. Es klang wie eine Gebetsformel.

Dann wurde er gewahr, daß der Tag schon reichlich vorangeschritten war. Die Entsorgung der Kleidungsstücke, die er während des Mordes getragen hatte, mußte verschoben werden. Mit Sicherheit waren unten am Main die ersten Jogger und Hundehalter unterwegs.

Er zog sich aus und verstaute seine Klamotten samt Schuhen und Drahtschlinge in einer Plastiktüte. Nackt setzte er sich auf den Bettrand und betrachtete das gerahmte Foto seiner verstorbenen Tochter.

– Ende der Rückblende –

Herr Schweitzer erwachte am frühen Nachmittag. Zu behaupten, er fühle sich wie gerädert, wäre eine gelinde Untertreibung. Die schwarze Katze lag zusammengerollt zu seinen Füßen und blinzelte ihn verschlafen an.

„Na Pepsi, du weißt nicht zufällig, wo Maria steckt?"

Sie gähnte.

„Okay, ich habe verstanden. Schlaf weiter."

Er rappelte sich auf und schlurfte barfuß in die Küche. Im Vorbeigehen warf er einen flüchtigen Blick in den Spiegel. Friseur, aber dalli, signalisierte ihm sein Ebenbild. Seine kaum zu bändigenden grauen Haare standen nach allen Seiten ab. Erfolglos versuchte er zu glätten, was nicht zu glätten war. Dankbar nahm er den Kaffeegeruch wahr. Er schenkte sich eine Tasse ein und setzte sich an den Küchentisch.

Unabhängig davon, ob er sich am Vorabend die Kanne gegeben oder einen Joint geraucht hatte, oder beides, kam Herr Schweitzer nach dem Aufstehen nur schwer in die Gänge. Ein Aktivposten war er sowieso selten, egal in welcher Hinsicht.

Er war bei der zweiten Tasse angekommen, als er sich seinem ersten Problem widmete. Und das war ganz klar der gestrige Abend. Weinfaß ohne Alkohol war ein Unding, das wußte er jetzt. Aber er hatte auch nicht vor, nun, da er mitten im Gesundheitstrip steckte, sich nur aus dem einen Grunde zu besaufen, weil alle anderen es auch taten. Außerdem, so gestand er sich ein, war er auch nicht mehr der Jüngste. Mit fast vierundfünfzig war man halt kein junger Hüpfer mehr, der fünf Mal die Woche die Sau rausließ, als gäbe es kein Morgen. Er fragte sich, wie er die Sache in Zukunft handhaben sollte. Was gar nicht so einfach war, schließlich war das Weinfaß sein zweites Wohnzimmer. Mehr Joints bei gleichzeitiger Alkoholreduktion wäre eine denkbare Alternative. Hierfür sprachen die indischen Yogis, welche am Ganges sitzend sich einen nach dem anderen reinzogen und so ganz nebenbei von Erleuchtungen heimgesucht wurden. Das wäre was für Herrn Schweitzer. Er sah sich bereits in einem Campingstuhl am Eisernen Steg sitzen, im Schoß ein Beutel der aktuellen holländischen Marihuana-Ernte, eingehüllt in betörenden Rauchschwaden den vorbeiziehenden Frachtschiffen nachschauen. Und falls das mit der Erleuchtung nichts werden sollte, auch gut, er hatte es wenigstens versucht; der Weg ist schließlich das Ziel.

Auch hegte er den Verdacht, der Bundestag sei nur deswegen aus dem verschlafenen Bonn nach Berlin gezogen, weil dort das Drogenangebot viel umfangreicher war. Irgendwoher mußte Angela Merkels Dauergrinsen ja kommen. Und warum Barack Obama permanent den puritanischen Vereinigten Staaten entfloh und auf Besuch in Berlin weilte, auch das konnte man sich leicht denken. Von wegen große Weltpolitik.

„Du, Angie, hast du noch von dem Gras, das wir letztens ...“

Merkel: „Aber logo, mein lieber Oba, das steht doch säckeweise bei uns im Keller. Was glaubst du, warum der Bundestag so gut bewacht ist? Wollen wir noch einen durchziehen, bevor wir uns den Fotografen stellen?“

Obama: „Yes, we can.“

Merkel: „Und wenn du demnächst in den Vatikan reist, sag dem Joseph Ratzi einen schönen Gruß von mir, die Sendung sei unterwegs. Das Codewort dort heißt übrigens Waterpipe. Ratzi weiß dann schon Bescheid und überläßt dir ein paar Allererste-Sahne-Joints. Die hat er vom BKA. Und sieh zu, daß du mit Ratzi ein Vaterunser betest. Das ist so eine Marotte von ihm, wenn er stoned ist."

Obama: „Ach, I understand, deswegen auch immer die komischen Rauchwolken bei der Papstwahl."

Merkel: „Siehst du, Oba, ist doch gar nicht so schwer zu kapieren. Für einen Ami bist du echt verdammt clever. Nicht so wie dein Vorgänger, dieser kleine Hinterwäldler. Der hieß nicht nur Bush, sondern kam auch von dort. Gekifft hat der auch nicht, immer nur gesoffen wie ein Loch. Kein Wunder, daß der Kleine so verbiestert war. Wart's nur ab, bis wir Afghanistan befreit haben. Diese Anbauflächen dort ..."

Und während sich Herr Schweitzer einen wegen des Kompliments peinlich berührten US-Präsidenten vorstellte, kehrten auch seine Lebensgeister zurück. Positive Energie durchströmte seinen Körper. Frohgemut machte er sich auf die Suche nach Maria. Wo steckte sie bloß? „Maria!"

Zuerst ging er in die als Bildhauerwerkstatt umfunktionierte Garage, wo Maria die meiste Zeit verbrachte und ihre Kreativität auslebte. Aber dort war sie nicht.

Herr Schweitzer fand seine Freundin schließlich auf der Veranda im Schneidersitz vor dem Jugendstil-Vertiko hockend. Ach, stimmt ja, erinnerte er sich, Maria wollte an dem Teil noch ein paar kleinere Reparaturen vornehmen, bevor es dem Wohnzimmer zur Zierde gereichte. Im Gegensatz zu ihm hatte sie nämlich keine zwei linken Hände. Herr Schweitzer bückte sich, um den obligatorischen Guten-Morgen-Kuß einzufordern. „Hallo Schatz, was liest du denn da?"

Maria hielt eine ziemlich vergilbte Zeitung in der Hand. „Guten Morgen, Dickerchen. Guck mal, damit war das Vertiko ausgelegt. Eine Frankfurter Rundschau vom 6. Juli '89. Hier wird ausführlich vom Tian'anmen-Massaker berichtet. Wie die Zeit vergeht. Mir kommt's vor, als wäre es erst letztes Jahr passiert."

„Tian ... was für ein Massaker?"

„Tian'anmen. Peking. Platz des Himmlischen Friedens. Der Aufstand in China."

„Ach, zwanzig Jahre schon. Wow." Herr Schweitzer ließ sich in den Korbsessel fallen.

„Und hier im Lokalteil, lies mal." Maria überreichte ihm den Artikel, der mit der Überschrift ‚Tragischer Unfall am Kuhhirtenturm' begann.

„Schau mal einer an. So langsam wird mir der Kuhhirtenturm unheimlich. Weißt du, genau an derselben Stelle ist nämlich auch Jens ermordet worden."

„Ich weiß, mein Schatz. Du selbst hast mir doch den Ausschnitt gegeben."

„Jetzt, da du's sagst. Immer dieses Kurzzeitgedächtnis. Meinst du, das wird wieder besser?"

Maria hob den Kopf und blinzelte ihn an. „Vergiß es, Simon. Aber so lange du mich noch erkennst, ist alles nur halb so schlimm."

„Okay, Claudia, ich werde mir Mühe geben", scherzte Herr Schweitzer.

„Blödmann. Ich bin doch die Nadine. Wann kannst du dir das endlich merken? Wenn du nicht immerfort mit anderen Frauen rummachen würdest, kämst du auch nicht so durcheinander. Aber so ist das wohl, wenn man mit einem Playboy zusammenlebt."

Aha, dachte Herr Schweitzer, endlich zeigt meine Abmagerungskur Wirkung. Wurde auch Zeit. Automatisch lüpfte er sein Hemd. Nein, nein, nein, für einen Playboy war da noch viel zu viel Bauch. Hastig strich er das Hemd wieder glatt. Noch war der Playboy pure Ironie. Aber wartet's nur ab, euch allen zeig ich's.

Weil sich Maria wieder in den Tian'anmen-Artikel vertiefte, griff er sich den Lokalteil und begann seinerseits zu lesen.

Es handelte sich um einen sehr kurzen Bericht. Am späten Dienstagabend war ein kleines Mädchen von einem abgestellten Taxi überrollt worden, dessen Handbremse sich aus noch ungeklärter Ursache gelöst hatte. Trotz des sofort verständigten Notarztes sei jede Hilfe zu spät gekommen. Das Taxi sei zur kriminaltechnischen Untersuchung abgeschleppt worden.

Herr Schweitzer dachte kurz über eine Verbindung dieser beiden, zwanzig Jahre auseinanderliegenden Geschehnisse am Kuhhirtenturm nach, verschob sie aber ebenso schnell wieder ins Reich der Zufälle. Er faltete den Lokalteil zusammen. „Magst du auch noch einen Kaffee?"

„Oh, gerne. Zur Erinnerung: Deine Erstfrau trinkt ihn mit einem halben Löffel Zucker."

„Pah."

Auf dem Weg in die Küche warf er den Artikel in die Kiste für Altpapier, die neben der Anrichte im Flur stand.

Während der Kaffee durchlief, rief er Elly an und erzählte ihr von besagtem Zeitungsartikel. Vielleicht war der Fundort ja doch kein Zufall.

– Rückblende –

Er hatte schlecht geschlafen. Schon die zweite Nacht hintereinander. Er saß auf dem Boden. Sämtliche Montagsausgaben aller Frankfurter Zeitungen lagen um ihn herum ausgebreitet auf dem Parkett. Wie ein Verdurstender hatte er sie in sich aufgesogen. Überall hatte sich der brutale Mord an dem Niederräder Bäcker auf die Titelseite gekämpft. Und nirgendwo war von einer heißen Spur die Rede.

Er fragte sich, ob das jetzt ein gutes Zeichen war. Zum einen war er sich natürlich darüber im klaren, daß die Kripo nicht unbedingt mit ihren Erkenntnissen sofort an die Öffentlichkeit ging, zum anderen standen sie seit dem Mord an seinem ersten Opfer eine Woche zuvor gehörig unter Druck.

Nach reichlichen Überlegungen kam er zu dem Ergebnis, daß wohl doch keine unmittelbare Gefahr für ihn bestand. Was aber mit Vorsicht zu genießen war. Den Gegner nie unterschätzen, hieß es.

Er war alles andere als zufrieden mit sich. War von der Planung bis zum Mord an Heinz-Günther Sattler noch alles glatt gelaufen, so hatte er sich bei Ingolf Decker nicht gerade professionell verhalten. Bloß, weil die Tat um einen einzelnen Tage verschoben werden mußte. Er hatte sich für abgebrühter gehalten.

Wieder stand er auf und ging zum Fenster. Er wartete auf den Müllwagen. Die Sporttasche mit den Klamotten, die er zur Tatzeit getragen hatte, stand griffbereit im Flur. Aufgeregt tigerte er hin und her. Es schien, als wäre er aus einem Jahre währenden Traum erwacht und befände sich in einer brutalen Realität, in der er sich nun nicht mehr zurechtfand. Seine Rachegedanken waren wie ein Wattebausch gewesen, der in palliative Duftwässerchen getränkt war. Sie hatten ihn betäubt und sein Leben erträglich gestaltet. Erstmals traf sein Haß ihn selbst. Der Haß, der zwei Dekaden sein Dasein bestimmt hatte und aufs Dasein an sich gerichtet war. Der Gedanke, daß er nur darauf gewartet hatte, seine Frau endlich beerdigen zu können, damit er loslegen konnte mit seinem Plan, dieser Gedanke setzte sich stur in ihm fest und fraß sich durch seinen Körper wie ein todbringendes Geschwür. Am liebsten hätte er jetzt Gewichte gestemmt oder wäre Joggen gegangen. Runter zum Main und bis nach Bürgel. Oder in die andere Richtung nach Goldstein. Das waren seine zwei Hausstrecken, die er unzählige Male bewältigt hatte, um den Kopf frei zu bekommen, zu reinigen von allem Unrat. Er fragte sich, ob er nun Opa wäre, wenn ... ja, wenn das damals am Kuhhirtenturm nicht passiert wäre. Ein kurzer Moment nur, der das Leben dreier Menschen für immer zerstört hatte. Nur einen Tag später hatte er seinen Führerschein verbrannt. Nicht zum ersten Mal wünschte er sich, Gott zu sein, oder wenigstens die Macht zu besitzen, alle Autos dieser Welt mit einem Schlag zu vernichten. So wie ein Auto seine Familie vernichtet hatte. Ein sarkastisches Lachen entfuhr ihm, als ihm bewußt wurde, daß er sich gerade ungeduldig ein Fahrzeug herbeisehnte. Die Ironie des Schicksals, dachte er betrübt.

Die SIG Sauer lag auf dem Couchtisch. Er nahm sie in die Hand und setzte sich den Lauf an die Schläfe. Sie war geladen. „Nein, falsch, du Idiot“, sprach er leise. Er hatte mal gelesen oder im Fernsehen gesehen, so genau wußte er es nicht mehr, daß die Schädeldecke recht stabil war und ein Schuß von außen nicht zwangsläufig zum Exitus führte. Er steckte sie sich in den Mund und spielte mit dem Abzug. Vielmehr, er streichelte ihn, denn so genau konnte er sich nicht mehr erinnern, wo der Druckpunkt lag. Er hatte sie nur einmal ausprobiert. Am Flughafen, an einem Verkehrsschild an der Umgehungsstraße nach Mörfelden-Walldorf, morgens um vier, als gerade ein Flugzeug startete. Ohne irgendwelche Erfahrungen auf diesem Gebiet hatte er aus zehn Metern genau in die Mitte gezielt und getroffen. Im April 2008 hatte er sie an der Luzerner Waffenbörse erstanden. Natürlich nicht an einem Stand, das wäre wegen der Sicherheitsbestimmungen auch gar nicht möglich gewesen. Aber er hatte sich die Besucher genau angeschaut und war dann zwei Typen, die aussahen, wie man sich Ganoven eben so vorstellt, bis zu ihrem Hotel gefolgt. Welcher Nationalität sie angehörten, wußte er nicht. Vielleicht Araber, vielleicht Südosteuropäer. Jedenfalls hatte er von vornherein dreitausend Euro geboten, um den nötigen Anreiz zu schaffen. Und sich dann gewundert, wie schnell alles gegangen war. Sie hatten ihn in ihrem Mercedes mitgenommen und waren zu einem schäbigen Haus etwas außerhalb der Stadtgrenze gefahren. Mehrere Frauen hatten leicht bekleidet an einer Bar gesessen. Da an der Fassade keine Leuchtreklame angebracht war wie bei diesen Etablissements sonst üblich, hatte er auf ein illegales Bordell getippt. Hundert Schuß Munition wären inklusive gewesen. Er hatte aber nur zehn Patronen gewollt. „Mein Bedarf ist begrenzt", hatte er damals gescherzt, den Ganoven damit aber kein müdes Lächeln entlocken können. Sogar die Rückfahrt mit dem Taxi hatten sie ihm bezahlt. Ihm war natürlich klar, daß der Preis für die SIG Sauer viel zu hoch war. Aber wozu hätte er Geld sparen sollen? Für eine Reise um die Welt? Für die Aussteuer seiner Tochter? Haha. Geld hatte für ihn den ungefähren Stellenwert einer Glasscherbe im Rinnstein. Neun Patronen hatte er noch.

Der Müllwagen holte ihn aus der Vergangenheit zurück. Verwirrt betrachtete er die Pistole. Den nassen Lauf wischte er am Ärmel seines Hemdes trocken. Dann schnappte er sich die Tasche und ging.

Kurz bevor der Wagen die Hochhäuser in der Wiener Straße erreicht hatte, warf er die blaue Plastiktüte aus seiner Sporttasche in einen riesigen Müllcontainer. Dann ging er zu den Briefkästen und tat, als studiere er eine Rechnung oder sonstwas, was der Briefträger gebracht hatte. Als das Beweismaterial sicher im Bauch des Müllwagens gelandet war, schlenderte er zurück und zog sich um.

Heute schaffte er es sogar bis zur Autofähre am Rumpenheimer Schloß. Nach dem Duschen legte er eine CD ein und sich ins Bett. Nur die ersten Takte der Ungarischen Tänze von Johannes Brahms nahm er bei vollem Bewußtsein wahr, dann glitt er über in einen traumlosen Schlaf von vierzehn Stunden.

– Ende der Rückblende –

Seit Herr Schweitzer auf dem Pfad der Gesundheit wandelte, fühlte er sich von Tag zu Tag besser. Hatte sein Körper, im Speziellen sein Bauch, am Anfang noch Sperenzchen gemacht, indem er schlapp in den Seilen hing und vor sich hin maulte, so ging es nun mit seinem Wohlbefinden peu à peu aufwärts. Es wunderte ihn selbst und er hätte es auch nie gedacht, aber irgendwas mußte dran sein an dem, was diverse Frauenzeitschriften ihren Leserinnen in puncto Diät ständig zu vermitteln versuchten. Heute hatte er sich mit vier Bananen und zwei Scheiben trockenen Brotes vom Bio-Bäcker vollgestopft. Da insbesondere das Brot nicht so flutschte, wie Herr Schweitzer es zum Beispiel von Gulasch oder Rouladen gewöhnt war, hatte er es mit einem Fencheltee und reichlich Wasser heruntergespült. Seine Freundin sah ihm seit Tagen mehr oder weniger skeptisch beim Essen zu, einen Kommentar hatte sie sich bislang verkniffen. Dafür war er ihr dankbar.

Hatte bisher das Wort Arbeit immer eine Prise Untergangsstimmung in ihm hervorgerufen, so machte es ihm an diesem Montagmorgen nichts aus. Die restlichen Möbel des Toten, für die keiner mehr Verwendung hatte, mußten runtergetragen werden. Herr Schweitzer hatte sich ohne Groll auf den Weg gemacht und wartete nun auf die anderen vor der Haustür in der Kranichsteiner Straße.

Als erster tauchte Buddha Semmler auf: „Ei Gude, wie?“

„Bestens.“ Herr Schweitzer strahlte und rieb sich die Hände. „Dir wohl nicht so. War spät gestern?“

„Hm.“

„Also doch.“

„Hm.“

„So kenne ich dich, Semmler. Immerfort quatschst du einem das Ohr ab.“

„Ich kann nicht mehr.“ Der Apfelweinkellner schaute sich nach einer Sitzgelegenheit um, fand aber keine. „Wenigstens das Sofa hättest du schon mal runtertragen können.“

„Hab leider keinen Schlüssel. Weder Ferdi noch Elly sind schon da. Wir müssen uns gedulden.“

Buddha Semmler machte eine wegwerfende Handbewegung. „Wieviel Uhr ist’s eigentlich?“

„Zehn vor zehn. Warum?"

„Ich könnte also noch gemütlich schlafen?"

„Ja, zehn Minuten."

„Hm." Buddha Semmler kratzte sich an der Glatze. „Ich gehe noch mal zum Kiosk Cola holen. Willst du auch was?"

„Nein, ich habe schon vier Bananen gefrühstückt."

Zum Zeichen dessen, was er von Herrn Schweitzer gerade hielt, tippte er sich an die Stirn. Und ging von dannen. Leise murmelte er vor sich hin: „Vier Bananen, tz, tz. Der Spinner meint wohl Bananenschnaps." Schließlich kannte er den Amateurdetektiv schon ewiglich und vier Bananen waren so absurd wie alkoholfreier Apfelwein. „Tz, tz. Der will mich wohl auf den Arm nehmen."

Elly und Ferdi kamen gemeinsam. Sie trug einen Trainingsanzug aus blauer Ballonseide, wie er vielleicht noch auf dem Lande in Mode war, in einem inzestuösen Kaff ohne Kontakt zur Außenwelt (Offenbach?). Aber an Elly wirkte er trotzdem. Herr Schweitzer, der in Modefragen eine sagenumwobene Lusche war, fand ihre Aufmachung sogar ausgesprochen hübsch.

„Hallo Simon, schön, daß du schon da bist. Entschuldige bitte, aber ich war nicht auf Arbeit eingestellt, als ich in Buenos Aires in den Flieger gestiegen bin. Die Sportklamotten hat mir Ferdi geliehen." Resigniert drehte Elly McGuire die Handflächen nach außen und zuckte mit der Schulter.

„Sieht doch gut aus", bemerkte Herr Schweitzer.

„Ach, Simon, ich weiß, du meinst es nett. Aber selbst in Puerto Madryn würde man mich dafür steinigen."

Herr Schweitzer war schlau genug, jetzt besser die Klappe zu halten. Fast jedes zweite Mal, wenn sie ausgehen wollten, hörte er von seiner Liebsten so despektierliche Sätze wie ‚Sag bloß, du willst sooo aus dem Haus gehen?' Und ein ‚Warum nicht? Ist doch nix kaputt oder dreckig' als Erwiderung von ihm führte stets zu einer Grundsatzdiskussion, wie man sich in der Öffentlichkeit zu kleiden habe. Geschickt wechselte er das Thema: „Kommt, laßt uns anfangen. Buddha Semmler ist auch gleich ... ach, da ist er ja schon mit seiner Cola."

Zweieinhalb Stunden später war das Tagewerk verrichtet. Buddha Semmler saß wie tot auf dem Sofa, japste nach Luft und wischte sich mit einem Geschirrtuch einen Schweißstrom nach dem anderen von der knallroten Birne. Ferdi war relativ fit, da er der einzig handwerklich Begabte unter ihnen und somit größtenteils mit der Demontage der Einbauküche beschäftigt war. Elly und Herr Schweitzer waren zwar gleichermaßen ebenfalls k.o., konnten aber im Gegensatz zum Apfelweinkellner noch sprechen.

Elly, in der Annahme, ein jeder Malocher lechze nach getaner Arbeit nach flüssiger Belohnung: „Jungs, das habt ihr toll gemacht. Danke. Wer will ein Bier?"

Ferdi: „Ich. Ein Export, wenn's geht."

Herr Schweitzer: „Ach, schon gut, Elly. Wasser ist ja noch da."

Der mit dieser Frage völlig überforderte Buddha Semmler brachte lediglich ein abweisendes Grunzen zustande, was den alten Prahlhans Schweitzer veranlaßte, ein wenig Salz in dessen Wunde zu streuen. Hart, aber herzlich: „Siehst du. Hättest du nur auch vier Bananen gegessen, bevor du herkamst." Demonstrativ stellte er sich vor das Sofa, zog seinen Hemdsärmel hoch und ließ seine Muckis spielen. „Guckst du, nix als stahlharte Muskeln. Bananen, sag ich dir, und Müsli. So etwas gibt Kraft ohne Ende."

„Schwachsinn", war das letzte Wort, das Buddha Semmler an diesem erlesenen Tag von sich gab. Ächzend stand er auf und ging grußlos nach Hause.

„Was hat er denn?" fragte Elly McGuire.

„Weiß nicht", erwiderte Herr Schweitzer. „Wahrscheinlich noch die Nachwehen der gestrigen Nacht."

Elly ging zum Kiosk und kam mit vier Flaschen Ex wieder. Mit ihrem grünen Bic-Feuerzeug öffnete sie zwei davon. „Hier, Ferdi. Prost."

„Prösterchen."

Elly und Ferdi setzten sich aufs Sofa. Herr Schweitzer zog sich einen mit Farbklecksen übersäten Holzschemel heran, der im Keller gestanden hatte, und ließ sich ebenfalls nieder. Schweigend betrachteten sie den Sperrmüll.

Der erste Neugierige erschien. Er stellte seinen Einkaufskorb an die Hauswand und begutachtete die beiden anthrazitfarbenen Stereoboxen. „Gehen die noch?"

„Klar", sagte Elly. „Nimm mit, was dir gefällt. Da, in der Weinkiste sind auch noch ein paar Platten."

Zu Herrn Schweitzer sagte sie: „Und, bevor ich's vergesse: Jens war wegen eines Autounfalls am Kuhhirtenturm mit tödlichem Ausgang bei diesem Doktor Seiboldt in Behandlung. Das hab ich vom Studer. Als nämlich Jens vor einundzwanzig Jahren bei ihm angefangen hat, ist er deswegen öfters krankgeschrieben worden. Dachte mir, es interessiert dich vielleicht." Elly kramte nach ihrem Feuerzeug für die Zigarette.

Mochte Herr Schweitzer mit seiner fast schon zum Kult erklärten Behäbigkeit auf Außenstehende wie eine besonders einfältige Person wirken, er war es mitnichten. Der Schein trog immens. Während andere noch mit der Information als solche beschäftigt waren, erfaßte er bereits die Zusammenhänge. Ein Autounfall mit Todesfolge! Vor einundzwanzig Jahren beim Studer angefangen! Der Zeitungsartikel in Jens' Kommode stammte von 1989, das war vor genau zwanzig Jahren!

Weil Herr Schweitzer mächtig auf Zack war, machte es Klick in seinen grauen Gehirnzellen. Der Einstein in ihm fragte sich, wie viele Frankfurter Taxifahrer in den Jahren um 1989 wohl in einen tödlichen Unfall verwickelt waren. Mehr als drei, vier oder maximal fünf dürften es kaum gewesen sein. Ergo könnte der Mord an Jens am Kuhhirtenturm doch etwas mit dessen Vergangenheit zu tun haben. Die Chancen für diese These standen plötzlich gar nicht mehr so schlecht. Und daß der Artikel nur zufällig dort gelegen hatte? Nein, an Zufälle glaubte er nicht.

Allerdings war diese neue Erkenntnis nichts weiter als ein Anfang. Das war Herrn Schweitzer schon klar. Eine Spur, und nicht einmal besonders heiß. Aber etwas anderes hatte er nicht. Der Kripo mit ihren weitreichenden Möglichkeiten wie Fingerabdrucksanalysen, DNA-Vergleichen, Phantombildern und so fort konnte er sowieso nicht das Wasser reichen. Ergo blieb ihm der dürftige Rest. Aber, und das durfte nicht unterschätzt werden, Herr Schweitzer hatte einen Vorteil, was diese neue Spur betraf: Heimspiel! Sachsenhausen! Hier war er in seinem Element. Hier kannte er sich aus wie in seiner sprichwörtlichen Westentasche. Doktor Werner Seiboldt – Sachsenhausen. Unfall und Mord am Kuhhirtenturm – Sachsenhausen. Wenn das mal kein Wink war.

Das komplette Gedankenspiel Herrn Schweitzers dauerte nur ein paar Sekunden. „Klar, Elly. Klingt interessant. Werde mal beim Schmidt-Schmitt anklingeln, wie weit die bei der Bullerei jetzt sind. Ich hab da schon so eine Idee.“

„Wie? Du meinst, wegen dem Mord an meinem Bruder?“ Gierig zog Elly an der Zigarette.

Auch Ferdi war neugierig geworden: „Erzähl doch mal.“

Natürlich durfte Herr Schweitzer die Erwartungen nicht allzu forsch nach oben schrauben. Desdewesche stapelte er tief: „Och, nur so. Ich meine, Jens hatte einen Unfall am Kuhhirtenturm und ist auch dort ermordet worden. Wahrscheinlich nix als ein dummer Zufall, aber das kann man ja rauskriegen.“

Elly McGuire bückte sich und drückte ihre Zigarette auf einer Gehwegplatte aus. „Glaubst du das wirklich? Nach so langer Zeit? Heben die von der Kripo ihre Akten tatsächlich so lange auf?“

Exakt bei dieser Frage war Herr Schweitzer auch schon angelangt. Er hatte nicht die geringste Ahnung. „Ich frag einfach meinen Kumpel, den Mischa. Der weiß das bestimmt.“

Unterbrochen wurden sie von dem Freak, der sich für die Boxen und die Schallplatten interessierte: „Ich glaub’s nicht. Die erste Single von Udo Jürgens.“ Wie eine Trophäe hielt er sie in die Höhe.

Die drei Möbelpacker wider Willen hielten inne und sahen sich verblüfft an. Der Typ trug ein Che Guevara-T-Shirt, ein schwarzes Kopftuch, ein fettes Nietenarmband und wirkte auch ansonsten, als würde er gleich molotowcocktailbewaffnet ins Westend ziehen, um kapitalistische Bonzen-Villen zu besetzen oder wenigstens die Greenpeaceflagge auf der Deutschen Bank zu hissen. Aber Udo Jürgens? Für eine Revolution war der doch definitiv zu spießig. Allenfalls Damen älteren Semesters brachte der noch zur Raserei. Dieser Freak und Udo, eine hochbrisante Mischung.

Und manchmal hatte auch ein Herr Schweitzer sein Schlappmaul nicht unter Kontrolle: „Brauchst gar nicht weitersuchen. Die Wildecker Herzbuben hab ich mir schon abgegriffen."

Einen sehr, sehr finsteren Blick erntete er für diese Gemeinheit. Dem Detektiv aber war's egal, er war gedanklich schon längst wieder bei Jens Auer. Er hatte Hummeln im Hintern. Am liebsten hätte er sofort das Polizeiarchiv nach der Akte des ermordeten Taxifahrers durchforstet.

Doch genau so schnell, wie sie gekommen war, verflog die Euphorie auch wieder. Jens Auer war in einen Unfall mit Todesfolge verwickelt Da er aber noch viele Jahre weitergelebt hatte, konnte er unmöglich das Opfer gewesen sein. Blieb ihm also nur noch die Rolle des Verursachers. Und diese konnte so gravierend nun auch wieder nicht sein, schließlich durfte er seinen Beruf als Taxifahrer weiterhin ausüben. Wäre eine Vorstrafe ausgesprochen worden, hätte er sich damals einen anderen Job suchen müssen. So hatte es ihm jedenfalls sein Kumpel Ferdi mal verklickert. Was aber schon lange her war und so gut war Herrn Schweitzers Gedächtnis nun auch wieder nicht, als daß er dafür seine Hand ins Feuer gelegt hätte. Allsogleich kam ihm die Idee, Ferdi an einem der nächsten Abende im Weinfaß nochmals danach zu fragen, wie sich das so verhält mit dem Taxifahren und den Vorstrafen.

Gedankenverloren blickte er in Ferdis Gesicht, bis er merkte, daß es Ferdis Gesicht war, in das er blickte. „Ach, Ferdi, du bist ja hier. Da kann ich dich ja auch sofort fragen", sagte Herr Schweitzer und schüttelte den Kopf. Ich werde auch immer bescheuerter, konstatierte er, und wenn das so weitergeht, kann ich mich gleich selbst einliefern.

Natürlich konnte Ferdi mit dieser Aussage seines Kumpels herzlich wenig anfangen. Allerdings war er auch nicht sonderlich beunruhigt, denn kryptische Bemerkungen war er von Simon seit jeher gewohnt.

„Ja, was ein Zufall aber auch. Wie ich hergekommen bin, entzieht sich zwar meiner Kenntnis, aber da ich schon mal hier bin, nur zu, frag einfach."

„Was redet ihr da?" wollte nun Elly wissen.

„Äh", stotterte Herr Schweitzer herum, „ich wollte bloß wissen, ob man ein Taxi fahren darf, wenn man vorbestraft ist. Das ist alles."

Ferdi, voller Ironie: „Aber, Simon. Hast du noch nie davon gehört? Taxifahren als Wiedereingliederungsmaßnahme für Schwerverbrecher.

Vergewaltiger, die nachts verängstigte Frauen nach Hause fahren. Bankräuber, die Juwelenhändler mit Ware zum Kunden transportieren. Klar, manchmal wird einer von denen rückfällig, aber das sind höchstens fünfzig Prozent. Im großen und ganzen wird das Projekt aber als geglückt angesehen. Mensch, Simon, ist bei dir eine Schraube locker oder wie oder was?"

„Und so einer lästert über Udo Jürgens", bemerkte der Freak, der sich den Dialog angehört hatte. Kopfschüttelnd machte er sich mit Udo unterm Arm auf und davon. Und wenn sich einer die Wildecker Herzbuben reinzieht, dann wohl dieser komische Dicke, dachte er noch, während er die Straße überquerte.

Es war Elly, die den Faden wieder aufnahm: „Ich weiß, Simon. Du denkst bestimmt an die Zeitung in Jens' Kommode. Aber ich denke, der Schmidt-Schmitt kann uns da auch nicht weiterhelfen. Gesetzt den Fall, die Zeitung war kein Zufall, so dürften polizeiliche Ermittlungsakten darüber längst dem Reißwolf zum Opfer gefallen sein. Mehr als zwanzig Jahre! Überleg doch mal."

Ohne zu antworten, nahm Herr Schweitzer sein Handy und wählte. „Das haben wir gleich. Ich ruf jetzt den Schmidt-Schmitt an."

Gesagt, getan. Und der Oberkommissar ging auch noch ran. Aber die Information, die Herr Schweitzer erhielt, war die befürchtete. Nein, no way, das könne er backen, Akten, nach solch einer langen Zeit ... „Aber, Simon, du führst doch wieder was im Schilde."

„Nö", erwiderte der Gelegenheitsdetektiv ebenso knapp wie plump.

Doch der Oberkommissar kannte seine Pappenheimer: „Simon, mach mir bitte nichts vor. Ich kenne dich doch. Wir sehen uns heute abend im Weinfaß. Da will ich von dir was hören." Umgehend war die Verbindung unterbrochen.

Herr Schweitzer zog eine Schnute und kratzte sich hinter dem Ohr. „Hm."

„Was?" fragte Elly.

„Du hattest recht. Keine Unterlagen mehr."

„Schade. Aber, Simon, psst ..."

Er rückte näher an Elly heran, die sich eine Hand vor den Mund hielt.

„Ja?"

„Zeitungsarchive ...“, flüsterte sie.

Herrn Schweitzers Miene hellte sich auf. Er strahlte wie einst Tschernobyl. „Hey, Elly. Das ist es. Der Typ vom Sachsehäuser Käsblättche ist ein alter Bekannter von mir. Aber ...“ Ein Schatten legte sich über sein Gemüt. Er kannte den Ordnungssinn von Felix Melibocus, dem Herausgeber dieser Stadtteilzeitung, zur Genüge. Und Felix in Verbindung mit Ordnung ist der Prototyp eines jeden Euphemismus. Herr Schweitzer hatte bereits die Ehre gehabt, das Archiv vom Sachsehäuser Käsblättche in Augenschein zu nehmen. In den dortigen Kellerräumen sollte man sich nur sehr behutsam bewegen, ansonsten man im wahrsten Sinne der Worte zu viel Staub aufwirbelte. Und von wegen chronologischer Folge der verschiedenen Ausgaben: Pustekuchen! „Au weia, mir schwant Fürchterliches.“ Sein Blick schweifte über den Sperrmüll, der im Gegensatz zu Melibocus' Archiv wie eine gerade frischbezogene, renovierte Wohnung aus einem Hochglanzmagazin wirkte.

Elly und Ferdi ließen ihn gewähren und warteten geduldig auf die Fortsetzung.

Eine halbe Minute später: „Na ja, warum nicht.“ Schlaff hing Herrn Schweitzers Schulter herab. „Einen Versuch ist es wert. Vielleicht haben wir Glück und finden etwas im Chaos.“

„So schlimm?“ erkundigte sich Elly McGuire.

„Noch viel, viel schlimmer.“

„Doch so schlimm?!“

„Nun ja, sagen wir mal so: Immer wenn Maria meint, ich sei der unordentlichste Chaot, den sie kenne, drohe ich mit einem Besuch beim Sachsehäuser Käsblättche. Das relativiert nämlich alles. Dagegen bin ich der reinste Putzteufel und Ordnungsfanatiker.“

„Ich übernehme das“, erklärte nun Elly zur Überraschung aller. „Es reicht, wenn du mich diesem Felix vorstellst und ihm unser Anliegen erläuterst. Mit Chaos kenne ich mich aus. Außerdem habe ich gerade Zeit.“

Selbstverständlich war dieser Vorschlag in Herrn Schweitzers Augen geradezu phänomenal. Wie überhaupt alle Vorschläge, die ihn nicht zur Arbeit bewegten, geradezu phänomenal waren. Obendrein war er ein

Sklave des Mittagschlafs, sommers wie winters. Er sah auf die Uhr und gähnte. „Felix macht gerade Mittagspause. Wie wär's, Elly, wenn wir uns heute am frühen Abend in der Wallstraße treffen?"

„Ist dort die Redaktion?"

„Ja, schräg gegenüber vom Musikladen. Ist leicht zu finden, die Wallstraße ist nur circa hundert Meter lang. Sagen wir um achtzehn Uhr?"

„Gebongt. Ich werde da sein."

Die Sonne stand im Zenit, als sich Herr Schweitzer auf den Weg in seine Wohnung im Mittleren Hasenpfad begab. Er war rechtschaffen müde und ausgelaugt. Ein Ziehen in der rechten Armbeuge interpretierte er treffsicher als aufkeimenden Muskelkater. Der Kiosk auf der Mörfelder Landstraße hatte gerade Mittagspause und schied als Zwischenstation aus. Schade, dachte er, denn er hätte dort gerne seinen Durst gelöscht und eventuell ein Snickers genascht. Im Zentrum seiner Gedanken befand sich natürlich der Fall des ermordeten Taxifahrers. Herr Schweitzer war viel zu neugierig, als daß er ihn einfach so beiseite schieben konnte. Er hatte Blut geleckt und wußte auch, woher das kam. Es waren die Informationen, die er von Elly erhalten hatte, und die sich immer mehr in Richtung Kuhhirtenturm bewegten. Was war dort vor zwanzig Jahren passiert? Welches Geheimnis lag dort verborgen?

Von dem geplanten Besuch beim Sachsehäuser Käsblättche versprach sich Herr Schweitzer so gut wie nichts. Das lag an seinem Realitätssinn. Denn ausgerechnet dort fündig zu werden, war nahezu aussichtslos. Zur Bekräftigung nickte er mit dem Kopf. Als Alternative fiel ihm die Frankfurter Rundschau ein, die seit kurzem im restaurierten Straßenbahndepot am Südbahnhof ihr neues Domizil aufgeschlagen hatte.

Kurz blieb er stehen und überlegte, ob er umkehren sollte. Es wäre nicht weit gewesen, vielleicht vierhundert Meter oder so. Aber der Gedanke, in Archiven zu stöbern, war alles andere als erquicklich. Zum ersten Mal in seinem Leben bedauerte er, daß das Computerzeitalter nicht schon eher angebrochen war. Ein paar Stichworte in die

Suchmaschine und man konnte jeden x-beliebigen Zeitungsartikel aufrufen. Das gelang sogar ihm, dem größten IT-Deppen Dribbdebachs (Drüben-des-Bachs respektive Sachsenhausen), der die Tastatur von Marias PC mit dem weitverbreiteten Zwei-Finger-Adlersuchsystem bearbeitete.

Na ja, sagte er sich, soll sich doch Elly ihre Lunge mit den unvermeidlichen Staubwolken aus Felix' Keller vollpumpen. Herr Schweitzer setzte seinen Weg fort.

Und dann hatte er noch einen immens lichten Moment, als er schon fast bei seiner Haustür war. Die Wahrheit steckt nämlich im Detail. Und mit Details konnte zum jetzigen Zeitpunkt nur einer aufwarten: Doktor Werner Seiboldt. Jener Psycho-Heini, bei dem das Opfer in Behandlung gewesen war. Und der sich dessen Schwester Elly gegenüber auf seine ärztliche Schweigepflicht berufen hatte, obwohl der Tote ja tot war, und es ihm aufgrund seines Zustands egal sein konnte, was hinter seinem Rücken – also six feet under – über ihn geredet wurde.

Herr Schweitzer war wegen des Kaspers, wie er ihn nannte, dergestalt in Rage, daß er zehn Sekunden lang versuchte, die Tür mit dem auch rein optisch unpassenden Briefkastenschlüssel zu öffnen, bis er seinen Fauxpas bemerkte.

Oben angekommen hatte sich in ihm die Idee manifestiert, es diesem Kasper mal so richtig zu zeigen. Und Herr Schweitzer wußte auch schon wie. Aufgeblasene Wichtigtuer aus ihren Reserven zu locken, kaum etwas bereitete ihm mehr Spaß. Am liebsten hätte er sofort damit losgelegt, den Psychologen mit schweitzerscher Psychologie aufs Glatteis zu führen. Aber Geduld ist ja bekanntlich auch eine Tugend, beschwichtigte er sich.

Was Herr Schweitzer dann fabrizierte, hätte einem jeden Drogenbeauftragten das Blut in den Adern gefrieren lassen. Trotz Diät und tagelanger Abstinenz drehte er sich einen Joint.

Es ging dann auch sehr schnell. Das Rauschmittel schuf eine angenehme Distanz zur Jens Auer-Problematik. Binnen Sekunden waren sämtliche inneren Spannungen weitestgehend abgebaut.

Warum allerdings die Osterhasen, die Herrn Schweitzer in den

Schlaf begleiteten, in Roben steckten und sich durch milchige Staubwolken kämpften, offenbarte sich ihm nicht mehr. Er schnarchte bereits.

– Rückblende –

Endlich hatte er an die Vase für das Grab seiner Frau gedacht. Vierzig Mäuse hatte er dafür im Blumenladen hingeblättert. Und noch mal fünfzehn für den Strauß roter Rosen. Unter normalen Umständen eine viel zu hohe Summe für einen Rentner. Doch war Normalität für ihn seit fast zwei Dekaden ein abstrakter Begriff, etwas, in der zu leben seiner Vera und ihm seit Sandras Tod nicht mehr vergönnt war.

Mit Wehmut verließ er den Friedhof. Vielleicht war es sein letzter Besuch dort. Je nachdem, was das Schicksal morgen für ihn bereithielt. In etwas mehr als anderthalb Tagen würde er sein Vernichtungswerk fortsetzen, beziehungsweise zum Abschluß bringen. Was dann geschah, wußten nur die Götter. Er hatte daran nicht den geringsten Gedanken verschwendet. Kann sein, die Bullen schnappten ihn, weil der von vorneherein festgelegte Termin und Tatort am Kuhhirtenturm gewisse Risiken in Form zufällig oder nicht zufällig dort aufkreuzender Passanten in sich barg. Immerhin lag der Hinterausgang der Jugendherberge, wo der Kuhhirtenturm in den Himmel ragte, auf dem Weg ins Amüsierviertel. Und selbst samstags morgens um zwei oder drei herrschte dort zuweilen noch ein reges Treiben. Er hatte es ausprobiert, war einige Male genau um diese Uhrzeit dort gewesen und hatte zugesehen und beobachtet. Der einzige Vorteil lag im Zustand der vorwiegend männlichen Besucher. Die meisten waren voll wie die Haubitzen und zeigten ernste Ausfallerscheinungen, wenn es darum ging, einen Fuß vor den anderen zu setzen.

Heute war ihm die Vorortstristesse Oberrads besonders zuwider. Wer konnte, war im Schwimmbad oder in seinem Kleingarten. Die Hitze hatte einen klaren Punktsieg gegen die sonstige Geschäftigkeit errungen. Obendrein hatte die Triebfeder all seines Tuns der letzten Jahre einen Schaden genommen. Und er wußte auch den Grund dafür, doch ändern konnte er daran nichts. Spätestens am Sonntag würde er in eine Leere fallen. Eine alles umfassende Leere, aus der es kein

Entrinnen geben würde. Kein Entrinnen geben konnte, weil nichts mehr zu tun blieb. Es sei denn, so überlegte er nun, da er die Ampelanlage zum Goldbergweg erreichte, ich murkse den Vollidioten vom TÜV auch noch ab. Der war nämlich irgendwie auch verantwortlich. Schließlich wurde beim allerletzten von ihm angestrebten Prozeß ein Gutachten vorgelegt, in dem es hieß, ein vom TÜV und der kurz zuvor konsultierten Taxiwerkstatt übersehener Defekt am Seil der Handbremse sei der Grund dafür gewesen, daß sich das Taxi von selbst in Bewegung gesetzt hatte. Aber zur Verantwortung gezogen wurde keiner. Geringfügig war das Wort, das seitdem in seinem Kopf herumgeisterte. Geringfügig das Vergehen. Geringfügig das Leben seiner Tochter. Ebenso geringfügig wie das seiner Frau und sein eigenes von jenem Zeitpunkt an. Und wenn er es recht bedachte, so hatten sie allesamt recht. Das menschliche Leben als solches war nichts anderes als geringfügig. Unter dem Gesichtspunkt der Ewigkeit sowieso.

Und wie der wortgewandte Schriftsteller Bernhard Schlink dereinst so schlau bemerkte: Morden heißt, nicht verzeihen müssen. Verziehen hatte er nicht. Deprimiert wie ein Selbstmörder schlich der Mörder die Treppen hoch. Keine Frage, die Voraussetzungen für ein weiteres Tötungsdelikt waren denkbar ungünstig. Woher soll ich bloß die ganze Kraft nehmen, fragte er sich, während er sich die Schuhe auszog.

Dann rollte er sich ins Bett und starrte die Decke an. Stundenlang.

– Ende der Rückblende –

Im Abstand von nur wenigen Sekunden erreichten Elly und Herr Schweitzer die Redaktionsräume des Sachsehäuser Käsblättches in der Wallstraße.

Wie alle Gewohnheitstiere wollte der Gelegenheitsdetektiv spornstreichs wieder umkehren, weil das sich ihm bietende Bild so gar nicht seinem Bild entsprach. Selbst die Begrüßungsformel erstarb auf seiner Zunge. Überall blitzte und blankte es, daß es eine wahre Pracht war. Lediglich auf dem Schreibtisch lagen ein paar Papiere ungeordnet herum. Der Geruch frischer Farbe lag in der Luft. Auf der Fensterbank reckten sich rote, gelbe und blaue Blumen der Sonne entgegen. Der alte durchgetretene Linoleumboden war schneeweißen Fliesen gewichen.

„Was ist denn hier los?“ entfuhr es dem sichtbar geschockten Herrn Schweitzer.

„Was soll schon los sein? Sicherlich wolltest du mich gerade deiner aparten Begleitung vorstellen.“ Felix Melibocus strahlte übers ganze Gesicht und erhob sich. „Ach, ich sehe schon, der gute alte Simon ist mal wieder neben de Kapp. Na gut, dann mache ich es halt selber.“

Stolz wie ein Pfau erhob sich der Herausgeber, strich sich seinen noblen Anzug glatt und schlenderte galant auf Elly zu. „Felix Melibocus. Einen schönen guten Abend. Mit wem habe ich die Ehre?“

„Äh, ich, das ist ...“, radebrechte Herr Schweitzer. Er wähnte sich im falschen Film.

„Elisabeth McGuire. Freunde nennen mich Elly. Nett haben Sie es hier.“

„Felix. Du kannst Felix zu mir sagen.“

„Gut. Felix. Sag mal, was hat Simon denn? Er ist plötzlich ... so anders.“

Amüsiert betrachtete der Herausgeber seinen alten Freund, der so deplaziert wirkte, als habe er gerade ein Schuhgeschäft betreten wollen, sei statt dessen aber versehentlich in einem Swingerclub gelandet. „Ich schätze mal, Simon ist gerade dabei, die Nerven zu verlieren.“

„Nerven verlieren ist gut“, fand Herr Schweitzer seine Sprache wieder. „Mir hat gerade jemand heimtückisch eine Überdosis Heroin injiziert. Nichts ahnend trat ich kürzlich durch eine Tür, hinter der sich über viele Jahre sämtliche Staubflusen Sachsenhausens versammelt hatten, und nur Adleraugen das diffuse Licht durchdringen konnten. Und wo lande ich? Hä? Sag's mir bitte. Wo?“ Er konnte nichts anders. Seine Hände mußten den Anzug berühren, der so edel schimmerte. „Seide?“

„Aber selbstverständlich, der Herr. Sag bloß, du hast etwas anderes erwartet?“

Herr Schweitzer kniff ein Auge zu, auf daß sein anderes an Sehschärfe gewinne. „Kann mir mal jemand ein Brett verpassen? Und den Notarzt anrufen? Der Trip ist so absurd, daß jederzeit mit meinem Ableben zu rechnen ist.“

„Na, na, Simon. Jetzt mach mal halblang. So schnell stirbt keiner.“ Mit einer majestätischen Handbewegung deutete Melibocus zu einer nach Leder duftenden Sitzgruppe. „Wollen wir uns nicht setzen? Was wollt ihr trinken? Latte macchiato, Espresso, Yogi-Tee?"

Auch wenn Herr Schweitzer momentan keinen Alkohol trank, gerade jetzt hätte er einen Schoppen vertragen können. Passé die Zeiten, als ihm Felix unaufgefordert ein Glas Ebbelwei einschenkte. Oder ein Bier, wenn das Sachsenhäuser Nationalgetränk gerade vergriffen war. Und manchmal hatte es auch Schnaps gegeben. Aber heute? Latte macchiato? Was hatte er, Herr Schweitzer, verpaßt? Während er noch darüber nachdachte, hatte sich Elly bereits gesetzt. Es war Notwehr, nichts als Notwehr: „Für mich bitte einen Yogi-Tee."

„Für mich auch, bitte", flötete Elly.

„Das trifft sich ausgezeichnet. Ich habe gerade eine Kanne fertig." Der Herausgeber sah auf seine Armbanduhr. „Muß noch vierzig Sekunden ziehen. Simon, hol bitte schon mal die Tassen. Sie stehen im Schränkchen hinter dir."

Herr Schweitzer gehorchte aufs Wort. Das war immer noch das beste in Situationen wie diesen. Zeit gewinnen, hieß es dann. Zeit, die man brauchte, um Gegenmaßnahmen zu durchdenken und gegebenenfalls zu ergreifen. Und selbst die Initiative in die Hand nehmen. Den Feind nicht zur Ruhe kommen lassen, ihn beschäftigen, ihm zu denken geben. „Okay, Felix. Jetzt erzähl schon. Du hast im Lotto gewonnen?!"

„So ähnlich." Melibocus schenkte den Tee ein.

„Du hast geerbt?"

„Das auch."

„Was noch?"

„Ich habe mir meine Lebensversicherung auszahlen lassen. So konnte es ja unmöglich weitergehen."

Aha, dachte Herr Schweitzer, so langsam nähern wir uns einer gemeinsamen Ebene. „Und da hast du dir dann gedacht, weil es so ja nicht weitergehen konnte, dein Leben von Grund auf zu ändern."

Nach einer kurzen Pause, in der er das neue Ambiente auf sich wirken ließ: „Respekt. Hier läßt es sich bestimmt prima arbeiten."

„Viel besser als vorher", bestätigte Melibocus. „Zum Schluß hab ich hier ja nicht einmal mehr meine Kugelschreiber finden können. Vom Aktenkeller ganz zu schweigen."

„Ah, gut, daß du drauf zu sprechen kommst. Deswegen sind wir nämlich hier. Elly und ich. Ich nehme an, die Akten stehen jetzt fein säuberlich geordnet in nagelneuen Regalwänden aus edlem Tropenholz."

„Jetzt übertreibst du aber. Neue Regale: ja. Aus Tropenholz: nein. Geordnet: fast. Susi ist gerade dabei. Sie wird wohl noch mindestens eine Woche brauchen."

„Susi?"

„Susanne. Eines Tages kam sie hereinspaziert und fragte nach einem Job als Journalistin. Du weißt, Simon, ich habe fast immer alles alleine gemacht. Mehr im Scherz habe ich dann zu ihr gesagt, sie könne sofort anfangen, wenn sie bereit sei, hier alles auf Vordermann zu bringen. Eigentlich habe ich damit gemeint, mal kurz abzustauben und vielleicht zwei, drei freie Quadratmeter zu schaffen, um überhaupt wieder arbeiten zu können. Aber wie Frauen halt so sind ..."

„Mit den Blümchen auf der Fensterbank hat's angefangen und dann ging das immer so weiter", mutmaßte Herr Schweitzer.

Melibocus sah zu Elly. „Genau so war's. Elly, du weißt sicher, unser Simon ist Sachsenhausens kompetentester Privatschnüffler. Oder hat er dir das vorenthalten, bescheiden wie er ist?"

„Ich hab davon gehört. In Sachsenhausen wird anscheinend viel geredet."

„Gebabbelt. Wir babbeln hier. Neunundneunzig Prozent davon kannste aber gleich wieder auf dem Scheiterhaufen des überbordenden Schwachsinns verbrennen."

So langsam wurde Herr Schweitzer ungeduldig. „Weswegen wir eigentlich hier sind ..."

„Genau", unterstützte ihn Elly. „Dein Archiv. Wir wollen etwas über einen Unfall wissen, der sich am Kuhhirtenturm ereignete. Vor ziemlich genau zwanzig Jahren."

Felix Melibocus grinste wie ein Breitmaulfrosch.

„Was grinst du wie ein Breitmaulfrosch?" fragte daraufhin Herr Schweitzer.

Der Herausgeber machte es sich in seinem Sessel bequem. Die Arme hielt er gekreuzt vor der Brust. Er strahlte Zufriedenheit aus.

„Ach, fragt nur. Das Archiv sitzt vor euch."

„Hä?" fragte nun der Aushilfsdetektiv in typisch Frankfurterischer Ausführlichkeit.

Melibocus sah seinen großen Auftritt kommen. Wie alle Männer seines Alters hatte er gravierende Schwierigkeiten mit dem Gedächtnis. Und war es einmal anders, mündete es fast zwangsläufig in maßlose Auftrumpferei: „Den Artikel habe ich damals selbst geschrieben."

Elly und Herr Schweitzer harrten der Dinge, die da noch kommen wollten. Bislang jedenfalls hielt sich ihre Begeisterung in Grenzen.

Trotz des fehlenden Applauses fuhr Melibocus fort: „Eine Mandel-Schokoladentorte. Ganz wichtig ist der Cognac in der Buttercreme. Benannt übrigens nach dem damaligen Außenminister der k.u.k. Monarchie, Pál Antal. Hab ich selbst schon gebacken. Ein Gedicht, sag ich euch, ein Gedicht." Wie von selbst schlossen sich seine Augen. Speichel sammelte sich in seinem Mund. Kaubewegungen setzten ein.

Herr Schweitzer suchte nach Beweggründen für das soeben Gesagte. Er griff sich seine Tasse und schwenkte den restlichen Yogi-Tee. „Sag mal, Felix, was ist in dem Tee drin? Koks? LSD? Raus mit der Sprache. Wir hören."

„Was hat die Torte mit dem Unfall zu tun?" wurde Elly präzise.

„Ach, ach, ihr lieben Leut', wie soll ich das bloß erklären? Sagt euch der Name Esterházy etwas?"

„Persönlich kenne ich keinen Esterházy", überlegte Herr Schweitzer. „Ist das nicht ein osteuropäischer Name?"

„Ich tippe auf Ungarn", sagte Elly.

„Chapeau, die Dame. Volltreffer." Genüßlich führte der Herausgeber die Tasse zum Mund, ehe er fortfuhr. „Esterházy ist ein ungarisches Magnatengeschlecht. Nach einem von denen ist die Torte benannt. Esterházy ist aber auch der Name des Mannes, dessen kleine Tochter vor zwanzig Jahren durch einen bedauerlichen Unfall am Kuhhirtenturm ums Leben gekommen ist. Das Tragische an der Geschichte war, das werde ich nie vergessen, daß das kleine Mädchen taub war. Zwei oder drei Passanten haben das Unglück kommen sehen und lauthals geschrien, als sich das Taxi von selbst in Bewegung setzte. Aber sie waren alle zu weit weg, um einzugreifen. Der Taxifahrer war danach fix und fertig, das könnt ihr mir glauben."

„Jens Auer?" fragte Elly.

Melibocus: „Bitte?"

„Jens Auer, war das der Taxifahrer?"

Der Herausgeber vom Sachsehäuser Käsblättche strich sich übers Kinn. „Hm? Jens Auer, sagtest du?"

„Ja, mein Bruder."

„Kann sein. So genau weiß ich's auch wiederum nicht. Der Name kam jedenfalls in meinem Artikel nicht vor. Ganz bestimmt. So etwas gehört sich nicht."

„Hast du damals Fotos geschossen?" bohrte Herr Schweitzer nach.

„Nur vom Unfallauto, wie es gerade von der Polizei abgeschleppt wurde."

„Kennzeichen?"

„Puh, du stellst Fragen ... da müßte ich in alten Kisten wühlen. Damals wurden noch richtige Filme gemacht, mit Negativen und so. Heutzutage ist ja alles digital." Fast schien es, als trauere Melibocus den guten alten Zeiten nach.

Aber Elly hatte bereits ein Foto herausgekramt und überreichte es ihm. „Ist das der Taxifahrer?"

Auch Melibocus kramte. Nach seiner Brille. Als er sie aufgesetzt hatte: „Oh, kann sein. Wie heißt er noch gleich?"

„Hieß. Mein Bruder ist inzwischen auch tot. Jens Auer."

„Ermordet am Kuhhirtenturm. Vor kurzem", ergänzte Herr Schweitzer. „Klingelt's bei dir?"

„Klingeln ist gar kein Ausdruck, Kumpel", Melibocus nahm seine Brille wieder ab und musterte Herrn Schweitzer. „Ganze Gedankenlawinen stürzen auf mich ein. Ich bin ein Kind der Informationen. Journalist, verstehst du? Das Sachsehäuser Käsblättche mag zwar ein Käseblatt sein, aber der Mord am Kuhhirtenturm war auch auf meiner Titelseite. Moment, ich spute mich." Melibocus erhob sich.

Das Sputen ging bei ihm, der mit einer ähnlichen Leibesfülle ausgestattet war wie der Detektiv, nur noch in eher gemäßigten Bahnen vor sich. Zwanzig Sekunden später fluchte er: „Verdammter Mist, wo ist sie bloß? Vor lauter Ordnung findet man nichts mehr."

„Kenn ich, kenn ich", pflichtete Herr Schweitzer bei. „Ordnung soll man nie übertreiben, sonst sucht man sein Leben lang. Wenn Maria das nur endlich mal kapieren würde ..."

„Ah, da ist sie ja", sprach Melibocus nun. Und widersprach sich auch gleich selbst: „Tja, Ordnung ist das halbe Leben. Das war schon immer meine Rede." Er wedelte mit dem Sachsehäuser Käsblättche. „Taximord am Kuhhirtenturm."

Während er die Zeitung weiterreichte, fragte er Elly: „Kann ich noch mal das Foto haben?"

Nach eingehender Betrachtung: „Ja, hm, ja. Es liegen zwar zwanzig Jahre dazwischen, aber die Ähnlichkeit ist nicht zu leugnen." Dann faltete Melibocus die Hände und zauberte sein süffisantestes Lächeln hervor. „Du Simon, kann es sein, daß mein Näschen eine Story wittert?" Näschen war übertrieben, Riechkolben schon treffender. „Nein, Simon, sag jetzt nichts. Laß mich raten. Esterházy verlor seine Tochter bei einem tragischen Unfall am Kuhhirtenturm. Zwei Jahrzehnte später rächt er sich am vermeintlichen Verursacher Jens Auer. Die Polizei tappt im dunkeln und der gute Simon kann sein Schnüffelnäschen mal wieder nicht vom Schnüffeln lassen." Auch hier war das Näschen eine gelinde Untertreibung. Beide Nasen hatten Übergröße.

An dieser Stelle wurde Melibocus dramatisch. Er stand auf, reckte sich und stemmte die Hände in die Hüften. Es klang so, wie's geschrieben steht: „Und. Warum. Kommst. Du. Erst. Jetzt. Zu. Mir? Sind. Wir. Denn. Keine. Freunde. Mehr?"

„Etwas flüssiger und es reimt sich sogar", erkannte Herr Schweitzer amüsiert. Ein schlechtes Gewissen wegen des Vorwurfs hatte er aber nicht, weil: „Aber, mein lieber Felix, du hast uns doch eben erst darauf gebracht. Wir wußten doch nichts vom Esterházy, als wir zu dir kamen. Bisher war alles bloß eine unausgegorene Vermutung. Nichts, mit dem man Bullen hinterm Ofen hervorlockt. Und daß Ellys Bruder damals in den Unfall verwickelt war, auch das war bloß so eine vage Idee von mir."

„Jetzt mal von Schwachkopp zu Schwachkopp." Melibocus beugte sich an Herrn Schweitzers Ohr. „Damit eins klar ist: Ab sofort arbeiten wir zusammen. Ich unterstütze dich nach Kräften und du hältst mich auf dem laufenden. Das Sachsehäuser Käsblättche hat die Exklusivrechte. Wir veröffentlichen noch vor all den anderen. Schlag ein!" Melibocus' Rechte schnellte hervor. Seine Linke versetzte Herrn Schweitzer einen kräftigen Schlag auf den Rücken, so daß dieser sich gerade noch an der Lehne festhalten konnte, bevor er auf dem Boden landete.

„Aua. Mann, Felix, gehst du immer so mit alten gebrechlichen Menschen um?"

„Keine Ablenkungsmanöver. Schlag ein!"

„Das ist Nötigung. Elly, du kannst es bezeugen: Nötigung!" Nichtsdestotrotz reichte er dem Herausgeber die Hand.

„So ist's fein, Simon."

„Aber wir können doch gar nichts beweisen", gab Herr Schweitzer zu bedenken.

Elly McGuire: „Das Phantombild aus der Frankfurter Rundschau ..."

Herr Schweitzer hatte noch nicht kapiert: „Was ist damit?"

Männer, dachte Elly, manchmal haben sie einen Geistesblitz nach dem anderen, manchmal erkennen sie selbst die simpelsten Zusammenhänge nicht. „Wenn Felix den Esterházy damals gesehen hat, warum hat er ihn nicht wiedererkannt? Das Phantombild war schließlich in allen Zeitungen."

Wie von der Tarantel gestochen stürzte Melibocus an das graue Metallregal hinter ihm.

„In meiner auch, in meiner auch", hörte man ihn brabbeln.

Dann lag die Ausgabe mit dem Phantombild auf dem Tisch. Eine geschlagene Minute studierte der Herausgeber das Bild. Keiner wagte zu unterbrechen. Die Luft knisterte vor Anspannung. Eine Staubfluse hätte man fallen hören können, aber es gab ja keine Staubflusen mehr, die hätten fallen können.

Dann, endlich, sah Melibocus auf. Theatralisch nahm er die Brille ab. Es war nicht zu verkennen, der Mann kannte sich aus mit Dramaturgie. „Scheiße", war alles, was ihm entfuhr. Das aber gleich zwei Mal: „Scheiße."

„Wie meinst du das?" fragte Herr Schweitzer. „Ist das jetzt der Esterházy oder nicht?" Er nahm sich die Zeitung vom Tisch.

Mittels eines weinroten Taschentuchs mit eingesticktem, verschnörkeltem FM wischte sich Melibocus ein paar Schweißtropfen von der Stirn.

Mit der Antwort ließ er sich Zeit. Viel Zeit. Aber dann kam sie doch noch, die Antwort. Sie kam kleinlaut daher: „Nö, eher nicht."

Enttäuschung machte sich breit. Da war man so nahe dran und dann so etwas. Herr Schweitzer konnte es nicht fassen: „Sicher?"

„Was heißt schon sicher?" philosophierte der Herausgeber. „Esterházy war fett wie ein Otter. Das weiß ich noch genau. Und der Phantom-Knabe hier sieht mir eher wie ein Marathonläufer aus. Und ich erinnere mich sogar noch daran, was ich damals dachte."

„Was?" fragte Herr Schweitzer beiläufig. Er hatte das Interesse verloren.

„Na, was wohl?! Daß der Esterházy aber ganz schön viele Esterházy-Torten gefuttert haben mußte, um so auszusehen. So fett, meine ich."

Auch wenn das Fettsein in unserem Kulturkreis bei den meisten Menschen negative Assoziationen auslöste, im Gegensatz zu Indien und arabischen Ländern, wo es Wohlstand und innere Zufriedenheit suggerierte, scherte sich Herrn Schweitzers Magen einen feuchten Kehricht um gesellschaftliche Akzeptanz. Er knurrte hörbar. Irgendwie klang Esterházy-Torte nämlich nach orgastischen Gaumenfreuden. Und so etwas wollte verköstigt werden, Diät hin, Diät her. „Du weißt nicht zufällig, wo hier in Sachsenhausen Esterházy-Torten feilgeboten werden?"

„Doch."

„Verrätst du es mir?"

Melibocus konnte ganz schön gemein sein: „Erst, wenn unser Fall geklärt ist und ich meine Story habe."

„Sonst habt ihr keine Probleme?" intervenierte Elly.

Der Herausgeber: „Nicht daß ich wüßte."

Herr Schweitzer: „Das gehört zur Allgemeinbildung."

Elly zog die Stirn kraus.

Herr Schweitzer: „Der Geschmack von Esterházy-Torten. Was der Bauer nicht kennt, frißt er nicht; so etwas gibt's bei mir nicht."

Melibocus: „Stimmt genau. Und gerade im Fall von Esterházy-Torten mit Cognac-Buttercreme ..."

Elly: „Euch fehlt wirklich nichts?"

Die beiden Freunde sahen sich an und überlegten, was sie darauf wohl entgegnen sollten.

Der Schlagfertigere von beiden war Herr Schweitzer: „Fifty-fifty, würde ich mal sagen. Felix geht's allererste Sahne, um nicht zu sagen Buttercreme-Sahne, weil der ja den Geschmack schon kennt. Ich hingegen schlittere gerade in eine tiefe Krise. Mir ist's, als könne ich ohne Esterházy-Torte nicht mehr weiterleben." Gegen Ende seiner Ausführung war seine Stimme immer weinerlicher geworden.

Dies wiederum nötigte Melibocus zu der Aussage: „Jetzt hör schon auf zu jammern. Du klingst ja wie Xavier Naidoo."

Jetzt war die Kacke aber wirklich am Dampfen. Der Vergleich war eine der bösartigsten Unterstellungen, die man jemandem anhängen konnte. Denn dieser Schnulzensänger brachte es tatsächlich fertig, mit seinem Herzschmerz-Gequietsche sage und schreibe drei Generationen weiblicher Musikhörer in Ekstase zu versetzen. Ein Spagat also, bei dem man als Mann aufpassen muß, daß einem im Winter die Eier nicht am Boden festfrieren. Aber vielleicht muß Xavier da gar nicht aufpassen ...

Logisch, daß Herr Schweitzer zutiefst beleidigt war. Aber er war auch ein gewiefter Taktiker: „Wenn du mir nicht sofort verrätst, wo's Esterházy-Torten gibt, schenk ich dir zu Weihnachten eine Eintrittskarte zu einem Konzert von diesem Jauler. So! Das hast du jetzt davon."

„Probier's mal in der Konditorei in der Brückenstraße. Aber ohne Gewähr", kam es wie aus der Pistole geschossen, denn auch der Herausgeber war in Sachen Taktik nicht ohne. „Und wenn alle Stricke reißen, backe ich dir höchstpersönlich eine."

„Wenn alle Stricke reißen, hänge ich mich auf", entgegnete Herr Schweitzer.

Melibocus: „Klugscheißer. Wie soll das gehen, wenn doch die Stricke reißen?"

„Schau an, schau an. Hat der Herr im feinen Zwirn gestern noch einen Schnelldenkerkurs besucht."

„Hab ich. Außerdem muß ich dir was gestehen." Melibocus setzte eine Leidensmiene auf, die das schlimmste befürchten ließ.

Was natürlich Herrn Schweitzers Neugier weckte. „Was?"

Das Leiden schien den Herausgeber schier zu erdrücken. „Ich hab Offenbacher Blut." Sein Blick implizierte die Frage, ob er, der Detektiv, ihn trotz dieses Makels noch liebhabe. Denn für einen Frankfurter, und das ist historisch begründet, wäre das – Offenbacher Blut in sich zu haben – in etwa so, als habe man mehrere Leichen im Keller, die meisten davon tot.

„Ausgerechnet du?" entfuhr es Herrn Schweitzer, der bislang große Stücke auf seines Kumpels Integrität gehalten hatte.

„... an der Stoßstange", entschärfte der Herausgeber, begleitet von einem diabolischen Grinsen, die Situation umgehend.

Herr Schweitzer konnte nicht anders. Er prustete lauthals los.

Auch Elly mußte schmunzeln. „Was seid ihr nur für Kindsköpfe. Aber jetzt mal ernsthaft, wie soll's weitergehen, ich meine, nachdem du die Stoßstange gereinigt hast?"

Melibocus: „Ich weiß nicht."

„Ich aber", ließ Herr Schweitzer, wenn auch nur halbherzig, verlautbaren.

Die Blicke waren auf ihn gerichtet und forderten Aufklärung.

Auftritt Herr Schweitzer, nun aber mit dem Getue eines Profis: „Wenn wir Esterházy als Mörder ausschließen, so heißt das noch lange nicht, daß er unschuldig ist. Ich sage nur: Auftragskiller." Er lehnte sich zurück, verschränkte die Arme und war sehr zufrieden mit sich. Immerhin hatte er gerade einen Beweis seiner Geistesgaben geliefert, auch wenn diese Theorie nichts weiter als eine Theorie war.

Während Elly McGuire ihre Stirn in Falten legte, klappte Melibocus' Kinnlade herunter. Er war augenscheinlich sprachlos, was auch nicht allzu oft vorkam.

Es folgte eine Minute andächtigen Schweigens.

Elly: „Was uns aber auch nicht unbedingt weiterhilft. Das Phantombild ist Sache der Polizei. Uns fehlen einfach die Mittel."

Aber Herr Schweitzer wäre nicht Herr Schweitzer, wenn's das gewesen sein sollte: „Richtig, Elly. Aber ... Felix, gib mir doch mal bitte dein Telefonbuch."

Gleichwohl Melibocus darin keinen Sinn erkannte, gehorchte er.

Schwerfällig stand er auf. Und wie es sich gehörte, lag das Telefonbuch neuerdings tatsächlich neben dem Telefon.

„Da! Was suchst du?"

„Gleich. Übe er sich bitte in Geduld."

Der Aushilfsdetektiv setzte sich seine Lesebrille auf, die er für knapp drei Euro in einer Supermarktkette erstanden hatte. Gleich ein halbes Dutzend hatte er sich zugelegt, damit sich das ständige Suchen zu Hause in Grenzen hielt. „Aaah, guckst du, einer steht drin."

„Wer steht drin?" Melibocus mochte es gar nicht, dergestalt auf die Folter gespannt zu werden.

Das wiederum war Herrn Schweitzer bekannt. Und manchmal konnte er auch hundsgemein sein: „Er wohnt sogar ganz in der Nähe."

„Wer zum Teufel?" Es war fast ein Schreien.

„Im Goldbergweg." Der Detektiv drehte sich zu Elly. „Weißt du, der Goldbergweg ist nämlich in Oberrad. Das liegt kurz vor Offenbach. Am besten, man nimmt die Straßenbahn. Die 16 fährt nämlich durch Sachsenhausen. Von hier aus sind's nur ein paar Minuten bis ..."

Melibocus hielt es nicht mehr aus. Er riß seinem Kumpel, der gerade nicht sein Kumpel war, das gelbe Buch förmlich aus den Händen.

Herr Schweitzer ließ sich davon aber nicht beirren und stichelte weiter: „Und mit Vornamen heißt er Karel. So steht's da. Guckst du. Huhu, Felix, was ist mit dir? So kenne ich dich gar nicht."

„Du lernst gleich noch ganz andere Seiten von mir kennen." Melibocus stand kurz vorm Platzen. Leider waren auch noch die Telefonbuchseiten beim Entreißen verblättert worden.

Der Detektiv hatte ein Einsehen. „Esterházy steht drin. Wenn auch nur einmal. Karel Esterházy aus dem Goldbergweg. Aber, Felix ... Felix!"

„Grummelbrummel." Melibocus war am Blättern. Als er ihn gefunden hatte, sah er auf.

Und sah, wie er von Herrn Schweitzer eine Kußhand zugeworfen bekam. „Aber das will nichts heißen. Vielleicht ist dieser Karel ja erst zwanzig Jahre alt oder so."

„Ich denke auch", sagte Elly. „Esterházys dürfte es mehrere in Hessen geben."

„Aber so mopsig wie der Vater des toten kleinen Mädchens ist bestimmt kein zweiter", machte Melibocus sich und den anderen Mut.

So langsam wollte Herr Schweitzer zum Abschluß kommen: „Hat einer einen Plan, was wir jetzt machen?"

„Nein."

„Nein."

„Dann schlage ich vor, Felix kramt noch mal in seinen Kisten, ob da nicht irgendwo ein Foto samt Nummernschild vom Unfallwagen zum Vorschein kommt. Ich kümmere mich um Karel aus Oberrad. Außerdem treffe ich nachher noch den Schmidt-Schmitt. Vielleicht hat sich da was getan."

„Puuh", resignierte Melibocus, „die sind aber noch so, wie sie waren, bevor Susi das Zepter hier in die Hand genommen hat."

„Dann wird's ja Zeit, auch dort mal Ordnung zu schaffen."

„Das sagt der Richtige", erwiderte Melibocus. „Wenigstens hab ich immer das Datum hinten draufgeschrieben. Morgen ist Susi wieder da."

„Und was habt ihr für mich?" wollte Elly wissen.

„Du kannst ja später ins Weinfaß kommen. Der Schmidt-Schmitt hat mit Sicherheit nichts dagegen."

„Wann ist später?"

„Unterschiedlich." Herr Schweitzer wußte es selbst nicht so genau. „Na ja, vielleicht so zwischen 20 und 22 Uhr. Da ist dann Rushhour im Weinfaß."

„Ich liebe präzise Ansagen."

„So präzise war die gar nicht. Warte." Herr Schweitzer wählte die Nummer des Oberkommissars, dessen Handy aber ausgeschaltet war. „Nicht daheim, der Mischa."

Kurz darauf verabschiedete man sich voneinander. Während Elly nach links ging, lenkte Herr Schweitzer seine Schritte einer fernen Verheißung entgegen in die andere Richtung. Doch manchmal liegt die Ferne ganz nah. Um die Ecke, um genau zu sein. Es gibt Momente, da konnte selbst die mörderischste Hitze ihm nichts anhaben. So ein Moment war gerade. Voller Elan betrat er die Konditorei und kam allsogleich auch dran. „Zwei, nein, drei Stück von der Esterházy-Torte."

„Da haben Sie aber Glück", sagte die schnuckelige Bedienung, für die Herr Schweitzer allerdings kein Auge hatte. „Das sind die letzten."

Sein Bauch knurrte, die Sinne waren in Aufruhr. Kam es ihm nur so vor, oder war die Kuchentheke tatsächlich so reichhaltig bestückt, wie er sie wahrnahm? Herr Schweitzer hätte nach Herzenslust zuschlagen können. Aber er wollte auch stark sein, den mannigfaltigen Verlockungen die Stirn bieten. Das bleibt aber eine große Ausnahme, redete er sich gut zu. Seine Augen folgten den Bewegungen der Fachkraft. Nein, nicht einpacken, ich esse es eh gleich, hätte er am liebsten verkündet. „Wenn Sie noch eine Plastikgabel hätten."

„Natürlich, aber gerne."

Nach dem Bezahlen hatte er es sehr eilig. Herr Schweitzer flitzte den Bürgersteig entlang, wartete nicht auf Grün und saß alsbald auf einem Bänkchen im Park des Alten Friedhofs, der fast nur noch aus Rasen bestand; verbuddelt wurde hier niemand mehr. Er war außer Betrieb, nur noch vereinzelt standen ein paar verwitterte Grabsteine herum, um die sich niemand mehr kümmerte. Ruckzuck hatte er die Welt um sich herum vergessen. Die Esterházy-Tortenstückchen waren einsame Spitze. Er schmatzte, was das Zeug hielt. Sein Magen klatschte Beifall. Seine Geschmacksnerven teilten ihm mit, seit dem Kambrium nicht mehr so vorzüglich gefuttert zu haben.

„Gelobt sei Jesus Christus", vollendete Herr Schweitzer den Hochgenuß auch sprachlich.

„Ach, du Scheiße", kam es von einem Obdachlosen eine Bank weiter, der dem seltsamen Geschöpf beim Mampfen zugeschaut hatte. „Hat man denn nirgendwo mehr seine Ruhe vor der Heilsarmee?"

„Gott ist in uns, Bruder", entgegnete Herr Schweitzer sofort. Sein Gesichtsausdruck deutete stark darauf hin, daß er gerade von Maria – nicht seine Freundin, die Maria vom Josef ist gemeint – eine Botschaft zur Umkehr des Klimawandels erhalten hatte.

„Amen für die geistig Armen." Mit diesen Worten floh der Obdachlose aus der Reichweite des vermeintlichen Predigers von Gottes Gnaden. Den Seelentröster in Lambrusco-Form hielt er fest umklammert in seiner Faust. Besser ist das.

Der glücklichste Mensch der Welt knüllte das Papier zusammen und warf es mit der Gabel zusammen in den Mülleimer neben der

Parkbank, die von einem Sachsenhäuser Reisebüro gestiftet war. Müsli, wie konnte ich mir das nur antun? Esterházy-Torte, warum hat mir bislang keiner davon erzählt? Doch damit ist nun ein für allemal Schluß, schwor er sich. Diäten machen krank und sind was für Fertige. Basta! Ich bin doch nicht auf der Welt, um mich zu Tode zu hungern. Außerdem habe ich mich voll im Griff, denn ich gehe jetzt nicht zurück und hole mir noch einen Frankfurter Kranz, nein, nein und nochmals nein. Ich bin stark. Ich will keine Torte mehr, ich will einen Joint. Auch an einen Verdauungsschnaps dachte Herr Schweitzer.

Knallhart auf beides verzichtend ging Herr Schweitzer zurück in die Brückenstraße. Dort betrieb zwar auch sein Dealer Giorgio-Abdul, gut getarnt in einer Döner-Bude, seinen schwunghaften Marihuana-Handel, doch ließ er diesen links liegen und betrat behende einen erst neulich eröffneten Friseur-Laden.

Herr Schweitzer hatte noch nie zu der Sorte Mensch gehört, die anderen nacheiferte. Ganz im Gegenteil. Für Deutschlands Volkssport Nummer eins hatte er nur Verachtung übrig. Legte sich einer seiner Nachbarn ein neues schweineteures Auto zu, so überlegte er stets, was man mit dem Geld alles hätte anfangen können. Für einen durchschnittlichen Mercedes-Neuwagen ließ es sich zum Beispiel fast acht Jahre lang jeden Tag im Eichkatzerl ganz fürstlich speisen und trinken. Beim Dautel wären es immerhin noch sechs bis sieben Jahre gewesen.

Und trotzdem! Sein Friseurgang fußte auf dem vorangegangenen Besuch beim Sachsehäuser Käsblättche. Mit Melibocus' Wandel vom Chaoten zum Saubermann hatte Herr Schweitzer seine Orientierung verloren. Klar, er hätte nach Hause gehen und mit dem Großreinemachen beginnen können, aber das wäre dann doch des Guten zu viel.

Herr Schweitzer war der einzige Kunde. „Einmal die Hälfte ab, bitte", instruierte er den persisch und homosexuell aussehenden Friseurmeister.

– Rückblende –

Was ihn wenige Stunden vor der geplanten Tat zum Kuhhirtenturm getrieben hatte, wußte er nicht. Auch nicht, warum er die Pistole schon jetzt mitgenommen hatte.

Jedenfalls saß er auf einem Geländer gegenüber des Hinterausgangs der Jugendherberge und starrte trübsinnig vor sich hin. Nur wenige Menschen waren in der kopfsteingepflasterten Großen Rittergasse unterwegs, die deswegen so hieß, weil hier einst Ritter aus Praunheim, Schweinsberg, Preungesheim, Marburg und Offenbach ihre Höfe führten.

Von Zeit zu Zeit blickte er hinüber zum Kuhhirtenturm. Dort war es vor zwanzig Jahren passiert. Und fast genau hier, am Geländer, hatte er gestanden und mitansehen müssen, wie das führerlose Taxi seine Tochter überrollte. Bis zum Ende hatte sie ihr strahlendes Lächeln beibehalten, als sie ihm zuwinkte, die Gefahr nicht kommen sehend. Sandra, in ihrem hellrosa Baumwollkleidchen. Und dann das viele Blut. So viel Blut in einem so kleinen Körper. Und geschrien hatte er. Geschrien, als könne die Lautstärke das Rad der Geschichte wenigstens um Sekundenbruchteile zurückdrehen. Dem Notarzt waren keine Vorwürfe zu machen, er war sofort da. Fast schien es Esterházy, als habe er nur darauf gewartet und schon mit eingeschaltetem Blaulicht am Deutschherrnufer bereitgestanden. Im Wagen mitgenommen hatten sie ihn nicht. Im Nachhinein hatte er dafür sogar Verständnis, so wie er sich an den leblosen Körper klammerte, ihn nicht hatte loslassen wollen.

Er gab sich keine Mühe, die Tränen zu unterdrücken. Vor wem hätte er sich auch schämen müssen? Er überlegte, ob er nicht einfach rübergehen, die Pistole zücken und seinem Leben ein Ende bereiten sollte. Auch damit wäre der Kreis geschlossen. Der ewige Kreislauf von Leben und Tod, in den zu unterbrechen Generationen von Wissenschaftlern von jeher all ihre Kraft investierten und immer noch investieren. Ignoranten, die keine Ahnung haben, sagte er sich.

Sie habe nicht gelitten, sei sofort tot gewesen, hatte es später geheißen. Oder wollten sie ihn nur nicht noch zusätzlich quälen? Aber er hatte es dankend übernommen. Wenigstens das. Keine Qualen. Mehr blieb nicht.

Er hätte nicht herkommen dürfen. Eine todesähnliche Müdigkeit breitete sich in Karel Esterházy aus. Er umklammerte die Pistole in seiner Jackentasche. Der Zeigefinger legte sich um den Abzug. Der Weg hinüber war kurz. Ein paar Schritte nur. Damals waren es zu viele

Schritte gewesen. Zwei, höchstens drei haben gefehlt und das Schicksal hätte einen anderen Verlauf genommen. Er wartete auf einen Impuls aus seinem Inneren, der nicht kam.

Am Halteplatz in der Dreieichstraße bestieg er ein Taxi und ließ sich zurück in den Goldbergweg bringen.

– Ende der Rückblende –

Wenn man sich Herrn Schweitzer mit seiner neuen ultramodernen Frisur so betrachtete, kam man nicht umhin zu denken, er verbringe seine Arbeitszeit in einer Werbeagentur. Aber wir wollen hier den Herrn Schweitzer nicht weiter verunglimpfen. Der Rest von ihm samt seiner ausgelatschten Treter war immer noch Herr Schweitzer und kein Bürofritze. Die roten Socken am Ende der hellbraunen Cordhose ließen weiterhin auf einen total abgefahrenen Künstler schließen, der sich um gesellschaftliche Konventionen einen feuchten Kehricht scherte.

Zu Hause hatte er sich noch einen kleinen Joint gegönnt. Auf einen Verdauungsschnaps hatte er gänzlich verzichtet. Ein Triumph der Selbstbeherrschung, war seine Deutung. Die Wahrheit war, die letzte Flasche himmlischen Himbeergeistes war schon vor etlichen Wochen zur Neige gegangen.

Herr Schweitzer betrat das Weinfaß mit dem Wissen, nun, da sich die heiße Spur um einen möglichen Mörder Esterházy als maximal lauwarm erwiesen hatte, nichts mehr im Schilde zu führen, was er dem Schmidt-Schmitt hätte beichten können. Höchstens noch die Theorie von einem Auftragskiller, die aber sehr gewagt war.

Zu seiner Überraschung war die Kneipe bis auf den Oberkommissar und dessen neuer Flamme Doris frei von Gästen. „Was ist denn hier los?"

„Nix, siehste doch", erklärte die alte Wirtin Bertha burschikos. „Wasser? Oder biste runner von dem Trip? Was is mit deiner Jimi Hendrix-Mähne?"

Statt einer Antwort studierte Herr Schweitzer die in der linken Ecke hängende Tafel mit den Weinen der Woche. Dann konterte er Berthas ungehobelten Willkommensgruß: „Einen Weißburgunder, aber fix."

Bertha begnügte sich, oh Wunder, mit einem Kopfnicken.

Doris Brenn-Scheidler: „Hallo Simon, wie geht's?"

Der Oberkommissar: „Hock dich her, Amigo. Wie siehst denn du aus?"

Herr Schweitzer tat, wie ihm geheißen. „War beim Friseur."

„Wäre ich jetzt nicht draufgekommen. Steht was an? Hochzeit? Konfirmation? Ein seriöser Kunde?"

„Babbel net! Es wurde einfach mal wieder Zeit, das ist alles."

„Aber gleich so viel. Siehst ja aus wie ein Pennäler." Der Oberkommissar grinste frech.

„Tja, da guckst du. Ich sehe jetzt viel jünger aus. Findet ihr nicht?"

Doris Brenn-Scheidler: „Stimmt."

„Genau", bejahte auch der Schmidt-Schmitt. „Im Henry und Emma würdest du als der Jüngste durchgehen." Das Seniorenheim der Stifter Henry und Emma Budge steht heute in Frankfurt-Seckbach (früher in der Hansaallee).

Mit einem kurzen und bündigen „Depp" begegnete Herr Schweitzer diesem Affront.

Bertha brachte den Weißburgunder. „Prösterchen. Nicht verschlukken, Simon."

„Ich werde mir Mühe geben."

„Und gleich ...", begann Schmidt-Schmitt, gab seiner Herzensdame ein Küßchen, ehe er fortfuhr, „... erzählt uns Simon, wie er auf diesen Esterházy gekommen ist."

Herr Schweitzer guckte, als habe er gerade einen Teppichklopfer als Sexspielzeug geschenkt bekommen. Die Irritation war ihm anzusehen. Normalerweise war er es, der andere Leute verblüffte. Ihm hatte es die Sprache verschlagen, nicht einmal ein Stottern war mehr drin.

Der Oberkommissar war sehr mit sich zufrieden. Mit einem selbstgefälligen Grinsen wandte er sich an seine Begleitung: „Siehst du, Doris, hab ich's dir nicht gesagt, den Simon darf man nie unterschätzen. Bestimmt hat er sich insgeheim schon diebisch darauf gefreut, uns die Eier des Kolumbus' auf dem Silbertablett zu präsentieren."

Mit wachsendem Interesse studierte die Kommissaranwärterin Herrn Schweitzers Gesichtszüge, die ihm mehr und mehr entgleisten.

Auch wenn sie es kaum glauben konnte: Mischa schien mit seiner These ins Schwarze getroffen zu haben.

„Esterházy ...“, war alles, was der Detektiv zustande brachte.

„Gut, Simon. Esterházy ...“, frotzelte Schmidt-Schmitt. „Alle Achtung! Schachtelsätze waren schon immer deine Stärke.“

Zur Stärkung leerte Herr Schweitzer den Weißburgunder in einem Zug. Doch noch war er nicht stark genug: „Bertha! Weißburgunder!“ Lag es an seinem Joint? Hatte er irgendwo gepennt?

Gott sei Dank hatte der Oberkommissar ein Erbarmen: „Also gut, hör zu: Nicht alle bei der Kripo sind so blutjung wie Doris und ich. Ein älterer Kollege namens Kreitz, ach was, den kennst du eh nicht ... Auf jeden Fall hat sich dieser Kollege, der geht schon auf die Fünfzig zu, weißt du, heute morgen an einen Unfall mit Todesfolge erinnert, der sich vor zwanzig Jahren am Kuhhirtenturm ereignet hat. Und er hatte auch gleich einen Namen parat: Esterházy. Kreitz meinte, ich zitiere: ‚Zwei Tote in ein und derselben Sackgasse, da sollte man doch mal nachhaken.' Genau das haben wir dann auch getan. Aber ich sag's dir lieber gleich, der Phantombild-Mörder und dieser Esterházy sehen sich ungefähr so ähnlich wie Dick und Doof. Also Fehlanzeige. Und jetzt, Simon, erkläre uns bitte nicht, daß er ja einen Mörder gedungen haben könnte. Das haben wir bereits überprüft. So ein Mörder kostet nämlich hierzulande viel Geld, nicht so wie in Rio, wo Inflation herrscht. Von Esterházys Konto sind in letzter Zeit aber keine nennenswerten Geldbeträge abgehoben worden. Vor etwas mehr als einem Jahr mal dreitausend Mille, aber damit war er wohl im Urlaub in der Schweiz, wie wir in Erfahrung gebracht haben. Außerdem hab ich Elly und dich vorhin in der Wallstraße gesehen, wie ihr vom Melibocus kamt. Ätsch.“

Herr Schweitzer: „Aha.“

„Genau. Da hab ich mich natürlich gefragt, was macht unser Simon wohl beim Felix. So dicke miteinander seid ihr ja auch wieder nicht. Wolltest wohl ins Archiv, was?“

„Ich ...“

„Schon gut, Simon, ich bin einfach rein und hab gefragt.“

Doris Brenn-Scheidler: „Das hast du mir gar nicht gesagt, du ... du gerissener Hund.“ Spielerisch boxte sie ihm in die Seite.

Bertha kam und brachte Nachschub.

„Danke“, sagte Herr Schweitzer. Sofort stürzte er sich auf den Seelenbalsam. Solchermaßen vom Oberkommissar informiert fand er auch wieder in die Spur zurück: „Also scheidet der Esterházy definitiv aus!? Schade eigentlich.“

„Tja, so spielt das Leben eben“, erkannte Schmidt-Schmitt.

Die Kommissaranwärterin war aber weiterhin skeptisch: „Ich weiß nicht, vielleicht ...“

„Vielleicht was?“

„Schon gut, Mischa. Nichts.“

Auch Herr Schweitzer forschte nach einem logischen Einwand, fand aber ebenfalls keinen.

Die Tür ging auf, ein erfrischender Luftzug kam herein und mit ihm der angesäuselte Ouzo-Schorsch. Wortlos blickte er sich um und wußte nicht, wohin mit sich.

Der Oberkommissar stand auf und holte noch einen Hocker. „Komm, Schorsch, setz dich zu uns.“

Einer einstudierten Routine gehorchend machte sich die Wirtin sofort daran, des Ouzo-Schorschs Spezialgetränk zuzubereiten.

Herr Schweitzer rückte ein wenig beiseite, damit der Neuankömmling auch Platz fand am umgedrehten Weinfaß.

Der Rest des Abends verlief in gewohnten Bahnen. Nach und nach füllte sich die Spelunke. Weizenwetter, Karin, Buddha Semmler und wer sonst noch so Rang und Namen hatte in Sachsenhausen gaben sich ein Stelldichein. Auch der ein oder andere Fremde ließ sich blicken, was aber nicht weiter störte, sofern es den Fremden nicht störte, beim Betreten erstmals gehörig gemustert zu werden. In dieser Beziehung war das Weinfaß fast wie eine Dorfkneipe, nur nicht ganz so extrem. Fremde waren stets willkommen, nur die großkotzigen narzißtischen Wichtigtuer der selbsternannten Sachsenhäuser Upperclass mußten leider draußen bleiben. Ein feines Näschen für solche Gestalten besaß die rustikale Wirtin. ‚Hier, geht uff's Haus, un wenn de ausgesoffe hast, verzieh dich. Daane neureiche Angebber-Kumpels erwarte dich bereits im La Boheme uff de Schweizer.‘ Damit ward bisher einjedem der Wind aus den Segeln genommen. Im Prinzip konnten sie einem nur leid tun, denn auf der anderen Seite des Mains, dort wo die große Welt spielte, blieben ihnen stets die Türen verschlossen, so sehr sie auch dagegenhämmerten und um Einlaß flehten.

Für den weiteren Verlauf des Kriminalfalls Jens Auer nicht ganz unerheblich waren zu später Stunde noch ein paar Einlassungen vom Ouzo-Schorsch; er hatte inzwischen sieben Striche auf dem Deckel. Wörtlich überliefert waren sie nicht, gingen aber in ungefähr so: Der Jesus sei ein Fischer, der Fischer-Joschka Außenminister und Taxifahrer, und der Taxifahrer nun tot am Kuhhirtenturm; wenn da mal nicht der Hase im Pfeffer vergraben liege. ‚Und wenn ihr mich fragt, war der Jesus nebenbei noch Taxifahrer. Wundern würd's mich jedenfalls nicht, alles paßt prima zusammen.'

Für Herrn Schweitzer, der notgedrungen zugehört hatte, weil Doris und Mischa mal wieder knutschten, ergab das alles, so sehr er sich auch mühte, überhaupt keinen Sinn. Er hatte zwar auch schon einiges intus, aber eine Logik hinter diesen Sätzen war einfach nicht ersichtlich.

Es war dann auch nicht Ouzo-Schorschs kryptisches Gleichnis, was Herrn Schweitzer der Aufklärung näherbrachte, sondern lediglich ein kleines unscheinbares Detail. Doch davon später, wenn's um die Wurst geht, mehr.

Um 00.37 Uhr erschien unangemeldet Maria von der Heide, um Herrn Schweitzer abzuschleppen, ehe er volltrunken und zu nichts mehr zu gebrauchen war. Doris und Mischa nutzten die Gelegenheit und verabschiedeten sich ebenfalls.

Unmittelbar nach seiner Pflichterfüllung schlief Herr Schweitzer ein. Zuvor streckte ihm ein frecher Osterhase noch kurz die Zunge raus.

– Rückblende –

Wider Erwarten hatte er gut und traumlos geschlafen. Er rieb sich den Schlaf aus den Augen und ging barfuß ins Badezimmer pinkeln.

Danach setzte er die Kaffeemaschine in Gang. Tausend Mal hatte er sich ausgemalt, wie dieser Tag, auf den er zwanzig Jahre gewartet hatte, wohl zu gestalten sei. Als Test spreizte er die Finger seiner linken Hand und hielt sie ausgestreckt von sich. Nein, nervös war er nicht. Er horchte in sich hinein. Sein Herz schlug ganz normal, von Aufregung keine

Spur. Irgendwie war er enttäuscht. Er hatte gedacht, Mörder müßten am Tag der Tat vollkommen außer sich sein. War er also ein eiskalter Killer bar jedweder menschlichen Regung? Okay, der Sattler-Mord war wie ein gut geöltes Uhrwerk verlaufen, aber bei Ingolf Decker hatte es schon einige Unregelmäßigkeiten gegeben, die ihm schwer zu schaffen machten, weil er eine Steigerung für heute erwartete. Aber keine seiner Befürchtungen schien zuzutreffen.

Mit der dampfenden Tasse in der Hand zog er die Gardine zurück. Noch warfen die Bäume im Goldbergweg lange Schatten. Die ersten Menschen machten sich auf den Weg zur Arbeit. Im Erdgeschoß des gegenüberliegenden Hauses brannte schon Licht. Erst vor vier Monaten war die Tochter des Lehrerehepaars, die nur wenige Wochen nach Sandras Geburt das Licht der Welt erblickt hatte, zu ihrem Freund nach Gelsenkirchen gezogen. So viel er wußte, wollte Anneliese mit ihrem verspäteten Abitur in Bochum – war es Bochum? – Kunst studieren. Ob Sandra mit ihrem Gebrechen sich auch hätte immatrikulieren können, wenn ... Ja, wenn!

Plötzlich und unerwartet wallte in ihm ein Zorn gegen diese Spießerwelt auf. Akribisch wie er war, hinterfragte er diesen seinen Ausbruch. War es Neid? Oder bloß die desillusionierende Gewißheit, daß die Wege des Menschen innerhalb der jeweiligen Gesellschaftsformen vorgezeichnet und keine fundamentalen Abweichungen mehr möglich waren?

Ein fulminantes „Scheiß der Hund drauf" war das Ergebnis seiner inneren Einkehr. Er hatte keinen Bock mehr. Auf nichts und niemanden. Selbst die Lust zum Töten war abhanden gekommen. Er wußte, egal wie der Tag ausging, keine noch so geartete Form von Freude würde sein Leben je wieder ausfüllen können.

Doch wenn er eines gelernt hatte in all den Jahren der Öde, so war es, auf Automatismus zu schalten. Er ging zurück ins Bad und holte die Schminkutensilien, die er sich peu à peu zugelegt hatte und die ihrer Bestimmung harrten. In der kommenden Nacht wollte er so juvenil als irgend möglich aussehen. Selbst die Klamotten hatten nur diese eine Bestimmung. Lediglich beim Kauf hatte er sie anprobiert. Noch waren sie in den Originaltüten der verschiedenen Modehäuser verpackt. Einmal die Zeil rauf und runter und alles war beisammen gewesen.

Eigentlich hatte sein Plan für heute vorgesehen, ausgiebig zu joggen, um seinen vibrierenden Nerven Herr zu werden. Aber komischerweise schienen diese ja in Ordnung zu sein, so nahm er davon wieder Abstand. Statt dessen beschloß er, dem Oberräder Friedhof einen möglicherweise letzten Besuch abzustatten. Er war nicht blauäugig. Wer weiß, was in der kommenden Nacht alles schieflaufen konnte, zumal der Tatort am Kuhhirtenturm alles andere als ideal war.

Er ging in die Küche und schmierte sich eine Stulle. Und während er dieser Tätigkeit nachging, reifte ein neuer Plan in ihm. Jens Auer sollte selbst entscheiden, ob er in vierundzwanzig Stunden noch am Leben war oder nicht. Ein Plan, der an Diabolik kaum noch zu überbieten war, wie er fand.

Er schnippte mit den Fingern und grinste, so begeistert war er von seiner Idee. Was für ein herrlicher Tag.

– Ende der Rückblende –

Es roch schwer nach einem reinigenden Gewitter, als Herr Schweitzer sein linkes Äuglein probehalber öffnete. Die Digitalanzeige von Marias Wecker verriet ihm, ausreichend geschlafen zu haben. Durch einen Spalt im Vorhang erspähte er einen pechschwarzen Himmel. Dunkle Wolken wurden durch einen kräftigen Wind vorangetrieben. Der Buxus sempervirens (von alten und jungen Nicht-Lateinern auch Buchsbaum genannt) vorm Fenster wurde hin und her geschüttelt. Maria schlief noch. Im Gegensatz zu ihm kam sie meist ohne Mittagsschläfchen über die Runden.

Auf dem Weg in die Küche schlurfte er am Spiegel vorbei. Kurz blieb Herr Schweitzer stehen und guckte, noch war sein neuer Haarschnitt auch für ihn ungewohnt.

Die Uhr schlug zwölf, als der letzte Tropfen Wasser durch die Kaffeemaschine lief. Während er das letzte Stückchen Banane zerkaute, gab er den Code in sein Handy ein. Im Handumdrehen erschien die Nachricht, Felix Melibocus habe auf die Mailbox gesprochen. Das hat jetzt aber noch Zeit, sagte sich Herr Schweitzer und gab Zucker in die Tasse. Er hatte einen kleinen Kater, kaum der Rede wert.

Erst nachdem die zweite Fuhre Koffein seine Lebensgeister wiederbelebt hatte, hörte er die Nachricht ab. Der Herausgeber klang sehr aufgeregt. Mit fast schon sich überschlagender Stimme teilte er ihm mit, er, Felix, habe fast die ganze Nacht durchmalocht, die Sache mit dem Foto habe ihm partout keine Ruhe gelassen. Bis um sechs in der Früh habe er geschuftet wie ein Berserker, und – „mein lieber Simon, du glaubst es kaum“ – das Ding sei gestochen scharf und außer dem Nummernschild der Taxe könne man den Esterházy neben dem Abschleppwagen stehen sehen. „Was sagst du dazu, bin ich nicht klasse?“

Herr Schweitzer konnte Melibocus' Euphorie nicht teilen, zu viel Neues hatte er gestern im Weinfaß erfahren, wovon der Herausgeber natürlich noch nichts wissen konnte. Esterházy war so gut wie abgehakt respektive es kümmerte sich die Kripo um den Restverdacht. Obendrein hielt er Melibocus' Darstellung, wie ein Berserker geschuftet zu haben, für reichlich übertrieben. Ein Mensch konnte nicht von heute auf morgen, so mir nichts, dir nichts, eine 180-Grad-Kehrtwendung vollziehen. Vom Arbeitsallergiker zum Workaholic, das hätte Felix' Herz gar nicht ausgehalten. Kaum jemand hätte dies besser beurteilen können als Herr Schweitzer.

Trotzdem beschlich ihn ein schlechtes Gewissen. Immerhin hätte er dem Herausgeber gestern noch Bescheid geben können, damit dieser sich die Arbeit erspare. Das ist mir jetzt aber höchst unangenehm, dachte er. Da Herr Schweitzer seinem alten Kumpel aber nicht am Telefon die Vergeblichkeit seiner unsäglichen Mühen mitteilen wollte, schickte er ihm die Nachricht, am Nachmittag mal bei ihm in der Redaktion vorbeizuschauen. Gruß Simon.

Dem lautstarken Donnergrollen folgte ein tropischer Regenguß. Im Nu waren Frankfurts Straßen überflutet. Fasziniert betrachtete Herr Schweitzer das Schauspiel. Ganze Äste und Zweige wurden von den Wassermassen den Lerchesbergring herabgetrieben, bis sie am Gully hängenblieben. Er erschrak heftig, als Pepsi auf die Fensterbank sprang. Das klitschnasse Fell der kleinen schwarzen Katze ließ sie noch dünner erscheinen, als sie ohnehin schon war. Es war schon fast eine Kunst, blitzschnell das Fenster zu öffnen und zu schließen, ohne daß die Wohnung unter Wasser gesetzt wurde. Pepsi miaute, als habe er ihr gerade das Leben gerettet. Herr Schweitzer hob sie auf und wickelte sie in ein Geschirrtuch.

Auch Maria war von dem Naturschauspiel wach geworden. Sie schaltete das Licht an, als sie zu ihm kam. „Guten Morgen, ihr zwei. Ist noch Kaffee da?"

„Klar, Schatz. Küßchen!"

So schnell wie das Unwetter gekommen war, verschwand es auch wieder. Der Asphalt dampfte, als verlaufe unter ihm ein pyroklastischer Strom, der seine Verdunstungen durch haarfeine Risse in der Straßendecke gen Himmel sandte. Da auch die Sonne wieder mit voller Kraft schien, war es nur eine Frage der Zeit, bis die letzten Spuren des kurzen Intermezzos beseitigt waren.

Herr Schweitzer schwitzte, was ausnahmsweise nichts mit seiner Unsportlichkeit zu tun hatte, sondern mit der hohen Luftfeuchtigkeit. Da ihm der 36er-Bus gerade vor der Nase weggefahren war, hatte er sich spontan zu einem kleinen Spaziergang bergab zum Sachsehäuser Käsblättche entschlossen. Eine Angelegenheit von gut dreißig Minuten, sofern er unterwegs nicht auf Bekannte stieß und mit einem kurzen Schwätzchen aufgehalten wurde.

Kurz vor der Wallstraße kam aber doch noch ein Anruf seines Kreditkarteninstituts dazwischen. Darauf hatte Herr Schweitzer nur gewartet. Seit Monaten raubten sie ihm schon die letzten Nerven. Nein, er sei ganz und gar nicht zufrieden mit ihrem Service, entgegnete er auf deren übliche Einleitung. Es sei eine ausgesprochene Frechheit, permanent von beauftragten Callcentern angeklingelt zu werden, um ihm eine ihrer völlig überflüssigen Versicherungen aufzuschwatzen. Er, Herr Schweitzer, wisse selbst, was er brauche und was nicht. Außerdem weise ein Anruf vom Callcenter stringent darauf hin, daß sich sein Kreditkarteninstitut einen Scheißdreck um die Kunden kümmere. Ob er, der junge Mann am anderen Ende der Leitung, denn nichts Anständiges gelernt habe. Ja, er wisse um die Bildungsmisere. Ein Land wie die Bundesrepublik sei schließlich auf gut ausgebildete Fachkräfte angewiesen, ansonsten es dem unvermeidlichen Untergang entgegensteuere. Breite sich Dekadenz und Dummheit erst einmal flächendeckend aus, erginge es uns wie den alten Griechen und Römern. Aber er, der junge Mann, könne wohl nichts dafür. Er rate ihm aber trotzdem, sich nach einer anspruchsvolleren Tätigkeit umzusehen. Herr Schweitzer schloß mit den Worten: „So! Und was wollen Sie mir jetzt verkaufen?“ Er hatte gesprochen, ohne dem anderen auch nur den Hauch einer Chance zur Unterbrechung zu geben.

Die Reaktion war die gewünschte. Statt dem Versprechen auf eine äußerst günstige Zahnersatz-Versicherung vernahm er nunmehr ein unbeholfenes Gestammel. Der Lümmel vom Callcenter brachte gerade noch ein „Äh, danke, äh, schönen Tag auch“ heraus.

„Dem habe ich es aber gegeben“, frohlockte Herr Schweitzer und betrat den blitzsauberen Geschäftsraum des Sachsehäuser Käsblättches.

Das Foto lag bereits in vergrößerter Form auf dem Schreibtisch. Melibocus telefonierte noch. Offenbar ging es um die diesjährige Wahl zur Sachsenhäuser Brunnenkönigin. Das Gespräch dauerte keine zehn Sekunden mehr.

Der Herausgeber schenkte sich die Mühe einer Begrüßungsfloskel. „Guckst du, ich war extra noch im Fotoshop. Der Schmidt-Schmitt war gestern noch hier und hat nach dir gefragt.“

„Hat er was erzählt?“

„Nö, hab aber auch nach nix gefragt.“

Herr Schweitzer zog einen Stuhl heran und setzte sich. „Dann weißt du also noch nichts von einem Auftragskiller?“

„Oh, gibt es einen?“ Melibocus war ganz Ohr.

„Die Frage war falsch formuliert. Sorry.“

„Und wie lautet die richtige Formulierung?“

„Dann weißt du also noch nicht, daß es wahrscheinlich keinen Auftragskiller gibt. Aber auch hier gilt nach wie vor: Nichts Genaues weiß man nicht. Die Kripo hat ihre Untersuchungen zwar in diese Richtung gelenkt, aber bisher haben sie nichts entdeckt, was Esterházy belasten könnte.“

„Vielleicht ist dieser Typ ja cleverer, als wir alle denken. So was soll vorkommen. Hier, das Foto. Habe ich zuviel versprochen? Scharf wie ein Rettich.“

Außer dem Abschleppwagen und dem Taxi waren acht Personen abgebildet. Der Fahrer des gelben Wagens, drei Polizisten und vier Zivilisten. In dem Mann am rechten Bildrand erkannte Herr Schweitzer problemlos den Taxler Jens Auer. Blieben drei, aber keiner von denen sah dem Phantombild auch nur annähernd ähnlich. Da er aber nun bereits des öfteren gehört hatte, der Esterházy sei ungeheuer dick gewesen, besah er sich den einzigen, der dafür in Frage kam, etwas genauer. „Nie und nimmer ist das das Männeken vom Phantombild", lautete auch sein Gutachten.

„Meine Rede. Was schlägst du also vor, werter Meisterdetektiv?"

Herr Schweitzer täuschte intensives Grübeln vor. In den Stirnfalten hätte man getrost einen Bleistift verstecken können. Seine Mundwinkel waren bizarr verzerrt. Geräuschvoll sog er Luft durch ein kleines Loch zwischen Lippen und Zähne.

Zwanzig Sekunden hielt diese Prozedur an, dann erst bequemte er sich zu der Aussage: „Ich habe da aber ganz klare Vorstellungen, wie's weitergehen soll."

Melibocus trommelte mit den Fingern auf dem Schreibtisch.

„Du, Felix, schreibst am besten deinen Artikel über die Brunnenkönigin fertig. Wer ist es denn dieses Jahr?"

„Alexandra die Erste. Ein echter Feger. Und weiter?"

„Und während du schreibst, könnte ich zum Beispiel ein kleines Schläfchen halten. Alternativ dazu ..."

„Ich wußte es, alles andere hätte mich auch enttäuscht. Na, dann schieß mal los, mein lieber Simon. Alternativ dazu ..."

... machte Herr Schweitzer einen auf Ernährungsberater: „Bevor wir weiterhin bloß unsere Zeit mit diesem Mord vergeuden, laß uns doch zum Dautel gehen. Die haben heute Wildgulasch mit Knödeln als Tagesmenü. Ich lade dich ein."

„Dazu gibt's einen kleinen Beilagensalat, wie ich vorhin beim Vorbeilaufen gelesen habe."

„Stimmt." Das hatte Herr Schweitzer glatt vergessen.

Die beiden hatten ganz offensichtlich die gleichen Vorstellungen von dieser Welt.

„Hier ist Müller. Der Müller aus dem Goldbergweg. Können Sie mich heute nacht um ein Uhr abholen? Ich warte an der Ecke zur Buchrainstraße. Es geht nach Sachsenhausen."

Den Geräuschen nach zu urteilen, war Jens Auer gerade am Fahren. Die Verbindung ließ zu wünschen übrig. Als Esterházy die Auftragsbestätigung erhalten hatte, legte er den Hörer auf die Gabel des einzigen noch funktionierenden öffentlichen Telefons in Oberrad.

Zurück wählte er den Weg über die Balduinstraße, vorbei an der östlichen Außenmauer der Theologischen Hochschule Sankt Georgen, die dort vor dreiundachtzig Jahren ihren Betrieb aufgenommen hatte.

Der ausgedehnte Spaziergang vermochte seiner Gedankenleere keine neuen Impulse zu versetzen. Nicht einmal der pittoreske Sonnenuntergang, der sich unter anderem auch in den gläsernen Hochhäusern der Frankfurter Skyline spiegelte, beeinflußte seine Gefühle. Karel Esterházy war schon seit Tagen nicht mehr er selbst. Er fühlte sich wie tot. Sein Besuch auf dem Friedhof hatte dies nur verstärkt. Kein erneut aufkeimender Haß hatte sich seiner bemächtigt.

Seine Nachbarin, Stewardeß der schwedischen Fluglinie SAS, wußte um den Tod seiner Frau. Sie hielt ihm die Tür auf, als er kurz nach ihr die Haustür erreichte. Schon lange hatte sie es aufgegeben, mit dem seltsamen Herrn aus dem dritten Stock ins Gespräch zu kommen. Auch dessen Frau war zu Lebzeiten mehr als wortkarg gewesen. Mehr als ein Guten Tag oder Guten Abend, je nach Tageszeit, war nie zustande gekommen. Doch diesmal erwiderte er ihren Gruß nur mit einem geistesabwesenden Nicken. Armer Kerl, dachte sie, als sie ihren Wohnungsschlüssel ins Schloß steckte und ihm nachblickte, wie er mit gesenktem Kopf nach oben ging. Als Linda ihren Koffer abstellte, hatte sie ihn bereits vergessen.

Auch Esterházys Geschmacksnerven stellten keine Ansprüche mehr. Sein Abendmahl bestand aus zwei Scheiben Brot und einem Glas Wasser.

Keine Stunde später saß er bereits fertig angezogen auf der Couch. Er hatte den Kopf in die Hände gestützt und betrachtete die weißen Schnürschuhe der Modefirma Yellow Cab an seinen Füßen. Auch die anderen Klamotten waren sehr stylisch, wie sich junge Leute heutzutage auszudrücken pflegten. Mit einem dick aufgetragenen Haargel hatte er seiner Frisur eine neue Form gegeben. Und es sollte so aussehen, als habe er sie seit Tagen nicht mehr gewaschen. Mit feuchter Blumenerde, der er ein wenig Speiseöl beigemischt hatte, beschmutzte er nun seine Klamotten. Nicht zu viel, denn er wollte nicht übertreiben.

Dann ging er ins Badezimmer, um sein Gesicht zu verändern. Mit einem roten Schminkstift malte er etliche Pickel unterschiedlicher Größe auf die Haut. Zu guter Letzt baumelte auch der Klemmring mit dem keltischen Kreuz an seinem Ohr. Er erkannte sich selbst kaum wieder.

Zufrieden mit dem Resultat, sofern man bei seinem Zustand überhaupt von Zufriedenheit sprechen konnte, öffnete sich Esterházy eine Flasche Bier und schaltete den Fernseher ein. Den Wecker hatte er auf halb eins gestellt, nur für den Fall der Fälle, daß er einschlafen sollte oder die Zeit verpaßte. Im Zweiten lief ein Boxkampf. Daß es Frauen waren, die sich gegenseitig die Fresse polierten, war völlig ohne Belang. Ein Comic hätte es auch getan. Es machte keinen Unterschied. Hauptsache, das Gerät berieselte ihn.

Das mit dem Wecker war eine gute Idee gewesen, wie sich herausstellte. Esterházy war tatsächlich eingeschlafen.

Der verspannte Nacken schmerzte höllisch. Das Bier hatte er kaum angerührt. Er mußte sich zwingen aufzustehen. Es dauerte eine Weile, bis er endlich die Flasche mit dem Franzbranntwein gefunden hatte. Sie stand verdeckt vom Abfalleimer für Plastikmüll im Flur. So gut es eben ging verrieb er die Flüssigkeit auf der hinteren Halspartie. Sie kühlte angenehm.

Ihm graute vor dem, was kommen sollte. Mechanisch zog er die Jacke an, steckte die Pistole ein und trank das Bier bis zur Hälfte aus.

Sein Blick fiel auf das Foto seiner toten Tochter. Er nahm es aus dem Rahmen und betrachtete Sandra, als sei sie eine Fremde. Sekundenlang verharrte er, ehe er sich einen Ruck gab, das Foto knickte und in seine Hosentasche steckte.

Seltsamerweise nahm er den Hausmüll mit nach unten. Esterházy war mit seinen Gedanken sonstwo.

Weder Menschen noch Autos waren unterwegs. Eine graue Katze, die unter einem abgestellten Kleinbus gelegen hatte, suchte das Weite, als er sich näherte. Um zehn vor eins hatte er die Kreuzung erreicht. Trotz des Biers fühlte sich seine Zunge an wie grobkörniges Schmirgelpapier. Er schluckte.

Gelb blinkte die Ampelanlage. Um diese Uhrzeit war sie außer Betrieb. Kurz ließ sich eine Fledermaus blicken, dann verschwand sie mit hektischen Flügelschlägen wieder in der Dunkelheit.

Als sich zwei Scheinwerfer vom Buchrainplatz her näherten, begann sein Herz zu rasen. Aber es war kein Taxi. Das Auto bog nach links in die Wiener Straße ab. Er starrte den roten Rücklichtern nach, bis eine Kurve die Blickachse unterbrach. Am liebsten hätte er die Aktion abgebrochen. Er empfand es als irrational, der Situation nicht mehr gewachsen zu sein, obwohl er bereits zwei Menschen umgebracht hatte.

Er griff nach der Pistole und hielt sie sich an die Schläfe. Aber er hatte Angst davor, den Abzugshahn zu berühren. Vorsichtig steckte er sie wieder ein. Er begann zu frieren, obwohl es kaum abgekühlt hatte. Noch immer waren es über fünfundzwanzig Grad. Er zog den Reißverschluß seiner Jacke hoch und dachte an sein Bett. Dort wäre er in Sicherheit, nicht mit dem Leben und seinen Irrwegen konfrontiert. In Fötushaltung würde er sich die Decke über den Kopf ziehen. Ein angenehmer Gedanke.

Bloß weg von hier. Er ging ein paar Schritte bis zum Kiosk, kehrte wieder um und machte erneut eine Kehrtwendung. Wie ein Tier im Zoo, das keinen Ausgang fand. Es war ein imaginäres Gefängnis, doch eine Fluchtmöglichkeit blieb auch ihm verwehrt.

Es schnürte ihm die Kehle zu, als der elfenbeinfarbene Mercedes mit dem gelben Schild auf dem Dach direkt vor ihm zum Stehen kam. Ein riesiger Adrenalinausstoß ließ seine Kopfhaut bitzeln und seinen Körper erbeben. Er fühlte sich wie ein Soldat vor der ersten Schlacht. Urin drängte durch seinen Penis. Er merkte, wie die ersten Tropfen seine Unterhose näßten.

Dann riß er sich mit aller Kraft zusammen und öffnete die hintere Tür.

„Herr Müller? Ich hätte Sie fast gar nicht erkannt."

Karel Esterházy hatte sich so schöne Sätze zurechtgelegt, die sein anderes Aussehen erklärten. Viel war davon nicht übriggeblieben. Er mühte sich zu der Aussage: „Maskenball. Mitternacht. Mitternachts-Maskenball. Bin spät dran."

Jens Auer sah in den Rückspiegel und fragte sich, warum sein Fahrgast das Taxi dann nicht schon für einen früheren Zeitpunkt vorbestellt hatte. Aber er war auch schon lange genug in diesem Gewerbe, so daß ihm das oft wunderliche Gebaren seiner Fahrgäste herzlich egal war. Dieser Müller war ihm stets ein angenehmer Kunde gewesen. Er setzte sich auf die Rückbank, nannte das Fahrtziel und war ansonsten nicht auf die üblichen, belanglosen Plaudereien aus. Und Trinkgeld gab er auch reichlich. So nahm es Jens Auer als gegeben hin, daß Herr Müller heute ein wenig sonderlich wirkte. Er fuhr an und fragte: „Sachsenhausen. Wohin genau?"

„Gr..." Der auf Fixer getrimmte Mörder hatte einen Kloß im Hals. Er räusperte sich, bis sich genügend Speichel gesammelt hatte. „Große Rittergasse. Hinterausgang Jugendherberge." Das Wort Kuhhirtenturm vermied er tunlichst. Es war mit negativen Assoziationen besetzt.

„Hinterausgang Jugendherberge", wiederholte Jens Auer aus alter Gewohnheit. Zu oft hatte es in der Vergangenheit schon Mißverständnisse gegeben. Eskalationen mit Fahrgästen vermeiden, war sein oberstes Gebot.

„Genau", kam auch prompt die Bestätigung vom Rücksitz.

Der Taxifahrer drückte aufs Gaspedal und dachte: ‚Wenn doch nur alle so wären ...' Er konnte nicht wissen, daß dies ein fataler Wunsch war.

Esterházy schloß die Augen und suchte irgendwo in seinem Inneren nach einem Ankerplatz, der ihn zur Ruhe kommen ließ. Wie ein Schiff in stürmischer See. Doch er fand keinen. Tosende Wellen türmten sich vor ihm auf. Die eiskalte Gischt peitschte ins Gesicht.

Sanft wurde er nach rechts gegen die Tür gedrückt. So wurde er gewahr, daß sie nun auf der Offenbacher Landstraße entlangfuhren. Unweigerlich rückte das Ziel näher. Vergebens versuchte Esterházy, seine Atmung zu regulieren. Jetzt führt das Leben Regie, sinnierte er, oder vielmehr der Tod.

Als sie an Sankt Georgen vorbeikamen, öffnete er die Augen. Sein Kopf war gegen die Scheibe gelehnt. Die von Laternen illuminierten Bäume betrachtete er wie ein Regisseur, der nach Motiven für einen düsteren Streifen Ausschau hielt. Das paßte, dachte er, schließlich bin ich mitten in einem französischen Film noir. Seine Nervosität verflüchtigte sich und wich einer Wärme, die vom Bauch ausging.

Das änderte sich schlagartig.

„Licht an, du Idiot", fluchte Jens Auer. Übrigens der letzte Fluch in seinem Leben.

Ein Radfahrer mit freiem Oberkörper hatte vom Lettigkautweg kommend die Fahrbahn überquert, ohne sich um die Vorfahrt zu kümmern.

„Können Sie nicht aufpassen?" wies Esterházy den Fahrer mit einer Aggressivität zurecht, die ihn selbst erschreckte. Vom verkehrswidrigen Verhalten des Radfahrers hatte er nichts mitbekommen.

Von Natur aus war Jens Auer wenig selbstbewußt. Immerfort suchte er Fehler zuerst bei sich selbst. In seiner Kindheit hatte seine große Schwester Elly den Ton angegeben und ihn in seiner weiteren Entwicklung geprägt. Von daher war es nur logisch, daß er sich sofort in der Defensive sah. „Entschuldigung", rutschte es aus ihm heraus.

„Entschuldigung", echote Esterházy. Wie unter hypnotischem Zwang, und weil er selbst ob seines Aufbrausens bestürzt war, versuchte er, der Situation die Schärfe zu nehmen: „Sorry, ich bitte vielmals um Entschuldigung. Ich habe schwere Zeiten hinter mir."

„Kein Problem, wir sind gleich da." Zwar hatte das eine mit dem anderen nichts zu tun, aber Jens Auer war froh, daß sich die Wogen so schnell wieder geglättet hatten. Er setzte den Blinker, um nach rechts in die Darmstädter Landstraße abzubiegen.

Als er die vielen wartenden Kollegen am Affentorplatz sah, beschloß er, die Schicht nach dieser Fahrt für heute zu beenden. Die Taxis standen bereits verbotswidrig auf der Busspur. Früher hatten die Wochenendschichten bedeutend mehr Einnahmen gebracht.

Ihm war flau im Magen. Esterházy atmete schwer. Paranoia kam auf, als er die vielen Fußgänger an der Ampel zur Alten Brücke sah. Eine offenbar zusammengehörende Gruppe Jugendlicher grölte, was das Zeug hielt. Nüchtern war keiner mehr. Alle hielten eine oder zwei Bierdosen in der Hand. Eine typische Szene für Alt-Sachsenhausen und ein Grund dafür, warum es mit diesem Viertel langsam, aber stetig bergab ging.

Der Gedanke, die Aktion abzubrechen, ergriff Besitz von ihm. Er hatte auch nicht mehr die Nerven dafür, wie er sich eingestand. Die beiden anderen Morde hatten aus ihm keinen routinierten Killer gemacht. Er war nach wie vor ein Mensch mit Gefühlen.

Es war nur ein kurzes Stück bis zur Einbiegung. Die Große Rittergasse lag im Licht der gelben, pseudo-antiken Laternen. Sein erster Eindruck war der einer Evakuierung. Nicht einmal eine einsam pirschende Katze huschte übers Pflaster.

Selbst die Feuerwehreinfahrt zum Bürgeramt war zugeparkt. Jens Auer blieb gar nichts anderes übrig, als mitten auf der Fahrbahn zu halten. Aber mit Verkehr war eh nicht zu rechnen. Man befand sich in einer Sackgasse. Die im Rückspiegel integrierte rote Digitalanzeige verriet den Fahrpreis. „Macht elf sechzig, bitte."

Esterházy öffnete die Tür.

Jens Auer kannte das. Oft stiegen gerade männliche Fahrgäste erst einmal aus, um besser an ihre in der Hosentasche steckende Geldbörse zu gelangen. Er kurbelte das spaltbreit geöffnete Fenster ganz herunter.

Den in der Mitte gefalteten Zwanzig-Euro-Schein hielt er in der linken Hand, als er den Wagen umkurvte. Nur unbewußt nahm Esterházy wahr, daß sich noch immer kein Mensch in der unmittelbaren Umgebung aufhielt. Er konnte es sich nicht erklären, aber er war plötzlich ganz ruhig. Fast schon wie auf Drogen, was sehr im Einklang mit seinem äußeren Erscheinungsbild stand.

War es Zufall, daß sich unter seinen Füßen exakt die Stelle befand, an der vor zwanzig Jahren, am 4. Juli 1989, seine Sandra ihr junges Leben für immer ausgehaucht hatte? Nein, an Zufälle glaubte er so wenig wie an Gott. Ein Omen vielleicht? Nein, auch nicht. Eine Botschaft. Eine Botschaft aus dem Jenseits. Ja, das mußte es sein. Jemand versuchte, ihn zu lenken, hatte gütigst die Zügel in die Hand genommen.

Und er ließ es bereitwillig, nun da er selbst so unendlich machtlos war, mit sich geschehen. „Ihr Vorderreifen ist platt“, sprach eine Stimme, die nicht zu ihm gehörte, aber doch seine war. Sie war viel tiefer als sonst.

Jens Auer stieg aus und bückte sich. Er musterte den Reifen, haute sogar mit der Faust dagegen. „Aber ...“

„Nichts aber.“ Esterházy war zwei Schritte nach hinten gegangen. Seine Stimme hatte ein merkwürdiges Timbre.

Der Taxifahrer blickte in die Mündung einer Pistole. Er verstand nicht.

„Übrigens, ich heiße nicht Müller.“

„Wie denn?“ Eine lächerliche Frage angesichts der grotesken Lage.

„Gestatten: Esterházy. Karel Esterházy.“

Die Schüsse, die folgten, ließen Jens Auer nicht die geringste Chance, doch noch zu verstehen.

– Ende der Rückblende –

So müssen Götter speisen, dachte Herr Schweitzer und legte die Serviette auf den Teller. Das Wildgulasch samt Beilagen war verputzt. Nie wieder würde er sich sein Leben mit Diäten versauen.

Aber gedanklich hatte sich Herr Schweitzer sowieso schon längst wieder dem gewidmet, was ihn auszeichnete und das er am besten beherrschte: Müßiggang. Auch Felix Melibocus war nicht großartig gram darüber, nun doch keiner reißerischen Story auf der Spur zu sein. Der Bericht über die neue Brunnenkönigin würde ohnehin zwei Seiten der neuen Ausgabe des Käsblättches füllen.

„So. Ich muß wieder an die Arbeit“, kam es vom Herausgeber, nachdem der kleine Bembel Ebbelwei geleert war.

„Ich nicht“, ergänzte Herr Schweitzer wahrheitsgemäß. Er hatte einen viel besseren Plan. Als Wegzehrung erstand er beim Brezelbub noch eine Brezel.

Als sie den Dautel durch den Vordereingang verließen, kam gerade der Nackte Jörg des Weges. Sachsenhäuser kannten ihn bestens, Touristen zweifelten meist an ihrem Verstand, wenn ihnen dieser Nackedei, der laut einem Gerichtsurteil in der Tat nackisch rumlaufen durfte, das erste Mal begegnete.

Und weil Sommer war, tummelten sich besonders viele Auswärtige in Sachsenhausen. An den Tischen und Bänken vor der Gaststätte herrschte Hochbetrieb. Wie auf ein Stichwort hin unterbrachen fast alle ihre Gespräche respektive Mahlzeiten, um diese vermeintliche Fata Morgana genauer unter die Lupe zu nehmen. Offene Münder vermittelten den Eindruck, man studiere gerade gemeinsam ein Musikstück ein.

Der Nackte Jörg genoß die ihm zuteil werdende Aufmerksamkeit.

Herr Schweitzer und Melibocus amüsierten sich fürstlich, als sie all die ungläubigen Gesichter sahen.

Derjenige, der als erster wieder klar denken konnte, war ein weitgereister Handelsvertreter. Lautstark fragte er seinen Tischnachbarn, von dem er annahm, daß er hier wohnte: „Kommt der vom Pokern?"

Die beiden Freunde konnten nicht anders, sie mußten losprusten.

Herr Schweitzer: „Der war gut."

„Gelle", bestätigte Melibocus in Frankfurter Manier. „Das muß ich mir merken."

Gemeinsam gingen sie noch bis zum Sachsehäuser Käsblättche, dann verabschiedeten sie sich voneinander.

Behende wie ein junges Reh betrat Herr Schweitzer eine Minute später die Dönerbude in der Brückenstraße. Der Betreiber, der gleichzeitig auch Dealer war, begrüßte einen seiner besten Kunden überschwenglich. Und ganz zufällig war auch gerade eine neue Lieferung eingetroffen. Giorgio-Abdul wußte, wie man mit Premium-Kundschaft umging. Er schob Herrn Schweitzer eine Zigarettenschachtel zu. „Hier, nimm! Ist ein Gratispröbchen vom Fachhandel. Und wenn du bist zufrieden, komm schnell wieder. Sind nur zwei Kilo auf Lager. Geht schnell weg, glaub mir. Aber sei vorsichtig, sehr vorsichtig. Ist das reinste Zauberzeug, ich schwöre."

Heute scheint mein Glückstag zu sein, dachte Herr Schweitzer, ein Tag wie aus dem Bilderbuch. „Danke, ich werde es gleich antesten."

Und schwuppdiwupp war er wieder draußen. In Höhe der Krimibuchhandlung Wendeltreppe steckte sich Herr Schweitzer die Tüte an. Stefan Bouxseins und Peter Rippers neuste Krimis standen im Schaufenster. Er nahm sich vor, sie sich demnächst zuzulegen. Als Detektiv war man ja geradezu verpflichtet, sich mit der Unterwelt auseinanderzusetzen. Ob fiktiv oder real war egal.

Sehr real allerdings war das Zauberzeug. Als Herr Schweitzer an der Alten Brücke die Stufen zum Main hinunterging, hatte er erst zwei Mal gezogen. Und doch war ihm bereits die schlafwandlerische Sicherheit profanen Gehens abhanden gekommen. Seine Knie waren aus Gummi und der Himmel orange. Und einen Heißhunger hatte er obendrein. Zum Glück hatte er noch die Brezel. Schade, daß er sich nicht noch mehr davon gekauft hatte. Oder gleich einen ganzen Sack voll.

Herr Schweitzer dachte an Laos zurück. Vor etwas mehr als zwei Jahren war er mit Maria dort gewesen und hatte ähnliche Erfahrungen mit Dope aus dem Goldenen Dreieck sammeln dürfen. Auch damals hatte es ihn schier umgeworfen.

Unten angekommen warteten bereits Gänse und Schwäne darauf, ihm Übles anzutun. So kam es Herrn Schweitzer zumindest vor. Um das Federvieh nicht unnötig zu reizen, was dann möglicherweise einen taktischen Frontalangriff heraufbeschworen hätte, schlich er ganz langsam an ihnen vorbei.

Gefühlte acht Stunden später hatte er den Eisernen Steg erreicht. Eine enorme Leistung für die läppischen paar Meter. Mit Hilfe des Geländers gelangte er wieder nach oben. Das Café, das dort seit einigen Jahren betrieben wurde, hatte noch einige freie Plätze zu bieten, was Herr Schweitzer dankbar zu nutzen wußte. Er pflanzte sich auf einen Stuhl mit Blick zum Main. Die Füße streckte er weit von sich.

Er bestellte sich eine große Cola. Weiteren Alkohol wollte er nicht riskieren. Auch so hatte er schon genug mit sich zu kämpfen. Die Augen waren bereits auf Halbmast, seine Sinne benebelt wie London im Spätherbst.

Hallo-hallo, dachte er, was hat der Giorgio mir da bloß angedreht. Okay, er hatte ihn auch gewarnt, aber er, Herr Schweitzer, hatte es als branchenübliches Marketing abgetan. Ein Riesenfehler, wie er zugeben mußte. In Hibbdebach neigten sich nämlich die Bankentürme gefährlich zur Seite. Außerdem grenzte es an ein Wunder, daß die *Wappen von Frankfurt*, ein Ausflugsdampfer, trotz Kollisionskurs einem mit Touristen besetzten Tretboot im allerletzten Moment noch ausweichen konnte. Kurzum, ein Mordsspektakel spielte sich vor seinen Augen ab. Und zwar in allen Farben des Regenbogens.

Als die Dame am Nachbartisch einen Ouzo serviert bekam, ging's erst richtig ab. Das gelbe Anisgesöff brachte Herrn Schweitzer nämlich zum Ouzo-Schorsch und darauf, was der in letzter Zeit für einen Unsinn von sich gegeben hatte. Worte und Satzfragmente geisterten in seinem Hirn herum. ‚Jesus, Osterhasi, Joschka Fischer, Esterházy, Jesus war ein Taxifahrer und tot, der Außenminister fett wie ein Otter.' Beim letzten Halbsatz hielt Herr Schweitzer plötzlich inne. ‚Fett wie ein Otter', wo hatte er das schon mal gehört? Es konnte noch nicht so lange her sein, das wußte er, aber wo? Verdammt. Er versuchte, sich zu konzentrieren. Aber im Marihuana-Rausch ist ja bekanntlich alles anders. Immer wieder trifteten die Gedanken in andere Richtungen, kaum einer war zu fassen.

Hatte jemand zu ihm gesagt, er sei fett wie ein Otter? War es Maria? War er überhaupt fett? Herr Schweitzer strich ganz zärtlich über seinen Bauch. Nein, fett würde er es nicht nennen. Vielleicht ein bißchen übergewichtig, na wenn schon. Er nahm die Brezel aus der Tüte und biß ab. Hm, lecker. Wo war ich stehengeblieben? He, was soll das, gerade eben habe ich doch noch den Mord an Jens Auer aufgeklärt. Spinne ich? Was soll ich aufgeklärt haben? Simon, Simon, was ist denn los mit dir? Also noch einmal von vorne. Doch wo war vorne?

Die wackelnden Bankentürme – nein. Der lila-weiß gestreifte Dom – nein. Die gerade kenternde *Wappen von Frankfurt* – definitiv auch nein. Der Ouzo – ja, oh jaaah.

Doch nun war Herr Schweitzer listiger. Er holte seinen Kuli hervor und notierte sich seine Gedanken auf einem Bierdeckel. Er ahnte, hier passierte Entscheidendes und er konnte mal wieder Geschichte schreiben. Simon Schweitzer, ein Visionär von Gottes Gnaden.

Hinter die letzte Notiz setzte er drei Ausrufezeichen. Sie lautete: Joschka Fischer, fett wie ein Otter!!!

Er war fertig. Und irgendwo in diesem Gekritzel steckte ein neuer Ansatzpunkt, so viel war klar. Allerdings setzte ihm sein jetziger Zustand auch Grenzen. Was aber nicht tragisch war, anhand der Notizen ließ es sich auch später noch vorzüglichst analysieren und recherchieren.

Als hätte er gerade Osama bin Laden im Alleingang und in schweren Eisenketten zum Haftrichter geschleppt, verschränkte Herr Schweitzer rundum zufrieden die Hände hinter dem Kopf. Er wußte zwar noch nicht warum, aber er war halt ein Prachtkerl. Und fügte noch hinzu: schon immer gewesen.

Und nun, da die Arbeit gemacht war, konnte er sich auch wieder der außergewöhnlichen Farbenpracht Frankfurts hingeben. Er genoß es. Eine andere frühere Assoziation unterstützte ihn dabei. Herr Schweitzer sah sich als leibhaftigen indischen Yogi, dem die Erleuchtungen wie Sternschnuppen nur so vor die Füße fielen.

Es dauerte dann aber noch eine Stunde, bis Herr Schweitzer insoweit wieder hergestellt war, daß er zumindest zahlen und sich auf den Heimweg machen konnte. Der zweite Gratisjoint blieb in der Zigarettenschachtel. Den wollte er sich aufheben, bis es was zu feiern gab.

Der Mittagsschlaf gelang ihm perfekt.

– *Rückblende* –

Esterházy war deprimiert, wie so oft in letzter Zeit. Er hatte nicht den blassesten Schimmer, wie und wann er nach Hause gekommen war. Sein Vorhaben, Jens Auer selbst über Leben und Tod entscheiden zu lassen, hatte er gründlich vermasselt. Der Taxifahrer sollte nämlich mit dem Leben davonkommen, wenn er am Kuhhirtenturm irgendein Zeichen der Reue oder nur der Erinnerung gezeigt hätte. Aber dann war es doch anders gekommen. Er, Esterházy, hatte mehrere Schüsse abgefeuert.

Die Pistole lag vor ihm auf einem Platzdeckchen. Er lud sie mit neuen Patronen. „Die sind für mich, falls die Bullen kommen“, sagte er, während er zum Foto seiner Frau blickte.

Was die Zukunft betraf, hatte sich Esterházy keinerlei Zwang auferlegt. Alles würde sich schon weisen, wenn es soweit war. Damit hatte er sich stets beruhigt, wenn es um die Zeit nach Jens Auers Tod ging.

Die Uhr zeigte zehn vor elf. Er war überhaupt nicht müde, obwohl er noch nicht geschlafen hatte. Zum bestimmt fünfzigsten Mal stand er auf, schob die Gardine zur Seite und starrte in der Erwartung auf die

Straße, die Polizei käme ihn abholen. Aber nichts dergleichen geschah. Einsam und verlassen wie er selbst lag der Goldbergweg vor dem Haus.

Daß nun alle Möglichkeiten vor ihm lagen und er sich bloß entscheiden brauchte, behagte ihm nicht. Er könnte sich nun selbst richten, so tun, als wäre alles beim alten, ins Ausland abhauen oder einfach mit dem Morden weitermachen. Zu tun gäbe es noch viel. Und dann wurde Karel Esterházy auch noch zynisch: ‚Schön wäre es, wenn alle Autofahrer, die einen anderen Menschen totgefahren haben, sei es aus Unachtsamkeit, sei es wegen Trunkenheit am Steuer, einfach bei mir antanzten und sich der Reihe nach aufstellten, damit ich sie liquidieren kann. Nicht ich bin der Mörder. Ihr mit euren tödlichen Geschossen seid die Mörder. Eine Welt ohne Automobile. Schön wär's.'

Und daß auch Jens Auer nicht mehr am Leben war, hatte er aus den Zehn-Uhr-Nachrichten. ‚Verstarb noch am Tatort', hatte der Bericht gelautet. Und: ‚Trotz sofort eingeleiteter Ringfahndung fehlt vom Täter noch jede Spur. Zeugen werden gebeten, sich umgehend ...' Und so weiter, und so fort.

Noch war von einem künstlerisch begabten Zeugen keine Rede. Auch Esterházy hatte den jungen Mann verdrängt, mit dem er in der Paradiesgasse fast zusammengestoßen wäre. Und hätte er sich erinnert, es wäre ihm scheißegal gewesen.

Was nach den Schüssen passiert war, kriegte er beim besten Willen nicht mehr zusammen. Nur daß er mehrmals das Taxi gewechselt hatte, einmal davon an der Hauptwache, war ihm noch geläufig. Aber letzten Endes war auch das nicht relevant.

Esterházy entledigte sich endlich der Klamotten, die er zur Tatzeit getragen hatte und steckte sie zur Entsorgung in eine Mülltüte. Die Pistole wollte er aber vorsichtshalber behalten.

Dann duschte er. Er schrubbte sich das Elend vom Leib und ließ eiskaltes Wasser über den Kopf laufen, bis es schmerzte.

Später ging er einkaufen. Zwei Mal mußte er los, bis alles beisammen war. Der Kühlschrank war gerammelt voll und auch im Vorratsschränkchen türmten sich die Lebensmittel.

Esterházy verbarrikadierte sich. Wenn das Essen und die Getränke aufgebraucht sind, so hoffte er, wird mir was eingefallen sein. Vielleicht gehe ich ja nach Afrika zu einem Kinderhilfswerk, erschießen kann ich mich später immer noch.

So recht wollte sich der Glauben an eine Wende aber nicht einstellen.

– Ende der Rückblende –

Am frühen Abend tat sich ein trantütiger Herr Schweitzer schwer mit dem Erwachen. Einige Minuten blieb er liegen und starrte die Zimmerdecke an. Dann schob er sich ein Kissen in den Nacken. Von seinem Bett aus hatte er einen freien Blick auf die Frankfurter Skyline mit ihren Bankentürmen. Aber auch dort tat sich nichts, was ihn hätte inspirieren können. In Gedanken ging er mögliche Termine durch, die für den Abend von Belang sein könnten. Fündig wurde er dabei nicht. Das heißt, er hatte freie Hand, was die weitere Gestaltung des Abends betraf. So hatte er es am liebsten.

Der einzige Umstand, der sein Wohlbefinden ein wenig einschränkte, war die Tatsache, daß seine Mitbewohnerin Laura Roth irgendwann demnächst aus dem Urlaub zurückkehrte und er vorher noch die Wohnung schrubben mußte. Flugs verschob er diesen Gedanken in eine abschließbare Kammer seines Hirns. Leute seines Schlages hatten es nicht so mit Ordnung und Sauberkeit. Schon gar nicht im Sommer, wenn draußen das Leben pulsierte.

Weil Herr Schweitzer vergessen hatte, eine Flasche Wasser neben sein Bett zu stellen und ihn der Durst peinigte, mußte er wohl oder übel seinen Hintern aus dem Schlafgemach hieven.

Mit nur mäßigem Tatendrang erreichte er die Küche, holte sich die Flasche aus dem Kühlschrank und setzte sich an den Tisch. Die Verlockung war groß, als er die Zigarettenschachtel mit dem zweiten Joint erblickte. Mit Bravour meisterte er diese Klippe. Er legte die Schachtel ganz nach hinten in den Kühlschrank.

Vielleicht sollte ich mal Maria anrufen und horchen, was sie so vorhat, überlegte er, als das Telefon klingelte.

„Simon Schweitzer. Hallo."

Als wäre es Gedankenübertragung meldete sich Maria am anderen Ende und fragte, was ihr Liebster denn so für Pläne für den Abend habe.

„Noch gar keine."

Ob man sich dann später vielleicht noch treffen könne.

„Logisch."

Sie habe aber noch einen Geschäftstermin, um neun, spätestens halb zehn könne sie im Weinfaß sein, ob ihm das zeitlich passe.

„Klar, Schatz."

Und er denke doch sicherlich noch daran, daß sie morgen in die Alte Oper gingen, zum Ensemble Modern.

Herr Schweitzer hatte es natürlich vergessen. „Wie könnte ich das vergessen?"

Und, fast wäre es Maria entfleucht, er, Simon, möge doch bitte heute abend seinen Wecker mitbringen, ihr eigener sei von der Putzfrau beim Staubsaugen gerade in seine Einzelteile zerlegt worden. Ob er auch wirklich daran denken könne, sie müsse morgen dringend früh aufstehen.

„Wie früh?"

Halb neun, aber es wäre echt wichtig.

„Warte. Ich stelle ihn gleich zum Schlüsselbund, dann denke ich bestimmt dran."

Als Herr Schweitzer wieder am Hörer war, wurde ihm mitgeteilt, er sei der größte Schatz auf Erden.

„Jetzt übertreibst du aber", erwiderte er in der Hoffnung auf weitere Schmeicheleinheiten.

Bei Männern müsse man immer übertreiben, sonst verstünden sie nichts. Ob ihr Simon denn das noch immer nicht kapiert habe, schließlich habe er fast sechzig Jahre Zeit gehabt.

Okay, sagte sich Herr Schweitzer, Zeit, dem Ganzen ein Ende zu bereiten, zumal es nur vierundfünfzig Jahre waren: „Doch, doch. Bis später. Weinfaß. Wecker mitbringen."

Ein braver Simon sei er.

Grummelnd legte er den Hörer auf die Gabel.

Lange hielt das mit dem Grummeln jedoch nicht an. Stets zog er das Beste aus den jeweiligen Situationen. Und das Beste war eindeutig Marias Stichwort Putzfrau. Seine Mitbewohnerin Laura war zwar strikt gegen eine Putzhilfe. ‚Das bißchen können wir auch alleine erledigen.

Wozu also so viel Geld ausgeben?' Aber Herr Schweitzer hatte da eine Idee, die darauf hinauslief, daß seine Mitbewohnerin von einer Putzfrau nicht zwangsläufig etwas mitbekommen mußte. Er konnte ja behaupten, die gründliche Sauberkeit, die sich jäh und während ihrer Abwesenheit in alle Ecken ihrer Wohnung ausbreitete, sei auf einen Sinneswandel seinerseits zurückzuführen. Was bin ich doch ein schlauer Schelm, dachte er. Aber würde Laura das auch glauben? Na ja, es kommt auf einen Versuch an. Wenn alles gutging, würde sie ihm lediglich einen zweifelnden Blick zuwerfen.

Der Bierdeckel mit den Notizen war unter die Zeitung gerutscht, wo er ihn nun aufspürte. Das Gekritzel war sogar zu entziffern; da hatte er schon anderes mit seiner eigenen Schrift durchgemacht.

Als erstes fiel Herrn Schweitzer die Ähnlichkeit von Osterhasi und Esterházy ins Auge. Ob dieser Esterházy wohl tatsächlich der Gerichtsbeobachter war, von dem der Ouzo-Schorsch erzählt hatte, fragte er sich. Und ob Osterhasi vielleicht nur ein ganz simpler Hörfehler von wem auch immer war?

Er testete diese Angelegenheit, indem er mehrmals die beiden Worte hintereinander aussprach.

Hm, sinnierte er eine halbe Minute später, ich weiß nicht. Vielleicht. Vielleicht aber auch nicht.

Aber irgendwie versteifte sich Herr Schweitzer auf diese Möglichkeit einer neuen, wenn auch vagen Spur. Doch selbst wenn, wie sollte es weitergehen? Diesen Paul oder Klaus oder Karl Esterházy einfach zu verhaften, lag weit außerhalb seiner Kompetenz. Den Mischa und seine flotte Doris einweihen?

Zum Glück rumorte gerade sein Bauch. Und da Herr Schweitzer mehr so ein Bauchmensch war, gehorchte er natürlich. Nur daß seine immense Wölbung mit dem Knurren wohl kaum den Mordfall meinen konnte, sondern eher etwas in der groben Richtung Rumpsteak (das Fleisch bitte medium!) plus Kräuterbutter plus Bratkartoffeln (die dazugehörigen Zwiebeln nur leicht angebraten!) plus Dessert. Ergo erhob sich der Bauchmensch und zog sich an.

Und während er das Hemd zuknöpfte, kam noch ein weiterer Gedanke ins Spiel. Joschka Fischer! Ja, diesem Halunken traute er nämlich so ziemlich alles zu, wenn es darum ging, Machtbesessenheit auszuleben. Bestimmt ist der ehemalige Außenminister wieder in der Weltgeschichte unterwegs, um mit diversen Vorträgen ein paar Mille einzusäckeln, ganz wie dieser Schröder. Aber, wieso komme ich ausgerechnet auf den, fragte sich Herr Schweitzer. Dem Joschka den Mord an Jens Auer in die Schuhe zu schieben, wäre zwar ein mehr als zuckersüßes Unterfangen für ihn, aber was zu weit ging, ging zu weit, auch wenn beide Taxifahrer in Frankfurt gewesen sind. So viel Selbstkritik mußte sein.

Herr Schweitzer seufzte schwer, als er sich von diesem Traum verabschiedete und in seine Schuhe schlüpfte.

Trotzdem ließ es ihn nicht mehr los. Wie paßte Joschka Fischer ins Bild? Da war was. Das spürte er genau.

Das Knurren wurde fordernder. „Ja, ja, schon gut! Wir gehen ja schon."

Auch den grünen Plastikwecker vergaß er nicht.

– Rückblende –

Zehn Tage hatte er bereits in der selbstauferlegten Isolation verbracht und dabei diverse Seinszustände beschritten. Von Stolz über Lethargie, von Genugtuung über Selbstmitleid bis hin zum Wunsch nach einer durch Drogen bewirkten Sekundärrealität war fast alles darunter gewesen. In besonders destruktiven Momenten fragte er sich auch, ob er eventuell des Teufels Spießgeselle sei und unbewußt einen Pakt mit ihm eingegangen war.

Nur durch TV und Radio hielt sein zerrissenes Ich Kontakt zur Außenwelt. Kein Briefträger oder Paketbote klingelte bei ihm. Die Nachbarn führten ihr eigenes geordnetes Leben und hatten weder Lust noch Muße, sich mit dem seit jeher etwas merkwürdigen Karel Esterházy zu beschäftigen. Es war zum Heulen. Nicht daß er Wert auf soziale Kontakte gelegt hätte. Nein, das nicht gerade. Aber allzu gerne hätte er jetzt jemanden gehabt, dem er sich mitteilen konnte. Es war aber nicht das von Kriminalpsychologen propagierte Bedürfnis eines vermeintlich jeden Mörders, sich die Pein von der Seele zu reden. Vielmehr sehnte sich Esterházy nach Bestätigung, nach jemandem, der ihm sagte, daß er das mit den Morden ganz gut hinbekommen habe. Und zwar deshalb, weil er es genau so gemacht hätte, wäre er an seiner Statt gewesen.

Werde der, der du bist. Dieser Rat aus der Antike fiel ihm ein, als er zum bestimmt tausendsten Mal den Vorhang zur Seite schob, um einen Blick auf die Kulissen der realen Welt, die der seinigen schon lange nicht mehr entsprachen, zu werfen. Ich bin der, der ich geworden bin, nicht deshalb geworden, weil ich es werden wollte, sondern weil mich das Schicksal dazu gezwungen hat, dachte Esterházy. Die spinnen, die Römer. Manifestieren halbgare Ideen einfach zu allgemeingültigen Weisheiten, ohne ernsthaft zu hinterfragen.

Doch Esterházy hatte nun sehr viel Zeit, also hinterfragte er. Bin ich ein Massenmörder oder bin ich ein Serienkiller?

Er ging in die Küche und holte sich eine Tomate, die er halbierte und mit Salz und Pfeffer bestreute. Dann setzte er sich aufs Sofa, aß und ging der Frage nach ‚Morde ich Massen oder kille ich in Serie?'

Bestimmt sechs Minuten stand das Problem im Raum. Nach reichlichem Nachdenken schloß er den Massenmörder aus, schließlich hatte er seine Opfer schön der Reihe nach abgemurkst, und nicht in einem Aufwasch. Ein Massenmörder wäre ich nur dann gewesen, so sagte er sich, wenn ich die drei Herren zu einem Treffen geladen und ihnen binnen eines kurzen Zeitraums, sagen wir mal zehn Sekunden bis zwanzig Minuten, die Lichter ausgepustet hätte, so wie es nach amerikanischem Vorbild Brauch ist, wenn mal wieder ein mißverstandener Jüngling auf seine prekäre psychische Verfassung hinweisen möchte.

Esterházy gab sich mit der Serienkillerrolle zufrieden. Wenn man nicht übertrieb und sich mit falschen Federn schmückte, dann konnte man als Meister auch nicht vom Himmel fallen, so lautete sein Urteil. Obwohl, auch ein gutplazierter Massenmord hatte was. Zum Beispiel alle Turbokapitalismusmanager der Lehman-Brothers in einem Raum, dazu ein paar geladene Uzis in guten Händen und ...

Weiter kam er mit seinen durchaus sympathischen Gedanken nicht. Es klopfte an der Tür. An seiner Tür. Was eigentlich gar nicht sein konnte, denn die Haustür unten wurde stets geschlossen gehalten. In all den Jahren, in denen die Esterházys schon hier wohnten, war es noch nie vorgekommen, daß Leute einfach so hereinspazieren konnten. Zuerst dachte er auch, sich verhört zu haben. Aber da war es wieder, das Klopfen, diesmal etwas lauter.

Von der Gesichtsfarbe her könnte man Esterházy getrost in die Kreidezeit stecken. Sein Blut war gefroren, seine Haut schneeweiß. Automatisch griff er nach der SIG Sauer.

Da waren sie also. Sie kamen ihn verhaften. Lange hatte es gedauert. War ihm also doch irgendwo ein Fehler unterlaufen, tz, tz, tz.

Doch kampflos wollte er sich nicht in die Klauen der Staatsmacht begeben. Nun, da die Würfel gefallen waren, wollte er noch ein paar von denen mit in die ewigen Jagdgründe nehmen.

Auf Zehenspitzen schlich er in den Flur und guckte durch den Spion. Prinzipiell wäre er darauf vorbereitet gewesen, beim Anblick einer grünen Uniform die Tür aufzureißen, sich in Deckung zu schmeißen und wie wild um sich zu ballern, bis eine gnädige Kugel der Gegenseite ihn selbst erledigte.

Aber es war seine Nachbarin, die schwedische Stewardeß, die mit gesenktem Kopf vor der Tür stand. Sein Hirn ratterte auf Hochtouren. Was wollte sie? Noch nie zuvor hatte sie bei ihm geklingelt.

Ein Trick? War sie von der Kripo als Türöffnerin vorgeschickt worden, damit man seine Wohnung leichter erstürmen konnte? Lauerten sie mit entsicherten Sturmgewehren auf der Treppe, bereit loszuschlagen, sobald sich die Tür den ersten Spalt öffnete? Hier war guter Rat teuer. Esterházy zögerte.

Einen flüchtigen Moment lang fand er die Vorstellung eines Exitus triumphalis sogar ganz passabel. Einfach in den Kugelhagel reinstürmen und zack, aus die Maus.

Doch dann gewann erneut die Vernunft die Oberhand. Zumindest in Deutschland gehörte es zum Ehrenkodex eines jeden Polizisten, nicht das Leben Unschuldiger zu gefährden. Ergo war es doch kein billiger Trick der Kripo, seine Nachbarin zu opfern, nur um seiner habhaft zu werden. Esterházy öffnete, nachdem er die SIG Sauer in den hinteren Hosenbund gesteckt hatte.

„Guten Tag“, begrüßte er zaghaft die Stewardeß, nicht ohne doch noch einen Blick nach rechts auf die Treppe zu werfen.

„Ja, guten Tag. Das hier war in Ihrem Briefkasten und hat alles verstopft. Ich dachte, Sie wären vielleicht im Urlaub."

„Im Urlaub? Ich?" sprach Esterházy recht unbeholfen. Die Tage der Selbstverbannung hatten ihre Spuren hinterlassen. Er nahm den großen braunen Umschlag entgegen. „Für mich?"

„Nein. Entschuldigung. Für Ihre Frau", sagte Linda. „Vera Esterházy steht drauf." Auch die Stewardeß hatte so ihre liebe Müh und Not mit der Situation. „Aber die ist ja gestorben. Mein Beileid, übrigens. Äh ..."

„Ja, danke. Das ist sehr nett von Ihnen. Ich bin krank, wissen Sie! Der Arzt sagt, ich soll für ein paar Tage das Bett hüten."

„Oh, kann ich etwas für Sie tun? Einkaufen vielleicht?"

„Nein, nein. Geht schon. So schlimm ist es auch wiederum nicht. Noch zwei, drei Tage, dann bin ich wieder auf dem Damm."

Seine Nachbarin sah ihn fragend an. Esterházy bemerkte seinen Fauxpas. Auch wenn sie ansonsten sehr gut Deutsch sprach, so könnte seine schwedische Nachbarin dennoch Schwierigkeiten mit hiesigen Redewendungen haben. „Äh, ich meine, in zwei, drei Tagen bin ich wieder gesund. Auf dem Damm sein, das sagt man nur so. Ein altes Sprichwort, verstehen Sie?"

Damit war der sprichwörtliche Damm gebrochen. Linda lächelte. „Ah, natürlich, ein Sprichwort. Gut. Das muß ich mir merken. Ja, dann ... ich wünsche Ihnen gute Besserung. Und daß Sie bald wieder auf dem Damm gehen."

Esterházy wollte es kaum glauben, aber für ein paar Sekunden hatte es seine Nachbarin geschafft, all die Bitterkeit der letzten Jahre aus seinem Inneren zu verbannen. Er erwiderte das Lächeln. „Ja, das haben Sie gut gesagt, aber man geht nicht auf dem Damm, man ist auf dem Damm."

„Man kann auf einem Damm nicht gehen?"

„Oh, doch, doch. Selbstverständlich kann man auf einem Damm gehen. Nur im Sprichwort nicht. Da ist man wohlauf, wenn man auf dem Damm ist."

„Ich bin also auf dem Damm?"

„Wenn es Ihnen gutgeht: ja."

„Mir geht es gut."

„Dann sind Sie auch auf dem Damm."

„So wie Sie in zwei, drei Tagen?"

„Genau. So wie ich bald wieder."

„Sie sind lustig."

Das hatte Esterházy das letzte Mal vor mehr als zwanzig Jahren gehört. Wenn er versucht hatte, seine Tochter zum Lachen zu bringen. Er merkte, wie Trauer und Fatalismus wieder hochkamen. Schnell wollte er das Gespräch beenden. „Ach, nein, ich bin nicht lustig. Und vielen Dank noch einmal für das Päckchen."

Linda registrierte den Stimmungsumschwung des Herrn Esterházy. Bestimmt ist er wegen des Todes seiner Frau noch mit den Nerven herunter. Sie hatte volles Verständnis. „Ja, ich gehe dann mal wieder. Wenn Sie mal auf einen Kaffee vorbeikommen möchten ..."

„Ja. Auf Wiedersehen." Sachte schloß Esterházy die Tür.

Minutenlang stand er noch im Flur, unfähig sich zu bewegen. Die Begegnung mit der Realität war zuviel für ihn. Es mußte Jahre her sein, daß Vera und er ein dergestalt langes Gespräch wie eben miteinander geführt hatten. Karel Esterházy konnte sich nicht erinnern, wann das gewesen sein sollte. Ihre Ehe war bis zuletzt eine Zweckgemeinschaft. Nur dafür gedacht, gemeinsam zu leiden, die Qualen in einem erträglichen Rahmen zu halten. Andere Menschen hätten da nur gestört. Sie wären Fremdkörper in einem nach außen abgeschotteten Zirkel gewesen.

Er riß den Umschlag auf. Es war der Katalog eines Versandhauses. Obschon Veras letzte Bestellungen mindestens ein Jahrzehnt zurücklagen, bekam sie noch regelmäßig Post von ihnen. Auf der Vorderseite waren ein kleiner Junge und ein kleines Mädchen mit der neusten Kollektion abgebildet. Das Mädchen sah entfernt seiner Sandra ähnlich.

Esterházy warf den Katalog zur Seite.

– Ende der Rückblende –

Der Tag hatte optimal mit Sex begonnen. Der Tag sollte mit einem Fiasko ohnegleichen für Herrn Schweitzer enden. Das wußte er bloß noch nicht.

Momentan befand er sich räkelnd auf dem Bett seiner Liebsten, die schon vor zwei Stunden in aller Herrgottsfrühe aus dem Haus gegangen war, um den Schnellzug nach Koblenz zu erwischen. Ein geschäftlicher Termin war Ursache hierfür. Am Abend wollte Maria zurück sein. Nach den erotischen Turnübungen, in seinem Alter fast schon als akrobatisch zu bezeichnen, war Herr Schweitzer wieder eingeschlafen. Der Kaffee auf dem Nachttisch war kalt geworden.

Das Aufstehen ging nur langsam voran. Schlaftrunken wühlte sich Herr Schweitzer aus dem schwarzseidenen Bettlaken. Pepsi lag auf Marias Seite und blinzelte ihn skeptisch an. Gut, sagte er sich, dann ist die Katze wohl schon gefüttert worden und ich kann mich ganz auf mich konzentrieren.

Was Herr Schweitzer dann auch tat. Kaffee in Hülle und Fülle begleitete seine Auferstehung. Gelegentlich nahm er die Zettel zur Hand, die er seit vorgestern stets mit sich trug. Obwohl er hin und wieder einen Blick darauf warf, war er nicht wirklich weitergekommen. Sein Instinkt flüsterte ihm, daß irgendwo in seinen Notizen die Lösung steckte. Aber wo, verdammt noch mal? So unglaublich es auch schien, Herr Schweitzer kam immer wieder auf Joschka Fischer zurück. Nicht als Mörder, aber als Träger einer Geschichte, die irgendwo in meilenweiter Entfernung irgendwie mit dem Jens Auer-Fall kollidierte.

An dieser Stelle können wir abkürzen. Während des ganzen Tages wurden Herrn Schweitzer keinerlei Offenbarungen zuteil, auch keine göttlichen. Diese sollten sich erst am späten Abend einstellen. Zeitgleich mit seinem persönlichen Fiasko.

Um achtzehn Uhr war Herr Schweitzer startklar. Er verstaute Portemonnaie, Schlüsselbund und seinen Plastikwecker, den Maria heute morgen benötigt hatte, in die Jackettaschen. Die Karten für das Konzert hatte Maria mit den Worten eingesteckt: „Bevor du das Wichtigste vergißt."

Er nahm den 36er Bus und stieg am Lokalbahnhof um. Als ehemaliger Straßenbahnfahrer mied er die U-Bahn, wann immer sich eine Alternative bot. Die 16 hatte drei Minuten Verspätung. Das ging noch. Da hatte Herr Schweitzer schon ganz anderes erlebt.

Er hatte noch massig Zeit. Marias Zug sollte um 19 Uhr 03 den Hauptbahnhof erreichen.

Es geschah nach der Pause, in der sie sich mit ein paar Schnittchen und je einem Glas Sekt gestärkt hatten.

Die mit Feuchtigkeit gesättigte Luft setzte Herrn Schweitzer schwer zu. Gegen den tropischen Sommerabend war die Klimaanlage chancenlos. Er hatte die Ärmel seines Hemdes hochgekrempelt und das Jackett lag zwischen seinen Füßen auf dem Boden. Obwohl sich ihre Plätze in der zweiten Reihe befanden, war seine Sicht stark eingeschränkt. Vor ihm saß nämlich ein breitkreuziger Hüne von knapp zwei Metern, der zudem unruhig hin und her rutschte, als habe er Hummeln im Hintern, so daß Herr Schweitzer gezwungen war, mal links, mal rechts an ihm vorbeizuschauen, um überhaupt einen Blick auf die Protagonisten des Ensemble Modern zu erhaschen. Seine Halsmuskulatur näherte sich unaufhaltsam einem veritablen Krampf.

Maria hatte es da bedeutend besser, denn vor ihr saß die Partnerin des Hünen und die war das genaue Gegenteil von ihm: klein und schmächtig. Herr Schweitzer schätzte, daß sie höchstens ein Drittel des Gewichts ihres Partners auf die Waage brachte. Er suchte zu erraten, wie die beiden es wohl mit dem Sex halten mochten. Viele Stellungen mußten allein schon wegen der Gebrechlichkeit der Dame ins Wasser fallen. Seine Maria war da schon robuster.

Ab dem dritten Stück wurde die Musik noch schräger, als sie ohnehin schon war. Das Ensemble spielte Variationen von Frank Zappa, wobei die Geige an ein miserabel geöltes Sägewerk gemahnte, bei dem es obendrein an einer gleichmäßigen Stromversorgung haperte. Würde ein Mensch so stottern, müßte man ihn zum Logopäden schicken. Hier allerdings war es Absicht; Zappa war wohl ein Mensch voller Abgründe gewesen.

Herr Schweitzer wünschte sich das Ende des Konzerts herbei. Zur Halsstarre hatte sich noch ein stechender Schmerz in seiner linken Pobacke gesellt. Der stellte sich immer dann ein, wenn er für länger stillsitzen mußte.

Er schloß die Augen und versuchte es mit Ablenkung. Was lag also näher, als sich wieder einmal mit Joschka Fischer zu beschäftigen. Andere Probleme hatte er momentan eh nicht. Und wie es der Teufel so will, schlich sich auch das ulkige Pärchen vor ihnen in Herrn Schweitzers abstruse Gedankengänge.

Es dauerte nicht lange, dann war er bei Dick & Doof angelangt. Dafür schämte sich Herr Schweitzer. Das Dick bei dem Herrn vor ihm war zwar offensichtlich, aber mit dem Doof tat er der Dame vermutlich unrecht. Besser wäre also Dick & Dünn. Und hier kam der Fischer-Joschka ins Gedankenspiel. Genauer gesagt dessen literarischer Erguß ‚Mein langer Lauf zu mir selbst'. In diesem Buch wird nämlich beschrieben, wie man mit der Extremsportart Marathon extrem viel Fett abbaut, um hernach auszusehen wie eine verwitterte, klapprige Vogelscheuche, die beim nächsten zarten Windstoß den Geist aufgibt. Das hatte seinerzeit aber nicht lange vorgehalten. Im Nu war Fischer wieder mopsig wie eh und je gewesen. Sein nächstes Buch müßte folglich lauten: ‚Meine schnelle Flucht vor mir selbst.'

Anfangs war es ein flüchtiger, nicht zu fassender Geistesblitz. Dann aber wurden die Formen immer konkreter. Herr Schweitzer dachte, was einem Fischer gelang, konnte jeder andere ebenfalls in die Tat umsetzen. Auch ein Karel Esterházy. Dann nämlich würden die Puzzleteile endlich zueinander passen. Der dicke Esterházy aus der Zeit des Unfalls, bei dem seine Tochter umkam, könnte der Osterhasi sein, von dem der Ouzo-Schorsch ständig brabbelte.

Herr Schweitzer wurde ob dieser seiner Gedanken immer zappeliger. Am liebsten hätte er sofort losgelegt mit der Recherchiererei in diese Richtung. Sein überreizter Zustand wurde durch Zappas Disharmonien weiter verschärft, bis er nahezu alptraumhafte Dimensionen erreichte. Das Gequietsche vorne auf der Bühne drohte seine Schädeldecke zu sprengen. Um sich überhaupt noch im Zaume halten zu können, klemmte er beide Hände unter die Oberschenkel. Und dachte, hoffentlich ist diese Scheiße bald rum.

Wer war eigentlich schuld an seiner Misere? Maria? Er selbst? Herr Schweitzer wußte nicht mehr, wer auf die bescheuerte Idee gekommen war, sich Variationen von Frank Zappa reinzuziehen. Umgehend brach er diesen Gedankengang ab. Am Ende wäre er noch gezwungen gewesen, sich selbst eine schallende Ohrfeige zu verpassen. Zumal er Zappa noch nie gemocht hatte. Für ihn war es Experimentalmusik mit verstimmten Instrumenten. Etwas, das bestens dafür geeignet war, selbst aus renitentesten Guantánamo-Gefangenen noch die letzten Geheimnisse zu pressen.

Er öffnete die Augen in der Hoffnung, irgendeinen Leidensgenossen zu erblicken, der mit angeekelter Miene den Mozartsaal verließ. Ohne zu zögern hätte er sich ihm angeschlossen. Aber nein, die piekfeinen Herrschaften lauschten andächtig der Darbietung. Was die namhaften Kritiker des Feuilletons als sensationell bezeichneten, hatte gefälligst auch sensationell zu sein, mochte das eigene Empfinden dem auch diametral entgegenstehen. Also Augen zu und durch. Kein Wunder, hing doch die eigene Kritikfähigkeit mit den Designer-Jäckchen an der Garderobe. Auch seine Maria wippte mit den Füßen im Takt, wo Herr Schweitzer beim besten Willen bloß einen taktlosen Klangbrei wahrnahm.

Und dann kam aus weiter Ferne, ganz, ganz leise erst, noch ein Ton hinzu, der imstande war, Tote aufzuwecken. Herr Schweitzer starrte gebannt auf die Bühne und suchte nach dem verantwortlichen Instrument. Doch einen Feuermelder hatte niemand in der Hand. Die Geige, die dazu vielleicht auch in der Lage gewesen wäre, hatte gerade Pause. Die dazugehörige Dame saß mit gespitzten Lippen auf ihrem Stuhl und wartete auf ihren nächsten Einsatz.

Der Ton wurde lauter. Tütt-tütt, tütt-tütt. Vor ihm reckten sich die ersten Hälse. Daraus schloß Herr Schweitzer messerscharf, daß der Ton nun auch von anderen gehört wurde. Aha, dachte er, lag ich doch richtig. Obendrein lobte er sich für sein feines Gehör.

Tütt-tütt, tütt-tütt. Der Ton hatte an Lautstärke noch eine Schippe draufgelegt. Noch dachten die meisten, er müsse irgendwie zur Aufführung gehören. Doch ganz allmählich breitete sich Unruhe aus. Der Dicke aus der ersten Reihe drehte sich zu ihm um. Herr Schweitzer gab ihm mit spärlicher Gestik und einem leichten Schulterzucken zu verstehen, daß auch er nicht wisse, was der komische Ton zu bedeuten habe, obwohl er, Herr Schweitzer, sämtliche Platten von Frank Zappa besitze, sie in- und auswendig kennen- und schätzengelernt habe, und daß es sich hier momentan um eine wirklich sehr gewagte Interpretation des Ensemble Modern handeln müsse, mit der er aber ebenfalls nicht einverstanden sei, schließlich werde sie dem Schaffen des amerikanischen Rockgitarristen aus Baltimore in keiner Weise gerecht. Nein, es tue ihm, Herrn Schweitzer, schrecklich leid, aber auch er müsse zustimmen, daß sich hier jemand ganz fürchterlich vertan habe. Der Dicke drehte sich wieder um.

Der Ton aber wurde immer fordernder. Tütt-tütt, tütt-tütt. Immer mehr Leute schauten sich fragend an und um. Aber keiner verlor seine Contenance. Man war schließlich in der Alten Oper und wußte sich zu benehmen. Allerdings blickten nun auch die ersten Musiker von der Bühne ins Publikum herab, was sehr außergewöhnlich war, denn meist gingen sie in ihrer Musik förmlich auf und hatten für Nebensächlichkeiten wie Zuhörer kein Auge.

Tütt-tütt, tütt-tütt. Herr Schweitzer bekam von Maria einen Tritt verpaßt. Autsch! Was sollte denn das schon wieder? Kann die sich nicht benehmen wie alle anderen? Mir gefällt es doch auch nicht, was hier gerade abläuft. Er guckte ganz böse zurück. Tütt-tütt, tütt-tütt.

Daraufhin wurde Maria wütend. Mit gefletschten Zähnen und verzerrter Grimasse deutete sie zu seinen Füßen. Ein zweiter Tritt gegen Herrn Schweitzers Schienbein unterstrich ihr Anliegen. Tütt-tütt, tütt-tütt.

Der Dicke aus der ersten Reihe drehte sich erneut um. Sein Blick besagte, daß er gleich den für den Lärm verantwortlichen Radaubruder bei lebendigem Leib und ohne mit der Wimper zu zucken in Stücke reißen wird. Tütt-tütt, tütt-tütt.

Erste Unsicherheiten schlichen sich bei Herrn Schweitzer ein. Sein Handy? Hatte er vergessen es auszuschalten? Ein jäher Schrecken durchfuhr ihn. Blut gefror in seinen Adern. Tütt-tütt, tütt-tütt.

Inzwischen hatte das Signalgeräusch den ganzen Mozartsaal erfaßt. Die ersten Besucher begannen zu tuscheln und blickten sich suchend nach einem Übeltäter um.

Obwohl sich Herr Schweitzer zu hundert Prozent sicher war, daß es unmöglich sein Handy sein konnte, weil sein Klingelton die Titelmelodie vom Sandmännchen war, bekam er kaum noch Luft. Tütt tütt, tütt-tütt.

Die Hitze wurde unerträglich. Er kam sich vor wie in einer 100-Grad-Sauna mit zugemauerter Tür. Nun, da klar war, daß der Signalton unmöglich Bestandteil der Aufführung sein konnte, versuchte Herr Schweitzer ihn zu orten. Er mußte ganz nah sein. Tütt-tütt, tütt-tütt.

Herr Schweitzer drehte sich nach hinten. Doch was er sah, mißfiel ihm außerordentlich. Sämtliche Blicke waren auf ihn gerichtet, zumindest die derer, die in seiner Nähe saßen. Tütt-tütt, tütt-tütt.

Mit einer Kraft, die er seiner Freundin nicht zugetraut hatte, wurde er von Maria am Hemdkragen gepackt und herumgerissen. „Dein Wecker", zischte sie in einer Lautstärke, die eher auf einen Fußballplatz denn in die altehrwürdige Oper paßte.

„Mein Wecker?" fragte er zurück. Herr Schweitzer verstand nicht. Tütt-tütt, tütt-tütt. Sein Wecker stand doch zu Hause auf dem Nachttisch und war voller Staub, weil er so gut wie nie gebraucht wurde. Was sollte also der saublöde und unqualifizierte Spruch von wegen seinem Wecker? Tütt-tütt, tütt-tütt.

Nun sprach ihn auch noch der Fettsack vor ihm direkt an. Was heißt sprach? Er schrie fast: „Wenn Sie nicht sofort ihr Handy ausschalten, schmeiß ich Sie persönlich hochkant aus dem Saal."

„Ich hab mein Handy doch gar nicht dabei", rechtfertigte sich Herr Schweitzer kleinlaut. Tütt-tütt, tütt-tütt.

Maria hatte sich inzwischen gebückt und drückte ihm nun sein Jackett mit den Worten in die Hand: „Es ist dein Wecker. Er steckt wahrscheinlich in einer der Taschen."

Tütt-tütt, tütt-tütt. Herr Schweitzer fühlte sich, als habe ihn gerade jemand ein Messer ins Herz gerammt. Seine Atmung stand still. Die Wirklichkeit erreichte ihn mit dem Wunsch nach sofortiger Selbstauflösung in Salzsäure. Ein geordneter Rückzug war unmöglich geworden. Hektisch griff er in die erste Tasche. Dort steckte sein Schlüsselbund. Tütt-tütt, tütt-tütt. Die zweite Tasche: sein Portemonnaie.

Maria wollte ihm helfen. Unsanft stieß Herr Schweitzer ihre Hand zurück. Die nächste Tasche: leer. Verdammte Scheiße, wie viele Taschen hat denn das blöde Jackett noch? Tütt-tütt, tütt-tütt.

Und dann konnte Herr Schweitzer das fast quadratische Teil ertasten. Allerdings war es mit dem Stoff seines Jacketts ummantelt. Mist!

Wo ist bloß die verfluchte Tasche? Wie komme ich an den Wecker? Tütt-tütt, tütt-tütt.

„Wird's bald?" zischte seine Maria. Ihre Stimme war frei von Liebe.

Von hinten tippte ihm jemand auf die Schulter.

Zitternd drehte sich Herr Schweitzer in der Erwartung um, gleich ein Brett zu fangen.

Doch der distinguierte Herr im hellgrau oszillierendem Zweiteiler mit rotem Tüchlein um den Hals sprach mit Engelsstimme auf ihn ein: „Wären Sie bitte so nett und verlassen den Saal. Bitte!"

Tütt-tütt, tütt-tütt.

Der sich nun im Existenzkampf befindliche Herr Schweitzer wußte sich nicht anders zu helfen. Er schmiß sein Jackett auf den Parkettboden und stampfte beherzt mit dem rechten Fuß drauflos. Ein letztes Tütt und der Wecker verstummte für immer. Sein persönliches Fiasko war vollendet.

Wie beim Untergang der Titanic spielte die Kapelle seelenruhig weiter.

„Wir sehen uns noch", meinte der Dicke und richtete seinen Blick wieder auf die Bühne. Die anderen begnügten sich damit, ihre Köpfe zu schütteln.

Herr Schweitzer rang nach Sauerstoff. Sein Hemd war klitschnaß und die Hände zitterten wie Espenlaub. Er wollte weg von hier. Nach Sibirien, in die Wüste, egal, Hauptsache weg. Selbst nach Offenbach wäre er auf allen Vieren gekrochen, um politisches Asyl zu beantragen.

Was mache ich jetzt, fragte er sich. Aufstehen und Gehen war genauso unmöglich wie Bleiben. Immer wieder drehten sich vereinzelt Leute nach Herrn Schweitzer um. Würde er nackt hier sitzen, es käme aufs gleiche hinaus. Er hatte sich aufgeführt wie die Axt im Walde und wußte es auch. Ihm war, als wäre seine letzte Stütze Maria so weit als nur irgend möglich von ihm weggerückt. Sie ignorierte ihn. Der einsamste Mensch der Welt sackte in sich zusammen. Vom Selbstbewußtsein war er so weit entfernt wie die Pharmaindustrie von homöopathischen Heilmethoden. Herr Schweitzer machte sich ganz klein.

Vorne wurde gerade das Stück beendet. Die Musikusse sahen sich verstört an. Der Klarinettist flüsterte dem Pianisten etwas ins Ohr. Nur zögerlich kam Applaus auf. Die Geigerin trat an den Bühnenrand und zuckte entschuldigend mit der Schulter.

Außergewöhnliche Situationen erfordern außergewöhnliche Maßnahmen, dachte sich wohl der korpulente Herr aus der ersten Reihe. Völlig unüblich erhob er sich, klatschte vehement in die Hände und rief: „Bravo."

Es dauerte einen kleinen Augenblick, dann hatte auch das restliche Publikum begriffen, was er damit zum Ausdruck bringen wollte: das Ensemble Modern sei nämlich völlig schuldlos am mißlungenen Hörgenuß. Schnell hatten sich alle von ihren Sitzen erhoben und stimmten mit ein. Die Bravissimo-Rufe mündeten in einem wahren Crescendo. Wären im Großen Saal der Alten Oper zur gleichen Zeit die Sex Pistols aufgetreten, der Schlagzeuger hätte wohl entnervt seine Drums in die Ecke geschmettert.

Als das Brausen und Tosen nach drei Minuten allmählich verebbte, ergriff die Geigerin das Mikrophon und zeigte sich von ihrer humoristischen Seite: „Sehr verehrtes Publikum, im Namen meiner Kollegen möchte ich mich ganz herzlich bei Ihnen für den spontanen Applaus bedanken. Wir möchten uns aber nicht mit fremden Federn schmükken. Der Wecker war nicht unsere Idee und von daher auch nicht geplant. Wir werden uns aber nach dem Konzert umgehend mit dem Herrn dort ...", sie nickte in die vage Richtung von Herrn Schweitzer, „... in Verbindung setzen, um über die Urheberrechte zu verhandeln. Ich bin sicher, wir werden uns über den Preis einigen können."

Was folgte, war ein Gegröle, Lachen und Schenkelklopfen, bei dem selbst Kabarettisten wie Dieter Nuhr und Ottfried Fischer vor Neid erblaßt wären.

Damit war Herr Schweitzer der absoluten Lächerlichkeit preisgegeben. Und das war noch viel schlimmer als all die Peinlichkeiten zuvor. Ohne Tarnkappe, die er jetzt gerne gehabt hätte, und mit feuerrotem Erdbeerkopf eilte er gebückt von dannen, nachdem er seiner Maria noch „bis später im Foyer" zugeraunt hatte.

Nicht alle machten ihm auf Anhieb Platz. Die Sitzreihe zog sich gefühlte sieben gefährliche Kilometer in die Länge. Hier und dort bekam er klatschende Hände vors Gesicht gehalten. Manch einer klopfte ihm gar auf die Schulter. Es war einer der größten Spießrutenläufe der Geschichte. Dagegen war König Heinrichs Canossa-Gang ein Höflichkeitsbesuch bei Freunden.

Endlich! Endlich war er draußen. Aufgrund der vorangegangenen Ereignisse hatte Herr Schweitzer seinen Kopf verloren und damit auch seinen Orientierungssinn. Die erste Tür, die er öffnete, war die Damentoilette. Da aber alle Damen im Konzertsaal waren, wurde er auch nicht der Lustmolcherei angeklagt.

Die Beschilderung in der Alten Oper war vorzüglich. Quasi an jeder Ecke war ein Hinweis auf die Richtung des Ausgangs angebracht. Aber, wie gesagt, Herr Schweitzer hatte seinen Kopf verloren und dementsprechend für solche Feinheiten kein Auge mehr. Geschlagene fünf Minuten irrte er treppauf, treppab durchs Gebäude, bis er zwar nicht den Ausgang, dafür aber eine Bar fand.

Alkohol ist dein Sanitäter in der Not, sagte er sich Grönemeyer-like und bestellte sich ein Bier. Zu seinem Entsetzen hatten sie nur Null-Dreier-Gläser. Seinem Zustand gemäß wäre aber ein 20-Liter-Faß besser gewesen.

„Macht vier Euro, bitte."

Doch Herrn Schweitzers Geld war im Portemonnaie, das Portemonnaie in seinem Jackett und das Jackett noch im Mozartsaal. Eine gut vorbereitete und bis ins letzte Detail ausgeklügelte Flucht sah definitiv anders aus.

„Äh, sorry, mein Geld, im Saal, Ensemble Modern ...", stotterte er sich einen ab.

Das Blatt wendete sich. Das Glück war ihm wieder hold und der Kellner locker drauf. „Dann zahlen Sie halt später."

„Danke." Selten zuvor wurde ein Bier dergestalt rasant gezecht. „Aaaaah. Tut das gut." Eine Werbeagentur für einen Brauerei-Spot könnte sich an Herrn Schweitzers glückseligem Gesichtsausdruck eine Scheibe abschneiden.

Nun, da er sich viele Feinde geschaffen hatte, brauchte er Freunde. Herr Schweitzer klagte dem Kellner sein Leid. Natürlich erzählte er ihm nicht die ganze Geschichte – das hätte er auch gar nicht gekonnt, der Verdrängungsmechanismus hatte längst eingesetzt –, aber das mit dem scheiß Wecker und daß der plötzlich so hoppla-hopp losgegangen sei, dafür war er sich nicht zu schade.

Der noch recht jugendlich wirkende Kellner mit der unzeitgemäßen Vokuhila-Frisur und dem schmalen Oberlippenbärtchen amüsierte sich. Ansonsten war sein Job eher monoton. Für ihn war der durchschwitzte Kerl eine willkommene Abwechslung. Außerdem konnte er seinen Freunden nach Feierabend eine tolle Geschichte erzählen. Als Gegenleistung zapfte er ihm ein Bier nach dem anderen.

Nach dem siebten in dreizehn Minuten: „Sie haben aber einen ganz schönen Durst."

Herr Schweitzer: „Ja, ich glaube, ich bin unterhopft."

Maria von der Heide war nach ihres Liebsten unrühmlichem Abgang stoisch sitzengeblieben. Was hätte sie auch tun sollen? Im Gegensatz zu Herrn Schweitzer fand sie nämlich die dargebotenen Zappa-Variationen künstlerisch sehr wertvoll. Außerdem hatten sich die Gemüter, nun da der Kunstbanause und Master of disaster aus dem Saal geflohen war, schnell wieder beruhigt. Allgemein tat man, als wäre nie etwas geschehen.

Nach zwei Zugaben war das Konzert beendet. Als Maria Herrn Schweitzers Jackett vom Boden aufhob, fielen ein paar Schräubchen und zerbrochene grüne Plastikteile unterschiedlicher Größe heraus.

Maria wunderte sich nicht, ihren Freund im Foyer nicht vorzufinden. Wahrscheinlich befürchtete er ein Nachspiel, sollte er den anderen Konzertbesuchern über den Weg laufen.

Außerdem hatte sie es sich schon vor langer Zeit abgewöhnt, sich um ihren Simon zu sorgen. Egal was passierte, er war ein Stehaufmännchen, stets fiel er wieder auf die Füße.

So kam es, daß Maria vom Foyer direkt die nächstbeste Bar der Alten Oper aufsuchte. Als einfühlsame Frau, die ihren Partner zu kennen glaubte, vermutete sie ihn dort.

Zwar hatte Herr Schweitzer indes ganz viele Biere intus, aufgrund des revoltierenden Adrenalins aber keinerlei Ausfallerscheinungen. Noch befürchtete er, auch Maria habe den Stab über ihn gebrochen.

Um so glücklicher war er, als ihn seine Freundin herzlich wie immer begrüßte: „Ei gucke ma da, da isser ja, unser kleiner Rabauke.“ Sie strahlte übers ganze Gesicht.

„Ei, Maria“, erwiderte Herr Schweitzer. „Gut, daß du kommst. Ich hab hier nämlich ein paar Schulden gemacht. Mein Geld ist doch noch im Jackett, oder?“ Er, der Atheist, dankte heimlich dem Himmel, daß wenigstens noch ein Mensch zu ihm hielt. Na gut, zwei, wenn man den Kellner dazurechnete.

„Weiß ich doch nicht. Das einzige, was ich definitiv weiß, ist, daß dein Wecker nicht mehr funktioniert. Daß du auch immerfort alles kaputtmachen mußt, tz, tz. Einfach auf das arme Teil so einzutreten. Ich weiß nicht, Simon, ich weiß nicht. Das war doch nicht nötig.“

Und ob das nötig war, dachte Herr Schweitzer.

„Ich liebe dich“, flötete Maria, einer plötzlichen Gefühlswallung nachgebend.

Er wußte, was dahintersteckte. Das sagte Maria nicht nur, wenn sie es tatsächlich so meinte, sondern auch, wenn sie ihn mal wieder außerordentlich putzig fand. Normalerweise haßte es Herr Schweitzer wie die Pest, von wem auch immer für putzig gehalten zu werden. Doch in Anbetracht der turbulenten Ereignisse der unmittelbaren Vergangenheit war putzig von allen erdenklichen Eigenschaften, die man ihm nun anhaften konnte, noch die harmloseste. Also akzeptierte er sie. „Ich dich auch, mein Schatz.“

Sie küßten sich. Der Kellner wandte sich beflissentlich dem Gläserputzen zu.

„Ich könnte jetzt einen Wein vertragen, Simon“, sagte Maria kurz darauf.

Herr Schweitzer stand seiner Umgebung noch immer recht unleidlich gegenüber. Am liebsten würde er den heutigen Abend ungeschehen machen. Da er sich aber der Unmöglichkeit dessen bewußt war, mußte er sich wohl oder übel mit dem schwärzesten Tag seines Lebens abfinden. Auch ihm stand der Sinn nach Wein.

Als sie eine Stunde später in die klare Mondnacht traten, hatte Maria einen kleinen Schwips und Herr Schweitzer noch immer Angst, dem Hünen zu begegnen. ‚Wir sehen uns noch.‘ Diese Worte würde er so schnell nicht vergessen. Der Typ war stärker als er.

„Wollen wir noch ins Weinfaß?“ fragte Maria, als sie der U-Bahn-Station am Südbahnhof entstiegen.

Eigentlich wollte Herr Schweitzer den Krempel für heute hinschmeißen und sich in sein Bett zurückziehen. Mit allen drei Kissen über dem Kopf.

Maria interpretierte sein Zögern fehl: „Ich erzähl auch nix.“

„Ach, das ist mir egal. Wer den Schaden hat ...“, begann Herr Schweitzer.

„... braucht für den Spott nicht zu sorgen“, vollendete Maria. „Komm, gehen wir. Ich gebe dir auch einen Schnaps aus. Den wirst du brauchen können. Du bist ja noch ganz aufgewühlt.“

Angriff ist die beste Verteidigung, hatte sich Herr Schweitzer gesagt. Außerdem gierte das einfache Volk nach Tratsch. Da er seine Maria kannte und wußte, ewiglich würde sie sein Debakel nicht geheimhalten, hatte er kurzerhand beschlossen, sich selbst zum Gespött zu machen. Damit hatte Herr Schweitzer noch nie Mühe gehabt, schließlich erwischte es jeden einmal. Sachsenhausen war voller kursierender Geschichten und Anekdoten, in denen die unterschiedlichsten Leute zu Lachnummern degradiert wurden.

Leider waren im Weinfaß nur Karin und Weizenwetter sowie der Ouzo-Schorsch, Buddha Semmler und Bertha, die Wirtin, zugegen. Das hatte den Vorteil, daß sich das Gelächter im unteren Dezibelbereich bewegte. Der Nachteil bestand darin, daß es dauern würde, bis sich sein Mißgeschick überall in Dribbdebach herumgesprochen hatte. Herr Schweitzer mußte sich also darauf gefaßt machen, noch für Tage und Wochen Gesprächsthema zu sein.

Einzig der Ebbelwei-Kellner Buddha Semmler konnte keine Ruhe geben. Obwohl Herr Schweitzer bereits zwei Mal ausführlich berichtet hatte, wobei Maria die eine oder andere Gedächtnislücke des Gepeinigten schließen mußte, forderte er andauernd Zugaben, als wäre man noch immer in der Alten Oper.

Doch Herr Schweitzer wußte sich zu helfen und blieb stur. Er trank, wie von Maria empfohlen, Schnaps. An der Tatsache, einen Tag erwischt zu haben, an dem man selbst einen Stecker falsch herum in die

Dose stecken würde, war eh nichts zu ändern. Aber Schnaps war bestens dafür geeignet, dem Abend seine Ecken und Kanten zu schleifen, bis sie so rund waren wie die eigenen Füße.

Erst als der Ouzo-Schorsch noch vor Mitternacht zahlte, erinnerte sich Herr Schweitzer wieder an seine Gedanken vor dem spektakulären Wecker-Einsatz.

Und diese hielt er fortan fest, klammerte sich an sie und nahm sie mit ins Bett. Diesen Esterházy würde er sich gerne mal angucken.

Da war es aber schon nach zwei.

Nach dem gestrigen Tag wollte Herr Schweitzer einfach nicht aufwachen. Die Traumwelt war süßlich, die Realität bitter. Sein Unterbewußtsein wußte, was demnächst alles auf ihn zukam. Immer und immer wieder würde er den lieben langen Tag lang von Sachsenhäuser Mitbürgern auf irgendwelche ominösen Weckergeschichten angesprochen werden. Da war es schon besser, noch ein Weilchen liegenzubleiben.

Erst als sich der Esterházy in seines Halbschlafs bunte Bilderwelt schlich, stand er auf.

Ohne sich um Kaffee zu kümmern, wie Herr Schweitzer ansonsten seine Tage begann, ging er schnurstracks ins Badezimmer. Er haßte kaltes Wasser. Trotzdem stellte er sich unter die Dusche. Eine Minute probierte er es mit lauwarm. Als er sich abgehärtet genug wähnte, wechselte er auf eiskalt. Obschon es die reinste Folter war, hielt er eine Minute durch.

Danach fühlte er sich für den Tag gerüstet. Er machte sich auf die Suche nach Maria.

Im Wohnzimmer wurde er fündig. Das sich ihm bietende Bild sah sehr heimelig aus. Auf dem Tisch dampfte der Kaffee. Maria trug ihre fast schwarzen Haare offen und war in einen Bildband über italienische Renaissancemaler vertieft. Pepsi, die Katze, putzte sich das Fell. Über allem wachte der tropische Sommer und ein kleiner Tischventilator surrte leise vor sich hin.

Nach einem ausgiebigen Begrüßungskuß sagte Herr Schweitzer: „Du, Maria. Mein Gedächtnis wird immer schlechter. Das letzte, an das ich mich erinnere, ist der Dreißigjährige Krieg. Kann das sein?“

„Und von gestern weißt du nichts mehr?“

„Was war gestern? Haben die Römer endlich den Limes fertiggestellt?"

Maria hatte verstanden. Für die Fußball-Deutschen ist es Córdoba, für Napoleon Waterloo und für ihren Simon die Alte Oper. Irgendwie hat halt jeder sein Päckchen zu tragen. „Ach, gestern, da war nichts, absolut nichts. Wir waren zusammen im Weinfaß. Da war's aber ziemlich langweilig. Kannst du Brötchen holen?"

Herr Schweitzer war hochzufrieden mit der Antwort. Seine Schmach war zumindest in Marias Bungalow getilgt. So sollte es sein. „Mach ich. Soll ich wieder ein paar von den knusprigen Laugenbrezeln mitbringen? Die waren das letzte Mal so lecker."

„Gute Idee."

Nichts verabscheute Herr Schweitzer mehr als überflüssige Arbeit. Seine Scheu vor notwendiger Arbeit ist übrigens kaum geringer. Also rief er den Schmidt-Schmitt an, um sich nach dem aktuellen Ermittlungsstand im Jens Auer-Mordfall zu erkundigen. Nicht daß er sich umsonst nach Oberrad begab, wo dann der Esterházy vielleicht gar nicht mehr zu begucken war, weil der längst hinter schwedischen Gardinen hockte.

Sein Anruf jedoch kam dem Oberkommissar höchst ungelegen. Im Polizeipräsidium hing nämlich der Haussegen sehr, sehr schepp.

Es klang, als würde sein Kumpel einen Raum verlassen, in dem sehr viel und laut herumgeschrien wurde. Herr Schweitzer vernahm das Schließen einer Tür. Danach war die Geräuschkulisse etwas moderater, wenngleich nicht ganz verschwunden. Trotzdem flüsterte der Oberkommissar ins Handy, als müsse er große Vorsicht walten lassen.

Gerade sei der für die Ermittlungen zuständige Staatsanwalt vorbeigeschneit, so Schmidt-Schmitt, und mache ihnen allen die Hölle heiß. Der Quatschkopp wolle Ergebnisse und zwar pronto, ansonsten man den Laden dicht machen könne, bei all den unfähigen Kripobeamten, die hier wohl nix Besseres zu tun haben, als Zeitung zu lesen und ihren Arsch alle paar Minuten zur Kaffeemaschine zu bewegen. Und in spätestens einer Woche wolle er die Bestie dem Haftrichter vorführen, nur damit das allen klar sei.

Irgendwie wurde Herr Schweitzer das Gefühl nicht los, sein Kumpel zitiere gerade des Staatsanwalts kompletten Sermon. Den wollte er aber gar nicht hören. Zu unterbrechen wagte er aber auch nicht.

Zum Glück beendete Schmidt-Schmitt kurz darauf seinen Vortrag mit den Worten: „... bescheuerte Jungspund von Staatsanwalt hat ein Maul wie eine Nutte im dritten Lehrjahr. Der täte besser daran, mal ordentlich in den Puff zu gehen, anstatt hier ... Was willst du eigentlich, Simon?"

Herr Schweitzer erklärte ihm sein Anliegen und erhielt die unwirsche Antwort, es gäbe nix Neues und ob er eben nicht zugehört habe, da habe er ihm doch lang und breit erklärt, warum dieser Depp von Staatsanwalt so aufgebracht sei.

Der Sachsenhäuser Aushilfsdetektiv gab sich damit aber nicht zufrieden. Wenn er wollte, konnte er ganz schön hartnäckig sein. Folglich versuchte er sein Glück mit der These vom abgemagerten Esterházy und daß der Joschka einst ja auch den mühsamen Weg vom Mops zum Dörrappel (hessisch für Hungerhaken) gegangen sei.

Schreiben wir es dem Umstand zu, daß der Schmidt-Schmitt ob der Schelte vom Vorgesetzten momentan extrem hypernervös und gar nicht gut drauf war. Herrn Schweitzers Überlegungen jedenfalls schmetterte er rigoros ab: „Hör mir bloß mit diesem Joschka auf. Der ist doch eh nicht normal. Entweder man ist als Sportler geboren oder nicht. Kein Fettsack erhebt sich freiwillig vom Sofa und fängt an zu flitzen, als sei der Teufel persönlich hinter ihm her. Simon! Vergiß es! Der Esterházy war's nicht."

Das mit dem Sofa und dem Flitzen konnte Herr Schweitzer bestens nachvollziehen. Seine Affinität zu Sofas, Betten, Hängematten und anderen kommoden Liegevorrichtungen konnte größer nicht sein. Außerdem ist Pheidippides 490 vor Christus nach den vierzig Kilometern tot zusammengebrochen, was auch nicht unbedingt als leuchtendes Vorbild für die Jugend taugt. Und dennoch war sich Herr Schweitzer darüber im klaren, daß es auch Lebensformen abseits der seinigen gab und geben mußte. Denn seine Art, das Dasein auf Erden zu gestalten, auch das wußte er, würde zwangsläufig zum Zusammenbruch aller Wirtschaftsaktivitäten der Bundesrepublik führen. Und zwar ruckzuck und eher heute als morgen.

„Okay, okay. Mischa, ich hab's kapiert. Der Esterházy war's nicht. Sehen wir uns heute abend?"

„Weiß nicht", knurrte der Oberkommissar. „Kommt drauf an, wann der Affentanz hier vorbei ist."

„Gut. Tschö."

„Tschö."

Und wieder einmal war Herr Schweitzer mit seiner Theorie ganz alleine. Er kannte das. Als Querdenker mußte man damit leben. Er ging in den Flur und holte das Telefonbuch. Wenig später hatte er die Adresse vom Karel Esterházy aus Oberrad wieder im Gedächtnis.

Wie sich im Nachhinein herausstellte, war seine Idee, mit dem Auto zu fahren, nachgerade pfiffig, denn der Goldbergweg bot fast gar keine Verstecke, die eine herkömmliche Observation erlaubt hätten. Kein unbebautes Grundstück, keine Baumgruppe, nichts.

So saß Herr Schweitzer in seinem weißen Twingo, den er sich vor anderthalb Jahren kurz nach dem Erwerb des Führerscheins zugelegt hatte. Natürlich war der Twingo ein paar Nummern zu klein für ihn. Da er ihn aber sowieso nur selten benutzte, für längere Strecken schon mal gar nicht, war es ein Fahrzeug ganz nach seinem Geschmack, zumal das Einparken nicht gerade zu seinen Spezialdisziplinen gehörte. Die Parklücke im Goldbergweg war groß genug für einen LKW mit Anhänger. Herr Schweitzer hatte nur drei Mal vor- und zurückstoßen müssen, bis der Twingo nahe genug am Bürgersteig stand und den spärlich fließenden Verkehr nicht mehr behinderte.

Er nahm an, daß er hinter der sich nach außen spiegelnden Scheibe der Fahrertür nur schwer auszumachen war. Wegen der knalligen Hitze hatte er das Beifahrerfenster sowie das Schiebedach aufgekurbelt. Das Haus, in dem Esterházy wohnte, lag von ihm aus gesehen schräg links auf der anderen Straßenseite. Die Sicht war optimal. Frankfurter Rundschau und National Geographic steckten griffbereit im Seitenfach. Ein kleines Opernglas lag im Handschuhfach. Herr Schweitzer war gut vorbereitet und auf längere Wartezeiten eingestellt. Auch an das Foto vom Melibocus und das Phantombild hatte er gedacht. Im Prinzip konnte also nichts mehr schiefgehen.

Die Zeit floß träge wie der Honig im gelobten Land. Herr Schweitzer wartete und guckte und wartete und guckte und bekam alsbald großen Hunger. Tragisch war das nicht, denn viel Erfolg von der Observation versprach er sich ohnehin nicht. Es war vielmehr so, was er sich auch eingestand, daß er wieder mal die Krumen auflas, die andere liegenließen, weil sie mit ihnen nichts anzufangen wußten. So wie die Müllsammler in Buenos Aires oder sonstwo auf der Welt.

Er nahm's mit Humor und redete mit seinem Bauch: „Du, ich kenne hier ein Lokal, wo's lecker Freßchen gibt. Wollen wir da mal hin?"

Der Vorgesetzte hatte gesprochen, dem Bauch blieb nichts anderes als bedingungsloser Gehorsam. Herr Schweitzer stieg aus, denn er wollte den idealen Parkplatz nicht gefährden. Er ging die Mathildenstraße zur Offenbacher runter. Sein angepeiltes Ziel war die Gaststätte Zum Hirsch, eine Lokalität mit Tradition.

Durchgehend warme Küche von 11 bis 22 Uhr, las er kurze Zeit später. Na also, geht doch, das Leben ist gar nicht so hart, wie so manches Weichei postuliert.

Die Portion war eines Kerls wie ihm würdig gewesen. Groß und schmackhaft wie es Herr Schweitzer am liebsten hatte. Zurück nahm er ein Taxi, man gönnte sich ja sonst nichts. Dem Fahrer hatte er vorab einen Zehn-Euro-Schein in die Hand gedrückt, um ihm gleich mal den Wind aus den Segeln zu nehmen, von wegen Kurzfahrt und so.

Er saß wieder im Twingo. Der Sauerstoff wurde vom Magen beansprucht. Nur etwa fünf Minuten hielt seine Konzentration an, dann wurde er heimtückisch von einem Nickerchen übermannt.

Karel Esterházy war kurz vorm Durchdrehen und merkte es auch. Schon längst hatte er aufgehört, die Tage zu zählen. Er mußte raus.

Vor zwei Tagen hatte er sich sämtliche Kopfhaare abrasiert. Als er sich jetzt so im Spiegel sah, dachte er, einem Mönch gegenüberzustehen. Ich sollte irgendwo in Asien in ein Kloster gehen, überlegte Karel Esterházy, wer weiß, vielleicht würde man dort meiner Orientierungslosigkeit etwas entgegenzusetzen haben. Meinem Leben neuen Sinn einhauchen wäre genau das, was ich jetzt brauche.

Doch zuvor galt es, ein anderes Problem zu lösen. Seine Fähigkeit zur Kommunikation mit anderen Menschen war nahezu verschwunden. Viel geredet hatte er die letzten zwanzig Jahre zwar nicht, aber zur Verrichtung lebensnotwendiger Dinge wie Einkaufen und Behördengänge hatte es immerhin noch gereicht. Probehalber sprach er zu seinem Spiegelbild: „Ich hätte gerne zweihundert Gramm ungarische Salami, einen Fleischsalat und sechs Scheiben von dem Schinken dort." Esterházy erschrak ein wenig ob der ihm fremd gewordenen Stimme.

Seine Sprechübungen beendete er erst, als er sich an die seinem Munde entströmenden Laute gewöhnt hatte. Gerne wäre er auch in ein Restaurant gegangen, aber das traute er sich noch nicht zu. Was, wenn sich Fremde zu ihm an den Tisch setzten und aus reiner Höflichkeit versuchten, ihm ein Gespräch aufzuzwingen? Am besten wäre folglich ein Kloster mit Redeverbot. Dort würde er sich wohlfühlen. Doch bis es soweit war, kam er um das Reden nicht herum. Oder sollte er im Reisebüro so tun, als sei er stumm?

Esterházy schnappte sich die Einkaufstasche und ging. Staksig, als hätte er Glasknochen, bewältigte er die Stufen. Daß er keinem Nachbarn begegnete, freute ihn. Vor der Haustür atmete er kräftig durch.

Zu seiner Überraschung hatte er nichts verlernt. Beim Metzger bekam er, was er wollte, und auch beim Discounter ging alles glatt über die Bühne. Lediglich am Bankautomaten hatte er beim ersten Versuch einen Zahlendreher, den er aber korrigierte. Esterházy hob gleich tausend Euro auf einmal ab. Im Hinterkopf hatte er nämlich noch immer die Idee mit dem fernen Kloster. Und vielleicht wäre er ja auch morgen schon in der Lage, ein Reisebüro zu betreten. Wenn, dann würde das Geld reichen. Nein danke, ein Rückflugticket brauche ich nicht.

Das Schläfchen hatte ihm gutgetan. Als Herr Schweitzer erwachte, war er wieder fit wie ein Turnschuh. Sein erster Blick, nachdem er sich die Augen gerieben hatte, galt dem Haus, in dem Esterházy wohnte und dessen Vorgarten eine etwa vier Meter hohe Edeltanne schmückte. Hübsch anzuschauen war auch das gelbe Tulpenbeet direkt hinter dem schmiedeeisernen Gartenzaun. Ein kleiner Springbrunnen mit einem zyklisch spuckenden Frosch auf der Spitze plätscherte fröhlich vor sich hin.

Herr Schweitzer dachte sich nichts dabei, als ein Glatzkopf mit Einkaufstaschen seinen Twingo an der Beifahrerseite passierte. Auch als er wenige Meter vor ihm die Straße überquerte, war das noch lange kein Grund zur Aufregung. Seine Gleichgültigkeit verflog erst, als der Mann ohne Haupthaar besagtes Haus ansteuerte. Der Amateurdetektiv erfaßte die Lage sofort und griff sich das Opernglas. Sein Interesse war geweckt. Auch wenn Herr Schweitzer den Typ auf höchstens fünfzig schätzte – Esterházy kam demzufolge nicht in Frage, der war ja bedeutend älter –, so konnte mitnichten ausgeschlossen werden, daß der kahlköpfige Herr eventuell ein Gehilfe war, der den brutalen Killer mit Essen und Getränken versorgte.

Bedauerlicherweise drehte sich der Mann nicht mehr zu ihm um. Durch sein Opernglas konnte Herr Schweitzer ihn nur im Profil betrachten, bevor die Haustür ins Schloß fiel.

Akribie war grundsätzlich nichts, was man ihm nachsagen konnte. Eine Ausnahme war allerdings Herrn Schweitzers Detektiverei. Hierbei ließ er oft eine Sorgfalt walten, die ihm im restlichen Leben fehlte. Nach abermaligem Intensivstudium des Phantombilds kam er zu dem Ergebnis, daß da vielleicht doch eine gewisse Ähnlichkeit nicht auszuschließen war. Und falls seine Theorie mit dem Extremsport zutraf, wer weiß, vielleicht war das eben tatsächlich der Esterházy. Allein, er glaubte es selbst nicht.

Blöd nur, daß Herr Schweitzer nicht eruieren konnte, welche Wohnungstür der Glatzkopf öffnete. Wäre es Nacht und Licht würde in einer der Wohnungen angehen, wäre die Sache klar. Aber so?! Das brachte ihn darauf, daß er noch gar nicht am Klingelbrett war. Mann, was bin ich bescheuert, dachte er nun und schlug sich auf die Stirn, das hätte ich doch längst tun müssen. Was, wenn der Esterházy gar nicht mehr hier wohnte? Telefonbücher wurden schließlich nicht täglich aktualisiert und neu aufgelegt. Außerdem hätte ich die angegebene Telefonnummer von zu Hause aus mal ausprobieren können, womöglich hätte ich mir die ganze Aktion hier sparen können.

So viel zu Herrn Schweitzers Akribie.

Er wollte gerade aussteigen, um seinen Fehler zu tilgen, schließlich stand hier sein solider Ruf auf dem Spiel, als ein Ereignis der perversen Art ihn fast umhaute. Im Nu war seine Atmung im Generalstreik und wildgewordenes Adrenalin flitzte im Zickzack durch den Körper. Herrn Schweitzers Gesichtsfarbe spottete jeder Beschreibung. Er japste nach Luft und seine Augen leuchteten wie bei einem Heroinflash. Das kann nicht sein, das darf nicht sein, das ist nicht so. Verfluchte Scheiße, ich muß weg von hier. Und zwar schnell, schneller, am schnellsten.

Was war passiert?

Unglaubliches war passiert.

Eigentlich sogar Unmögliches.

Andererseits, irgendwo mußte er ja wohnen.

Denn irgendwo wohnt jeder.

Manchmal, wenn das Leben es nicht gut mit einem meinte, auch unter der Brücke oder in der Gosse.

Herr Schweitzer hatte ihn sofort erkannt.

Er hätte ihn auch erkannt, wenn er im bunten Baströckchen und mit einem Kopfschmuck aus Indianerfedern auf ihn zugekommen wäre.

Wir sehen uns noch.

Nie und nimmer hatte er damit gerechnet, daß es zutreffen könnte.

Frankfurt ist doch eine Großstadt.

Anscheinend aber nicht groß genug.

This town ain't big enough for both of us. The Sparks

Wer?

Na klar, der Hüne aus der Alten Oper.

Bisher hatte er ihn nicht stehen sehen, weil er bei seiner Flucht aus dem Mozartsaal die Augen auf den Boden gerichtet hatte. Er maß zwei Meter, aber locker vom Hocker. Für Herrn Schweitzer waren es drei fünfzig.

Der Hüne war aus dem Haus mit der schon etwas verwitterten Fassade direkt neben seinem Twingo gekommen und hatte eine Sporttasche geschultert. Die Vermutung lag nahe, er sei auf dem Weg ins Boxtraining und wolle danach zum Ausklang noch ein bißchen mit 200-Kilo-Hanteln spielen.

In den lebhaftesten Farben malte sich Herr Schweitzer aus, was wohl geschehen mochte, wenn er jetzt erkannt wurde. Und was er sich ausmalte, wäre auf jedem weltweit existierenden Index gelandet, kein noch so begnadeter Regisseur von Horrorfilmen hätte sich so etwas ausdenken können. Herr Schweitzer sah sich schon auf die Größe einer Streichholzschachtel verarbeitet.

Noch blieben ihm etwa fünf Sekunden Zeit auszubüxen. Mit irre flatternder Hand ergriff er den im Zündschloß steckenden Schlüssel. Oh Herr, steh mir bei, ich bin doch noch so jung!

Herrn Schweitzer wurde sogar noch eine Galgenfrist eingeräumt, denn der Hüne öffnete seinen Briefkasten neben der Bio-Tonne und studierte die eingegangenen Postsendungen.

Jetzt aber! Er drehte den Schlüssel und gab Gas.

Autofahrer können ein Lied davon singen: Es nutzt überhaupt nichts, den Schlüssel zu drehen und Gas zu geben, wenn zur selben Zeit der erste Gang eingekuppelt ist und man vergißt, die Kupplung zu treten. Dann macht nämlich das Auto einen Satz nach vorne und der Motor ist abgewürgt.

Herrn Schweitzer kam zugute, daß die Parklücke für einen LKW hätte bestimmt sein können. So hatte er genügend Spielraum.

Zweiter Versuch. Selbes Spiel. So langsam wurde das Glück knapp.

Der Dilettantismus dort vorne auf dem Asphalt blieb auch dem Hünen nicht verborgen. Seine Kontoauszüge waren plötzlich unwichtig geworden. Mit unverhohlenem Interesse blickte er zum weißen Twingo. Als Macho, der er war, nahm er an, eine Frau sitze am Steuer. Oder ein Offenbacher. Das Nummernschild wurde aber von dem niedrigen, das Grundstück begrenzenden Mäuerchen verdeckt.

Er wollte gerade seine Hilfe anbieten – falls eine Frau am Lenker saß (einen Offenbacher hätte er sich selbst überlassen) –, als der Wagen mit aufheulendem Motor davonbrauste.

Das Glück, das eben noch knapp war, hatte sich wieder zu Herrn Schweitzer gesellt. Aus keiner der vorfahrtsberechtigten Seitenstraßen kam ein anderer Verkehrsteilnehmer gebogen.

Drei Minuten und zweiundvierzig Sekunden später stand der Twingo auf dem Hof eines konkursgegangenen Bauunternehmers zwischen Oberrad und Sachsenhausen. Der Motor lief noch und die Handbremse war angezogen. Herrn Schweitzers Kopf lag auf dem Lenkrad. Er sah aus wie tot, lebte aber noch.

Karel Esterházy hatte die Szene durch die Gardine beobachtet. Der potentielle Bruchpilot im weißen Twingo war auch so einer, dem er am liebsten den Garaus gemacht hätte. Dem Fahrlehrer obendrein. Nur allzu gut konnte er sich ausmalen, was alles passiert wäre, wenn gerade ein Mensch die Straße hätte überqueren wollen. Er fragte sich, ob Führerscheine heute per Losentscheid verteilt wurden, formte die Hand zur Pistole und jagte dem Twingo ein paar imaginäre blaue Bohnen hinterher.

Vorhin, als er beim Einkaufen an dem schnarchenden Kerl vorbeigelaufen war, war ihm kurz der Gedanken gekommen, hier mit einem ihn observierenden Kripobeamten konfrontiert zu sein. Daß ein Beamter im Dienst schlief, sprach dafür, sein Leibesumfang dagegen. Übergewichtige Staatsdiener waren meist zum Bürodienst verdonnert. Das wäre ja noch schöner! Rollende Kugelblitze auf Verbrecherjagd! Auch wenn der Staatsapparat mehr und mehr auf seine dekadenzbedingte Selbstzerstörung zusteuerte, so weit war es dann noch nicht. Noch nicht.

Hatte Esterházy vor einer Woche noch mehrmals täglich eine Verhaftung seiner Person befürchtet und war deswegen ständig zum Fenster gerannt, so hatte sich seine Paranoia spätestens nach seiner störungsfrei verlaufenen Einkaufstour fast schon verflüchtigt. Nur sporadisch gedachte er noch der Gefahr, in der er schwebte.

Seine Persönlichkeitsstruktur hatte sich inzwischen wieder so weit gefestigt, daß seine vage Idee einer Fernreise die Metamorphose zu einem obsessiven Verlangen durchlaufen hatte. Esterházy wollte raus hier. Seine nur rudimentären Fremdsprachenkenntnisse dürften kein Hinderungsgrund sein, ein paar Brocken Schulenglisch beherrschte er noch. Verhungern würde er also nicht und nirgendwo. Aber es sollte ein großes Land sein. Ein Land, in dem man untertauchen konnte und von niemandem behelligt wurde. Leute, die einen in Ruhe ließen und nicht ständig fragten, woher man kam und was man vorhatte. Weit weg und keine hohen Lebenshaltungskosten, das wäre ideal.

Brasilien? Indonesien? Äthiopien? Esterházy wußte nicht viel über diese Länder, aber das nette Fräulein aus dem Reisebüro würde ihn schon professionell beraten. Dafür war sie schließlich da.

Morgen. Genau! Ab morgen würde er ein neues Leben beginnen, sein Schicksal selbst in die Hand nehmen. Wohin seine Reise ging? Wer weiß? Die Wege des Herrn sind unergründlich.

Eine Hitzewelle jagte die nächste und ein Ende schien nicht in Sicht. Übellaunig und genervt von seiner Pechsträhne entstieg Herr Schweitzer dem Twingo. Wie ein Erdmännchen beobachtete er die nahe Offenbacher Landstraße, darauf vorbereitet, der Hüne komme mit der unehrenhaften Absicht des Weges, ihn zu Kleinholz zu verarbeiten.

Vielleicht sollte ich einen Lottoschein ausfüllen, überlegte er. Bei all dem Pech, das mir die letzten beiden Tage widerfahren ist, müßte zum Ausgleich ein Sechser mit Zusatzzahl her.

Damit lag Herr Schweitzer aber entschieden daneben. Wäre seine Analyse nämlich korrekt gewesen, hätte er zu dem Ergebnis kommen müssen, daß ohne seinen fulminanten Gastauftritt in der Alten Oper der Hüne lediglich ein anderer Konzertbesucher gewesen wäre, den er im Goldbergweg nicht wiedererkannt hätte und vor dem er vor allem keine Angst zu haben brauchte. Das eine hing also unmittelbar mit dem anderen zusammen. Fachleute nennen das Kausalitätskette. Aber wir wollen hier nicht kleinlich sein, in einer Woche kräht sowieso kein Hahn mehr danach.

Er hatte Durst. Autofahren ging aber nicht, noch waren seine Knie zu weich. Unsicheren Schrittes schlug Herr Schweitzer den Weg zur Tankstelle am Mühlberg ein.

Fünfzig Meter hatte er zurückgelegt, da bemerkte er das Fehlen des Autoschlüssels. Er machte kehrt.

Nicht nur, daß der Schlüssel noch steckte, oh nein, auch der Motor lief noch. Was bin ich bloß für ein Dabbes, schimpfte er mit sich, wenn das so weitergeht, laufe ich demnächst noch vor einen fahrenden Zug.

Der dergestalt von sich selbst gescholtene Herr Schweitzer machte die nächsten zweieinhalb Stunden alles richtig. Den Verschluß der

Colaflasche drehte er nach links und kam so an die prickelnd frische Flüssigkeit. Den Weg zurück zum Auto fand er auf Anhieb. Bei der Ausfahrt aus dem Grundstück sah er die Straßenbahn rechtzeitig. Selbst das Rot dreier Verkehrsampeln interpretierte er der Straßenverkehrsordnung gemäß als Aufforderung, so lange zu warten, bis das Rot einem kräftigen Gelb gewichen war. Die Hängematte in Marias Atriumgärtchen bestieg er zwar ungelenk, aber unfallfrei. Lediglich mit dem Schlaf haperte es, da er ja schon im Goldbergweg vorgesorgt hatte. Aber Herr Schweitzer war flexibel genug, sich mit einem profanen Vorsichhindösen zufriedenzugeben.

Pepsi sprang auf seinen Bauch, Maria war absent. Die blöde Fliege, die ihm anfangs auf der Nase herumtanzte, mußte nach einem blitzschnellen Konter die Hoffnung auf ewiges Leben ad acta legen.

„Du schläfst ja immer noch!"

Unbemerkt war Maria aufgetaucht.

Was heißt hier immer noch? „Ich hab doch nur gedöst."

„Ich weiß, Simon. Und die Erde ist rund."

„Ist sie das nicht?"

„Quatsch. Sie eiert als unförmige Masse durch die Gegend. Deswegen verschieben sich auch die Pole. Wußtest du das nicht?"

Herr Schweitzer wußte es tatsächlich nicht. „Jetzt schon."

„Rat mal, was ich hier in der Tasche habe."

„Steaks?"

„Simon, woher weißt du? Schmeiß schon mal den Grill an."

Nicht nur Herr Schweitzer hatte alles richtig gemacht, auch seine Maria hatte ein Händchen dafür, was wann gefragt war.

Nach dem herzhaften Mahl hatten sie sich darauf geeinigt, noch ein wenig die Abenddämmerung zu genießen und hernach das Weinfaß aufzusuchen.

Sie waren auf dem Weg nach Downtown Dribbdebach, als Herr Schweitzer einen Anruf vom Schmidt-Schmitt erhielt. Er säße mit Doris in einer neueröffneten Kneipe auf der Schweizer, schräg gegenüber vom Wagner. Ob er nicht kommen wolle, man habe hier, um

Kundschaft anzulocken, die Happy hour bis Mitternacht ausgedehnt. Ein Margarita koste nur zwei fuffzisch.

Herr Schweitzer selbst verlustierte sich nur selten an diesem mexikanischen Nationalgetränk, wußte aber um Marias diesbezügliche Vorliebe. Ohne sie zu fragen kündigte er ihr Kommen an.

Das Yucatán war proppevoll. Unter echten Hanfpalmen, die in tönernen Kübeln auf dem breiten Bürgersteig standen, tummelte sich allerlei Jungvolk. Sämtliche Tische und Stehtresen waren besetzt.

Der vorherige Pächter war einer erfolgreich erfolgten Drogenrazzia zum Opfer gefallen, erinnerte sich Herr Schweitzer. Das hatte in allen Zeitungen gestanden. Der Name der Kneipe war ihm aber entfallen. Jedenfalls wurde eifrig mit Designerdrogen gedealt. So eifrig und offensichtlich, daß der Polizei trotz der in Frankfurt herrschenden laxen Sitten auf diesem Gebiet gar keine andere Wahl mehr blieb, als den Laden dichtzumachen. Dealer, die sich lediglich ein bescheidenes Auskommen sicherten, ließ man in Ruhe. Diejenigen aber, die maßlos übertrieben, wurden dingfest gemacht, sofern man genügend Beweise heranschaffen konnte. Im Falle des Vorpächters wurden eine kleine Villa in Bad Homburg sowie zwei Luxusschlitten der Marken Jaguar und BMW konfisziert. Der Prozeß lief noch. Der Angeklagte mußte mit dem Schlimmsten rechnen.

Maria und Herr Schweitzer hatten sich erfolglos durch die Menschentraube gekämpft, als eine SMS einging. Doris und Mischa säßen im Innenraum.

„Na, ihr zwei Hübschen, voll hier, was?“ begrüßte sie der Oberkommissar.

„Kann man wohl so sagen“, bestätigte Maria.

„Setzt euch doch.“

„Hatten wir auch vor, du Witzbold“, entgegnete Herr Schweitzer. „Oder glaubst du, ich steh mir gerne die Beine in den Bauch?“

„Platz genug wäre ja.“

„Harhar.“

Später, als Maria von ihrem Margarita und Herr Schweitzer von seinem Apfelwein einen ersten Schluck genippt hatten, holte Schmidt-Schmitt einen in Geschenkpapier gewickelten Karton hervor. Er hatte die Größe einer Schuhschachtel. „Für dich. Herzlichen Glückwunsch zum Geburtstag."

Da er aber erst im November seinen nächsten Jahrestag feierte und Herr Schweitzer außerdem wußte, daß diese Tatsache seinem Kumpel bekannt war, vermutete er völlig zu recht einen ausgemachten Blödsinn in dem Karton. „Was ist das?"

„Mach auf. Du wirst schon sehen."

Doris Brenn-Scheidler tat, als habe sie mit alledem nichts zu tun, was den Aushilfsdetektiv nur in seiner Annahme bestätigte.

Er löste das rote Band und entfernte das Papier. Während dieser Tätigkeit warf er schon mal vorab böse Blicke auf Schmidt-Schmitt.

Wenig später stand ein monströser blauer Wecker mit Blechgehäuse auf dem Tisch. Aha, dachte Herr Schweitzer nun, die stille Sachsenhäuser Post funktioniert also nach wie vor. Er hatte die Anspielung verstanden. Blieb nur noch die Frage: „Warum so groß?"

Genau darauf hatte der Oberkommissar nur gewartet: „Damit er nicht in dein Jackett paßt."

Und während Doris die Augen verdrehte, Maria nur unmerklich grinste und Herr Schweitzer gute Miene zum bösen Spiel machte, warf sich der Schmidt-Schmitt vor Lachen schier weg.

„Buah, war der nicht klasse, buahuah, damit er nicht ins Jackett paßt."

Immer, wenn es schien, er habe sich endlich beruhigt, explodierte der Oberkommissar von neuem.

Irgendwann hatte Doris Brenn-Scheidler die Schnauze von Mischas Infantilismus gestrichen voll und begann, mit den Fingern auf den Tisch zu trommeln. „Sag mal, geht's noch?"

„Ähem." Langsam kam Schmidt-Schmitt wieder runter. „Ähem."

Herr Schweitzer: „Sag mal, hast du was geraucht?"

„Ich doch nicht, bin doch ein Bulle. So was machen wir nicht."

„Da hab ich aber schon ganz andere Sachen gehört. Haben wir nicht schon zusammen einen durchgezogen?"

„Gerüchte, alles nur Gerüchte. Weißt du eigentlich, was SEK bedeutet?"

Will der mich verarschen, fragte sich Herr Schweitzer verdrießlich. „Vielleicht Sondereinsatzkommando?"

„Fast. Nee, das ist eine Abkürzung dafür, was diese Kollegen den lieben langen Tag so veranstalten."

„Und das wäre?"

In Erwartung erneuten Blödsinns zog Doris die Stirn kraus.

Schmidt-Schmitt, den Mund bereits zu einem schelmischen Grinsen verzogen: „Sonnenbaden, Eierkraulen, Kiffen. SEK."

„Ach, schade", sagte die Kommissaranwärterin mit einem süffisanten Lächeln. „Da werde ich meine Bewerbung wohl zurückziehen müssen. Beim Eierkraulen muß ich leider passen."

„Wer sagt denn, daß es die eigenen sein müssen?"

Wir überspringen jetzt einfach mal die nächsten Minuten, da wurde weiterhin nur geflachst und dummes Zeug geredet.

Erst als immer mehr Leute in die Gaststube kamen, weil draußen wegen der Nachbarn Nachtruhe nicht mehr bedient wurde, hatte Schmidt-Schmitt sein Pulver verschossen. Er war wieder ernst und ansprechbar.

Diesen Umstand nutzend fragte Herr Schweitzer nach Neuigkeiten in der Mordserie.

Es gab keine, wie verhext sei alles.

Da er bereits um seines Kumpels Einstellung zu seiner Theorie wußte, wandte er sich direkt an Doris: „Kannst du dir eigentlich vorstellen, daß es vielleicht doch der Esterházy war, als später Racheengel, sozusagen?"

Gedankenverloren blickte die Kommissaranwärterin Herrn Schweitzer in die Augen, sagte aber nichts.

Zwanzig Sekunden waren verstrichen, da bewegte sie ganz leicht ihre Lippen. Ein Ton kam dabei aber nicht heraus.

Herr Schweitzer war irritiert. Er wußte nicht, was er davon halten sollte. Es schien, als kämpfe Doris mit sich. Später, als alles vorbei war, sollte er sich an diese Szene wieder erinnern.

„Huhu, Doris, bist du noch da?" fragte der Oberkommissar. Mit der rechten Hand wedelte er vor ihren Augen, um sicherzugehen, daß sie nicht gänzlich weggetreten war.

„Äh, ja, natürlich. Nein, Simon, ich weiß nicht."

Herr Schweitzer ließ es dabei bewenden und wandte sich wieder praktischeren Dingen zu. „Sagt mal, kann mir einer von euch sein Auto leihen? Ist nur für kurze Zeit. Meins ist gerade ... äh ... weg."

Maria: „Wie? Der Twingo steht doch bei mir in der Einfahrt."

„Ich meine, ich kann ihn nicht mehr benutzen, weil der Typ, den ich gerade in einem anderen Fall beschatte, könnte meinen Twingo gesehen haben."

Herr Schweitzer hatte keine Lust auf ausschweifende Erklärungen. Er dachte dabei an den Hünen. Vor Esterházy fürchtete er sich nicht. Was eigentlich irrational war, denn ob das Muskelpaket je einer Fliege etwas zuleide getan hatte, war nicht bekannt. Falls seine Theorie zutraf, dann ging vom Esterházy bedeutend mehr Gefahr aus. Und die Mordwaffe wurde ja auch nicht gefunden, konnte sich also noch in dessen Besitz befinden.

„Du hast einen neuen Fall? Das hast du mir gar nicht erzählt", sagte Maria.

„Erzähl ich dir später. Ein Einbruch ...", flüchtete sich Herr Schweitzer in vage Andeutungen. Sein Kumpel sollte nicht wissen, daß er den Esterházy bereits im Visier hatte. Zu Notlügen griff er nur selten.

„Ich hätte einen Wagen für dich", sagte Schmidt-Schmitt zu seiner Überraschung.

„Echt?"

„Ja. Ein Freund von mir aus Mannheim ist gestern von Frankfurt aus mit seiner Familie in den Urlaub geflogen. Der Wagen steht am Hinterausgang vom Südbahnhof. Den Schlüssel hab ich einstecken." Dann überkamen den Oberkommissar aber doch Zweifel. „Hm? Ich weiß nicht, ob Klaus damit einverstanden wäre. Er hat zwar gesagt, ich könne mit dem Auto machen, was ich wolle, aber ..."

„Aber was?"

„Simon, sei mir bitte nicht böse, aber ich bin schon bei dir mitgefahren und, na ja, so ein Auto ist auch nur ein Mensch."

„Idiot."

„Von mir aus." Daß er einen inneren Kampf ausfocht, war ihm anzusehen. Es war ausnahmsweise kein Spiel von ihm.

Kurz darauf hatte er sich aber dennoch durchgerungen. „Okay. Ich sag's dir aber gleich, der Käfer ist eine absolute Schrottkiste. Und wenn ich Schrottkiste sage, dann meine ich auch Schrottkiste." Dann konnte er sich ein Grinsen nicht verkneifen. „Nur deswegen kriegst du ihn auch. Zur Not kann ich den Schaden aus eigener Tasche bezahlen. Die fünfzig Euro kann ich noch erübrigen." Er überreichte Herrn Schweitzer den Schlüssel.

„Ich danke dir recht herzlich. Du hast was gut bei mir."

„Das höre ich gerne. Hier ist mein Deckel. Aber da ist noch was."

„Hm?"

„Der erste Gang ist kaputt, du mußt im zweiten anfahren. Und immer schön viel Gas geben, hörst du?" Es klang, als erkläre er gerade einem kleinen Bub die Welt.

„Ich bin doch nicht blöd."

Michael Schmidt-Schmitt verkniff sich weitere Kommentare.

Neuer Tag, neues Glück. So hatte sich Karel Esterházy beim Aufstehen selbst motiviert. Nun war er schon drei Stunden wach und wartete darauf, endlich runter ins Oberräder Reisebüro gehen zu können.

Viertel vor zehn. Er zog seine schwarzen Lederschuhe an, die schon bessere Tage gesehen hatten und so alt waren, daß er sich nicht erinnerte, sie je gekauft zu haben. Er beschloß, sich neue zuzulegen. Wer weiß, ob es dort, wohin ihn seine Reise führte, Lederschuhe in gewünschter Qualität gab.

Im Flur grüßte er seine Nachbarin, die Stewardeß, die gerade aus Malmö kam. Er fragte sich, ob er sie ansprechen sollte, bestimmt kannte sie sich mit Billigflügen aus, ließ es aber sein. Auf ihrem Koffer prangte die schwedische Flagge. Falsche Richtung, konstatierte Esterházy.

Unten war gerade der Briefträger zugange. Die Temperatur lag jetzt schon bei fünfundzwanzig Grad. Er war noch weit davon entfernt, sich sicher zu fühlen. Instinktiv suchte er nach dem weißen Twingo von gestern. Die meisten anderen Autos, die hier sonst parkten, waren ihm bekannt. Nicht daß es ihn großartig beunruhigt hätte, stünde der Twingo schon wieder hier, aber ihn nicht zu sehen, war natürlich weniger besorgniserregend. Leichtfüßig und beschwingt setzte Esterházy seinen Weg fort.

Im Schuhgeschäft erwarb er braune Schnürschuhe aus rauhem Büffelleder. Gleich das erste Paar hatte gepaßt. Er war ein angenehmer Kunde, weder anspruchsvoll noch geizig.

Im Reisebüro ging's nicht ganz so schnell. Nach fünfzehn Minuten waren in der engeren Auswahl noch Brasilien und Südafrika. In beiden Ländern hatte es deutsche Kolonien, die eine Integration immens erleichterten. Das war nicht ganz unerheblich, denn etliche Probleme, von denen er noch nicht ahnte, wie sie aussahen, würden auf ihn warten. Sie zumindest teilweise auf deutsch lösen zu können, wäre eine prima Sache.

Letztendlich entschied sich Esterházy für Brasilien. Südafrika klang zwar auch ganz gut, aber dort fand im kommenden Jahr die Fußball-WM statt. Und das bedeutete verdammt viel Trubel. Außerdem hatte Brasilien den Vorteil, von Staaten umgeben zu sein, in denen halbwegs betuchte Ausländer traditionell problemlos abtauchen konnten. Vielleicht würde sein Konterfei doch noch irgendwann auf der Fahndungsliste von Interpol auftauchen. Besser, man kalkulierte alle Eventualitäten mit ein. Brasilien also. Genauer gesagt: Rio de Janeiro. Soweit sich Esterházy erinnerte, hatte dort der legendäre Bankräuber Ronald Arthur Biggs einen Großteil seiner Tage verbracht. Daß es ein erst kürzlich durch eine Stornierung freigewordener Platz in der ersten Klasse war, störte ihn nicht. Auch nicht, daß der Flug auf Morgen terminiert war. Je früher, desto besser.

Auf dem Nachhauseweg übte er schon mal Englisch. Portugiesisch käme später vor Ort dran. Wenn er sich erst mal eingelebt hatte. I come from Germany. I am born in Cologne (seine neue Legende). I am hungry, you have meat for eat? (Na ja, da ist noch Spielraum nach oben.)

Sein neugewonnenes Glücksgefühl fand ein jähes Ende, als er in der Nähe seines Hauses einen ziemlich verbeulten hellblauen Käfer 1302 erblickte, an dessen Steuer der Typ von gestern hockte. Die Verkleidung mit dem Strohhut war einfach nur lächerlich. Sämtliche Alarmglocken schrillten. Ein anderes Auto konnte bedeuten, das Früchtchen dort im Käfer machte einen auf Tarnung. Der Strohhut sprach auch dafür.

Esterházy war mehr als verwirrt. Wie war die neue Situation zu bewerten? War der schräge Typ etwa doch ein Bulle oder wollte der ihn bloß veräppeln? Oder beides? Jedenfalls konnte es nicht schaden, genau das herauszukriegen.

Als er auf gleicher Höhe war, begegneten sich ihre Blicke.

An diesem Morgen hatte sich Herr Schweitzer für seine Verhältnisse recht früh auf den Weg nach Oberrad gemacht. Er hatte einen guten Tag erwischt, so schien es. Nur einmal hatte er den Motor beim Ausparken abgewürgt. Er hatte noch keine Erfahrung damit, im zweiten Gang anzufahren. Aber er war lernfähig. Der ganze Trick bestand darin, einfach mehr Stoff zu geben. Bereits an der Radarfalle am Oberräder Ortseingang konnte er virtuos mit dem Gaspedal umgehen. Es blitzte. Na und?

Genau zwei Tage wollte er sich Zeit geben. Wenn er bis dahin nicht das Gefühl hatte, der Esterházy sei der gesuchte Mörder von Jens Auer, würde er sich wieder seinem Lieblingshobby widmen, welches da Müßiggang hieß. Schon jetzt zu dieser frühen Stunde spannte sich ein makelloser blauer Baldachin von West nach Ost, von Nord nach Süd. Nicht einmal der Hauch eines Wölkchens trübte den Himmel. Was lag also näher, als sich ab übermorgen wieder in die Hängematte zu verziehen?

Noch war Herrn Schweitzers ärgster Gegner der Hüne. Deswegen auch der Strohhut. Das sollte sich aber alsbald ändern.

Beim Metzger hatte er zwei Leberkäsbrötchen erstanden. Eine Flasche Mineralwasser lag auf dem Beifahrersitz. Für heute hatte er keine weiteren Termine. Er wollte so lange ausharren, bis etwas passierte. Egal was. Geduld ist eine Jägertugend. Nicht einmal der Hüne sollte ihn aus der Ruhe bringen. Das hatte er sich ganz fest vorgenommen.

Herr Schweitzer ergatterte denselben Parkplatz wie gestern. Die Rückspiegel, innen wie außen, waren so eingestellt, daß er den gesamten Goldbergweg bis zur Kreuzung im Blickfeld hatte.

Er hatte gerade das erste Brötchen vertilgt, als der bereits bekannte Glatzkopf an der Ecke zur Buchrainstraße auftauchte. Das Opernglas lag griffbereit im Schoß. Zur Sicherheit warf er noch einen Blick auf die akkurat getrimmte Hecke, hinter der gestern der Hüne erschienen war. Den linken Außenspiegel unterwarf er noch einer Feinjustierung. Herr Schweitzer war in seinem Element und hochkonzentriert.

Drei Meter hinter dem Käfer betrat der Glatzkopf die Straße. Eine Plastiktüte baumelte in seiner rechten Hand.

War es Zufall, daß gerade jetzt ein kleiner Lieferwagen entgegenkam? Jedenfalls näherte sich der Glatzkopf, anstatt die Straße zu überqueren, ganz gemächlich seinem Wagen von hinten.

Dann stand er direkt neben ihm, um den Lieferwagen passieren zu lassen. Durch das offene Fenster hätte ihn Herr Schweitzer berühren können. Plötzlich drehte sich der Kahlköpfige um und blickte ihm mitten ins Gesicht.

Und während sich Esterházy fragte, ob so ein Bulle aussieht, stellte sich Herr Schweitzer eine ähnlich gelagerte Frage. Sieht so ein Mörder aus?

Trotz eines letzten Restzweifels antwortete der Gejagte mit ‚Nein', der Jäger hingegen mit ‚Vielleicht'.

Es war der Restzweifel, der Jens Auers Mörder, nachdem er zurück in seiner Wohnung war, dazu veranlaßte, die Gardine beiseite zu schieben, um den Käfer erneut in Augenschein zu nehmen. Und weil Esterházy alles andere als blöd war, verdächtigte er den dicken Strohhut-Menschen tatsächlich der Privatdetektiverei, wenn auch nur halbherzig. Doch wer sollte ihn beschatten lassen? Wer könnte einen Grund dafür haben? Esterházy schüttelte den Kopf. Nichtsdestotrotz ging er alle Möglichkeiten durch. Bei insgesamt drei Morden war das gar nicht so einfach.

Fünf Minuten stand er reglos am Fenster. Dann mußte er sich eingestehen, daß nichts, aber auch rein gar nichts diese seine These untermauern konnte. Ganz im Gegenteil. Kein Privatschnüffler fährt eine derartige Rostbeule wie der Knilch dort unten. Nicht in Deutschland. In Sierra Leone vielleicht, aber nie und nimmer hierzulande. Selbst mit dem Fahrrad hätte er ihn in Nullkommanix abgehängt. Wenn die Schrottkarre von Käfer die nächsten Meter überhaupt überstand. Woran er stark zweifelte. Obwohl, so ein VW, der rollt ja bekanntlich, und rollt und rollt. Und außerdem, so schien es ihm, umgab den Typ irgendwie eine beschissene Aura, auch wenn er sie nicht näher definieren konnte.

Esterházy beschloß, sich endgültig zu vergewissern. Nun, da er wieder Gefallen am Leben gefunden hatte, durften ihm nichts und niemand in die Quere kommen. Schon gar nicht ein solcher Amateur, der sich nicht einmal ein anständiges Auto leisten konnte.

Er zog sich seine Trainingsklamotten an.

Herr Schweitzer hatte sich derweil mit Feuereifer ins Phantombild vertieft. Aus der Brötchentüte hatte er sich ein paar Schnipsel herausgerissen, mit denen er die Frisur bedeckte. Klar, so ein Mörder läuft ja nicht alle Tage mit demselben Haarschnitt herum, zumal dann nicht, wenn er halbwegs was in der Birne hat und sämtliche Zeitungen sein Konterfei veröffentlicht haben. Er, Herr Schweitzer, würde es genauso machen, wären die Bullen mit Mann und Maus hinter ihm her. Eine bahnbrechende Erkenntnis war das aber nicht gerade.

Optimistisch stimmte ihn der Umstand, daß der Esterházy, falls er es tatsächlich sein sollte, für sein Alter sehr jung wirkte. Nase und Mundpartie stimmten auch überein. Nur die Augen standen in Wirklichkeit etwas enger zusammen als auf dem Pantombild, wenn auch nur minimal. Insgesamt jedoch waren die Übereinstimmungen dazu angetan, noch etwas länger am Ball zu bleiben, es könnte sich lohnen. Herr Schweitzer sah eine weitere Sternstunde der Verbrechensbekämpfung auf sich zukommen.

Und dann ereilte ihn auch noch ein bißchen Glück. Das Leben ist halt doch gerecht. So, wie der Hüne ein Tiefschlag war, wurde nun für einen Ausgleich gesorgt.

Drüben öffnete sich die Tür und der Glatzkopf erschien in kurzer schwarzer Sporthose und Turnschuhen. Bereits auf dem Gehweg fing er zu joggen an.

Sofort dachte Herr Schweitzer an Joschka Fischer und wie Extremsport des Menschen Erscheinungsbild radikal veränderte.

Nach etwa zehn Metern blieb der vermeintliche Mörder stehen und tauschte ein paar Sätze mit einer adretten Dame aus. Dann setzte er sich wieder in Trab.

Justament als er den Motor starten wollte, um die Verfolgung aufzunehmen, öffnete die Dame das Gartentor, aus dem kurz zuvor der

Kahlköpfige getreten war. Wenn auch Herr Schweitzer im übrigen Leben eher behäbig und träge daherkommen mag, jetzt blühte er förmlich auf. Wieselflink, oder besser, so schnell, wie man es einem Mann seiner Gewichtsklasse kaum zugetraut hätte, entstieg er dem Käfer und huschte über die Straße.

Zugute kam ihm, daß es die adrette Dame nicht eilig hatte. Während sie noch ihren Schlüssel in der Handtasche suchte, was bei Frauen aus Tradition ein langwieriger Prozeß ist, hatte Herr Schweitzer bereits die eloxierte Aluminiumtür erreicht. Er klingelte bei Esterházy.

„Den Herrn Esterházy haben Sie gerade verpaßt. Der ist joggen."

Darauf hatte Herr Schweitzer gebaut. Wäre das also auch geklärt. „Oh, danke. Dann probiere ich's später noch mal."

Von einer weiteren Verfolgung nahm er Abstand. Früher oder später mußte er ja wieder auftauchen. Eine Flucht in Sportklamotten und ohne Papiere konnte nahezu ausgeschlossen werden.

Doch auch Esterházy war schwer auf Draht. An der Ecke zur Mathildenstraße blieb er stehen und tat, als sei ein Schnürsenkel aufgegangen. Hinter einem schwarzen Opel Corsa bückte er sich. Aus den Augenwinkeln sah er seine Nachbarin, die Stewardeß, wie sie sich mit dieser Karikatur von Privatbullen unterhielt. Offenbar erteilte sie ihm gerade freigiebig Auskunft. Natürlich, der Dicke fragt sie über mich aus, dachte er.

Esterházy joggte über die Oberräder Gärten, durch die Unterführung beim alten Bahnwärterhäuschen und weiter bis zur Gerbermühle. An den Tennisplätzen absolvierte er noch ein paar Dehnübungen, dann setzte er sich auf eine Bank. Unter anderem fehlte es ihm heute an Biß.

Ein Frachtschiff aus Polen fuhr durch das geöffnete Schleusentor. Rosa Unterwäsche baumelte an einer Leine und ein Schäferhund bellte zum Ufer rüber.

Der Serienkiller überdachte sein weiteres Vorgehen.

Herr Schweitzer tat gerade dasselbe. Er saß wieder im Käfer und schwitzte. Das Seitenfenster ließ sich nicht öffnen, weil das Gewinde der Kurbel plötzlich durchdrehte.

Er wußte nicht mehr weiter, war an seine Grenzen angelangt. Die

Chancen, daß dieser Esterházy tatsächlich mit dem Phantombild identisch war, schätzte er gar nicht mal so schlecht ein. Doch von nun an wäre professionelle Hilfe nötig. Herr Schweitzer konnte ja schlecht ins Haus gehen, Esterházys Wohnungstür aufbrechen und nach der Mordwaffe suchen. Ganz zu schweigen davon, daß er gar keine Schlösser knacken konnte. Er fühlte sich vom Oberkommissar im Stich gelassen. Der Schmidt-Schmitt war doch sonst auch immer auf seiner Seite. Warum bloß diesmal nicht? Er grübelte und grübelte.

Auch nach zehn Minuten war dabei noch nichts Brauchbares herausgekommen. Herrn Schweitzers Optimismus war aufgebraucht. Ein weiteres Mal den Oberkommissar anrufen und eindringlich auf ihn einreden würde auch nichts bringen, so stur, wie der war.

Ein klein wenig erfolgversprechender schien da schon seine Idee, einfach anonym im Präsidium anzurufen und steif und fest zu behaupten, die Tatwaffe im Mordfall Jens Auer befände sich unter dem Sofa in Karel Esterházys Wohnung. Dann mußten sie nämlich reagieren. Und ganz vielleicht träfe das dann ja auch zu. Ein Glückstreffer, sozusagen. Oder sie fanden einen anderen Beweis, falls die Waffe nicht auffindbar war.

Herr Schweitzer aber machte lieber Nägel mit Köpfen. Den Kopf, Esterházys Kopf, hatte er. Fehlten nur noch die Nägel. Aber wie sollten die aussehen?

Die nächsten Minuten bemühte er sich intensiv um alternative Möglichkeiten der Beweisführung. Seine Gehirnwindungen liefen heiß. Vor lauter Nachdenken traten blaue Äderchen an den Schläfen hervor.

Nach einer halben Stunde fragte sich Herr Schweitzer, was mit ihm los sei. Er war doch sonst nicht so auf den Kopf gefallen und nie um eine Antwort verlegen. Sollte der anonyme Anruf in der Tat die letzte ihm verbleibende Möglichkeit sein?

Während sein Verfolger, von welchem Verein auch immer der war, vermutlich auf ihn wartete, hatte Esterházy einen Entschluß gefaßt. Einen Entschluß, so unumgänglich wie zwingend erforderlich. Schließlich sollte sein Flieger morgen gen Rio abheben. Und er, Esterházy, wollte unbedingt mit an Bord sein.

Wie um seinen eisernen Willen sich selbst gegenüber zu demonstrieren, absolvierte er fünfzig Liegestütze. Vor Kraft und Selbstbewußtsein strotzend joggte er zurück.

Der traurigen Gestalt von Privatdetektiv sah man seine Enttäuschung an. Kein Geistesblitz, keine sensationell clevere Idee hatte ihn heimgesucht.

Herr Schweitzer wollte noch abwarten, bis der Esterházy wieder zu Hause war, und hernach eine öffentliche Telefonzelle aufsuchen. Mit dem anonymen Anruf könnte er sich nicht einmal den winzigsten verwelkten Lorbeerkranz aufsetzen. Aber was soll's, Hauptsache er hatte der Gerechtigkeit auf die Sprünge geholfen. Das wäre doch schon mal was. Wenn auch mitnichten das, was einem Heroen wie ihm normalerweise zustand. Aber noch viel schlimmer wäre es, die Kripo würde dann bei der Hausdurchsuchung keinen einzigen Beweis finden. Vielleicht auch deshalb, weil es gar keine Beweise gab, er den Esterházy völlig zu Unrecht verdächtigte. Aber daran wollte er lieber nicht denken.

Der zurückgekehrte Jogger hatte die Haustür aufgeschlossen und drehte sich noch einmal in seine Richtung um. Herr Schweitzer blickte in ein diabolisch grinsendes Gesicht.

Er wollte gerade den Motor starten, als auf seinem Handy ein Anruf einging. Es war Maria, die ihm den Eingang eines neuen Auftrags mitteilte. Dazu muß man wissen, daß Herr Schweitzer sich vor circa anderthalb Jahren eine Website einrichten ließ, um seine Dienste als Sachsenhäuser Privatdetektiv anzubieten. Es war Marias Vorschlag gewesen. Sie war es auch, die die Pflege selbiger übernahm, weil man von unserem Held mit Fug und Recht behaupten konnte, auf dem IT-Gebiet ein ausgemachter Dösbaddel zu sein. Obendrein besaß er ja auch kein Büro wie die anderen seines Fachs. Viel gebracht hatte die Website bislang nicht, was aber auch daran lag, daß Herr Schweitzer die meisten Anfragen einfach abschmetterte. Entweder war der Zeitpunkt ungünstig, als Privatier hatte er oft einen vollen Terminkalender (Mittagsschlaf, Müßiggang, Weinfaß), oder der Fall sagte ihm nicht zu. Immerhin hatte er im Februar dieses Jahres zweitausend Euro für die Wiederbeschaffung einer entlaufenen Töle kassiert. Die überkandidelte Besitzerin hatte Geld wie Heu, residierte wie Maria von der Heide auf dem Lerchesberg, Heimat des Frankfurter Geldadels, und hatte ihm die Scheine ohne mit der Wimper zu zucken ausgehändigt. Daß er den bescheuerten Wauwau, einen wuscheligen Havaneser mit blauer Haarschleife, der mehr piepste als daß er bellte, in einem Tierheim aufspüren konnte, hatte Herr Schweitzer bei der Übergabe tunlichst verschwiegen. Der Dame war's egal. Sie war überglücklich, als sie ihr ‚Baby' (O-Ton von Frauchen) wieder in den Armen halten und knuddeln konnte. ‚Sie haben mein Leben gerettet', hatte sie zum Abschied gesagt. Dessen war sich Herr Schweitzer sicher, auch wenn er mit dem Begriff ‚Leben' in diesem speziellen Fall so seine Schwierigkeiten hatte.

Nun also eine erneute Anfrage. „Du, Maria, ich ruf dich zurück. Hab gerade keine Zeit."

„Gut. Wann kommst du?"

„Später."

„Aha. Gut. Dann bis später."

Kaum war das Gespräch beendet, ging die Beifahrertür auf. Sein erster Gedanke galt dem Hünen, der ihn nun nach allen Regeln der Kunst vermöbeln würde. Sein Blut war dementsprechend schockgefroren. Mit Gewalt mußte sich Herr Schweitzer dazu durchringen, seinen Kopf ein wenig nach rechts zu drehen. Was er sah, trug nicht dazu bei zu glauben, das mit seinen in Kürze gebrochenen Knochen werde schon wieder. Er blickte in den Lauf einer Pistole.

Unter normalen Umständen hätte er sicherlich geschlußfolgert, daß das aber ein bißchen übertrieben sei, ihn wegen der zugegebenermaßen unsäglichen Wecker-Geschichte in der Alten Oper mit einem glatten Herzdurchschuß zu züchtigen. Er hätte doch mit sich reden lassen. Eine solche rabiate Methode ...

Es war aber gar nicht der Hüne. Der auch so schon abwechslungsreiche Tag wurde noch abwechslungsreicher, denn es war Esterházy, der sich zu Herrn Schweitzer gesellte. Wo kam der denn plötzlich her? Aus der Haustür jedenfalls nicht, denn die hatte er ja die ganze Zeit im Blickfeld gehabt.

„Na, Schnüffler. Wie geht's?"

Herr Schweitzer guckte wie ein Trostpreis. Von klein auf hatte er einen gehörigen Respekt vor Pistolen. Während der Faschingszeit hatte er sich stets in seinem Kinderzimmer verkrochen. Das laute Knallen der Zündplättchen und Feuerwerkskörper war nichts für sein sensibles Gemüt. „Äh ..."

„Äh ...", äffte Esterházy ihn nach. „Mehr fällt Ihnen wohl nicht ein?!"

Der Serienkiller hatte, ob Zufall oder nicht, genau ins Schwarze getroffen. Herrn Schweitzer fiel wirklich nichts mehr ein. Außer vielleicht, daß so ein Strohhut noch lange keine perfekte Tarnung ausmachte. Aber dafür war es jetzt eh zu spät. „Äh, nein ... fällt nix ein." Auch einer geordneten Sprache war er momentan nicht mächtig.

„Sie wissen, wie's weitergeht?"

Nein, das wußte Herr Schweitzer nicht. Er wollte es auch gar nicht wissen. Aber er hatte noch einen Trick in petto: „Sie lassen mich laufen und wir vergessen die ganze Sache?"

Karel Esterházy kniff die Augen zusammen.

Herr Schweitzer schöpfte Hoffnung.

Der Serienkiller machte das zarte Pflänzlein zunichte: „Hm, eigentlich ein guter Vorschlag, aber leider ... Leider! Sie steigen jetzt ganz ruhig aus und gehen rüber zur Haustür. Sie wissen ja, wo ich wohne?!"

In Anbetracht der Sachlage war Leugnen zwecklos: „Ja, da drüben."

„Gut. Ich werde immer hinter Ihnen sein. Falls Sie irgendwelche Sperenzchen planen, denken Sie bitte daran, die Pistole ist geladen."

Daran zweifelte Herr Schweitzer keinen Moment. Natürlich war er noch irre aufgeregt. Wer wäre das nicht? Aber sein Puls hatte sich zumindest insoweit wieder normalisiert, daß momentan keine Gefahr eines Herzinfarkts bestand. „Ja, ich weiß."

Er stieg aus.

Esterházy drückte ihm den Schlüsselbund in die Hand. „Es ist der mit dem gelben Gummi."

„Okay."

Kurze Zeit später saß Herr Schweitzer auf einem Sofa und Karel Esterházy ihm gegenüber.

„Ich öffne mal kurz das Fenster. Sie sehen blaß aus."

„Ja."

„So! Das hätten wir. Nun erzählen Sie mal, warum Sie mich beschatten. Wer hat Ihnen den Auftrag erteilt? Sie sind doch Privatdetektiv oder täusche ich mich etwa?"

„Nein, Sie täuschen sich nicht."

„Gut, dann mal los!"

Herr Schweitzer ging in die Vollen: „Sie haben einen Kumpel von mir ermordet."

„Wen?"

Sofort bereute Esterházy diesen Schnellschuß.

Dem tief in der Bredouille sitzenden Aushilfsdetektiv entglitten die Gesichtszüge. Nun guckte er nicht mehr wie ein Trostpreis, sondern wie einer, dem der Arzt gerade geraten hatte, sich keine Langspielplatte mehr zu kaufen, eine Single tut's auch. Herrn Schweitzer war die Tragweite von Esterházys Gegenfrage durchaus bewußt. Schmidt-Schmitts Äußerung, man untersuche, ob die drei Morde irgendwie zusammenhängen, kam ihm in den Sinn. Und nicht nur das. Es ist nämlich ein gewaltiger Unterschied, einem bewaffneten Typen gegenüber zu sitzen, der lediglich den Tod seiner geliebten Tochter gerächt, als jemandem, der aus lauter Spaß an der Freude halb Frankfurt über den Jordan befördert hatte. Au weia! Fort war das bißchen Optimismus, doch noch irgendwie mit der Situation fertig werden zu können. Die Weisheit, Optimismus sei nur der Mangel an Information, hatte sich auf nachhaltige Weise bestätigt. Nun war er im Besitz der Information. Sie als niederschmetternd zu bezeichnen wäre purer Euphemismus. Herr Schweitzer betrachtete die noch immer auf ihn gerichtete Pistole. Sie hatte plötzlich das Kaliber einer Flugabwehrkanone, kurz Flak genannt. „Jens Auer", antwortete er resigniert.

„So, so, der also", entgegnete Karel Esterházy in einem ebenso betulichen wie nachdenklichen Tonfall.

War Herr Schweitzer vorhin in die Vollen gegangen, so ruderte er nun zurück. Zwar lag es ihm auf der Zunge, zu sagen, daß es mit den beiden anderen zusammen insgesamt also drei Morde seien, derer sich sein Gegenüber schuldig gemacht hatte, aber er scheute die hypothetische Korrektur Esterházys. Die hätte nämlich durchaus lauten können:

‚Falsch. Mit Ihnen sind es vier. Können Sie nicht zählen?' Nein, nein und nochmals nein, die Nummer Vier zu sein, ist nicht fein. Da mußte eine andere Lösung her.

Esterházy stand auf. Sein Interesse an Herrn Schweitzer war vorerst erloschen. Er wollte nicht mehr wissen, wie ihm der Schnüffler auf die Spur gekommen war. „Ich gehe jetzt mal kurz ins Nebenzimmer. Bin gleich wieder da. Sie können ja so lange aus dem Fenster springen."

Herr Schweitzer fragte sich, ob das jetzt ironisch gemeint war. Ganz sicher war er sich da nicht, denn so ein Oberräder Fenstersturz versprach im Gegensatz zum Prager die eine oder andere Überlebenschance. Sollte er sie nutzen? Nicht daß ich gleich erschossen werde und mich dann ärgere, sie vertan zu haben.

Doch Esterházy war schneller zurück als gedacht. In seiner Linken hielt er eine Rolle braunes Klebeband. „Sie entschuldigen?! Aber ich muß noch packen. Hände vor!"

Er tat wie befohlen. Ein Angriff erschien angesichts des waffentechnischen Ungleichgewichts – vergleiche Warschauer Pakt/Nato – ohnehin sinnlos. Denn Herrn Schweitzers einzige, in vielen Schlachten erprobte Waffe war sein massiger Körper, und diesen jetzt einzusetzen käme einem Himmelfahrtskommando gleich.

Der Serienkiller fuhrwerkte unbeholfen herum. „Äh, so geht das nicht." Er wechselte die SIG Sauer in die linke, das Klebeband in die rechte Hand. Mit den Zähnen biß er in das lose Ende und zerrte ein wenig daran. Als etwa zehn Zentimeter abgezogen waren, reichte er es dem Gefangenen und befahl: „Ziehen!"

Gewöhnlich ekelte sich Herr Schweitzer vor fremder Leute Spucke. Aus nachvollziehbaren Gründen stellte er diesen Abscheu aber erst einmal hinten an. Er zog am glitschigen Klebeband.

„Stop! Gut so."

Im Nu waren Herrn Schweitzers Hände gefesselt.

„Jetzt die Füße."

Als Esterházy fertig war: „Sie bewegen sich nicht von hier fort!"

Sein Peiniger verschwand im Nebenzimmer und blieb dort eine Weile. Herr Schweitzer hatte also Zeit, ein wenig über seine mißliche Lage nachzudenken. Und mißlich war sie, seine Lage, so viel stand außer Frage. Als erstes machte er sich in Gedanken eine Liste, was zu tun ihm alles verwehrt war. Und das war eine ganze Menge. Betrübt betrachtete er seine gefesselten Hände.

Doch nicht alles war so negativ, wie es auf den ersten Blick schien. Da war zum einen der Serienkiller selbst, der bei allem Blut an seinen Händen eher wie ein fürsorglicher Familienvater daherkam, mit dem es sich reden ließ. Zum anderen hatte er, Herr Schweitzer, keinen Knebel zwischen den Zähnen. Mundtot war er also nicht. Daraus ergab sich immerhin die Option einer psychologischen Kriegsführung. Doch wie sollte diese aussehen? Das Stockholm-Syndrom fiel ihm ein. Aber wie verbrüdert man sich mit einem zu allem entschlossenen Killer? War er überhaupt zu allem entschlossen? Oder sah er seine Arbeit als bereits erledigt an?

Bei der letzten Frage blieb Herr Schweitzer hängen, denn die Beantwortung selbiger ließ ein Fünkchen Hoffnung erglimmen. Sähe der Esterházy seine Arbeit nämlich als erledigt an, bräuchte er ihn, den Herrn Schweitzer, nicht auch noch zu erledigen. Das wäre ziemlich klasse. Darauf konnte man bauen. Eine goldene Zukunft zum Beispiel. Ach, sagte er sich, golden muß sie doch gar nicht sein, Zukunft reicht völlig. Maria, Weinfaß, Joint, Pepsi, Hängematte. So könnte sie aussehen, seine Zukunft. Wie seine Vergangenheit eben. Veränderungen sind doch nur dann nötig, wenn mit der Gegenwart etwas nicht stimmt. Und genau hier lag der Hase im Pfeffer begraben: die Gegenwart. Um sie zu ändern, mußte der alte Zustand wieder hergestellt werden, egal wie, denn erst dann war eine Zukunft wieder möglich, auch wenn zwischen beiden kein Unterschied bestand. Herr Schweitzer hatte sich für die psychologische Kriegsführung entschieden.

Karel Esterházy kam herein und stellte einen Koffer aus rotem Lederimitat auf den Couchtisch. Er war halbvoll mit Wäsche. Obenauf lag ein grauer Kulturbeutel.

„Ach, sieh an, sieh an, Sie wollen verreisen. Wohin soll's denn gehen?“ fragte Herr Schweitzer, gleichermaßen verwegen wie einfühlsam. Und schob sogleich hinterher: „Sie brauchen's mir nicht zu sagen. Jeder Mensch braucht seine Geheimnisse. Es geht mich ja auch gar nichts an. Ich hoffe nur, daß es dort schön ist, wo Sie hinfahren. Der

Weg zum Paradies ist kürzer, als man denkt." Zur Bekräftigung des Gesagten hätte er sich gerne die Hände gerieben. Aber die waren ihm ja gebunden.

Keine Reaktion seitens des Killers. Unbeirrt setzte er sein Tun fort. Esterházy ging zum Wohnzimmerschrank, Eiche rustikal, öffnete die Seitentür und trug zwei Pullover zum Koffer. Einer davon hätte Herrn Schweitzer gehören können, so häßlich und aus der Mode gefallen wie er war. Ein dunkelbrauner Elchkopf hob sich von einem groben schwarzweißen Karomuster ab.

„Hübsch", erklärte Herr Schweitzer im Brustton der Überzeugung.

Nachdem Esterházy die Pullover hineingelegt hatte, stutzte er. Kopfschüttelnd nahm er sie wieder heraus und warf sie achtlos hinter den Sessel.

Der Gefangene setzte den einmal eingeschlagenen Weg des Psychokriegs ungerührt fort: „Ich würd's genauso machen. Wenn man sich schon absetzen muß, dann ins Warme, aber hallo. Sonne, Strand und Meer, ist auch mein Traum. Echt." Das war natürlich ein wenig geschwindelt von Herrn Schweitzer. Ab ins Lauwarme, hätte es richtig heißen müssen. „Die Badehose", lautete sein Vorschlag.

Esterházy schloß die Augen.

Was Herr Schweitzer dahingehend interpretierte, der Killer überlege, wo er seine Badehose aufbewahrte.

Das war allerdings grundlegend falsch. Denn der Esterházy dachte nicht im Traum daran, sich auf die Suche zu begeben. Er besaß nämlich gar keine Badehose. Statt dessen griff er sich sein Schießeisen, betrachtete es eingehend, ging dann die paar Schritte zum Schnüffler und hielt ihm den Lauf an die Schläfe. „Wenn du nicht sofort die Fresse hältst ..."

An Herrn Schweitzer kroch ein eiskalter Schauer hoch. Selbst in einer Sauna hätte er jetzt gefroren. Bewegungslos und mucksmäuschenstill verharrte er in seiner Position. Es war aber nicht so sehr die Knarre an seiner Schläfe, die ihm das Scheitern seiner Mission signalisierte, sondern vielmehr, daß der Esterházy vom Sie ins Du gewechselt war. Ein schlechtes Zeichen. Ein ganz, ganz schlechtes Zeichen. Bedeutete es doch, daß der Respekt vor ihm auf der Strecke geblieben war. Und ohne Respekt vor ihm, vor dem menschlichen Leben im allgemeinen, war Morden nach Herzenslust kein abstrakter Begriff mehr. Keinen Respekt hatte der Mensch beispielsweise vor Ameisen. Man zerquetschte sie unter den Fußsohlen. Es brauchte nicht einmal Absicht dahinterzustecken. Ein simpler Schritt bei einem profanen Spaziergang und flutsch, tot war sie, die Ameise. Für kleine Lebewesen war der Tod allgegenwärtig, das Leben eine völlig überschätzte Sache. Und hier und jetzt war Herr Schweitzer ein Kleinstlebewesen. Allem Anschein nach war der Esterházy gegen psychologische Kriegsführungen, egal wie raffiniert sie ausgeklügelt waren, immun.

Herr Schweitzer hätte ihm gerne gesagt, daß er damit einverstanden sei, fürderhin die Fresse zu halten. Aber das war unmöglich, er mußte ja die Fresse halten. Er nickte nur ganz leicht, nicht daß versehentlich die Pistole an seiner Schläfe losging. Das hätte ihm gerade noch gefehlt.

„Gut. Ich sehe, Sie haben verstanden."

Uff. Er siezte ihn wieder.

Esterházy steckte die SIG Sauer in den Hosenbund. „Und immer schön daran denken, ab sofort will ich keinen Ton mehr von Ihnen hören."

Herrn Schweitzers Kopf sauste auf und ab wie ein Foucaultsches Pendel en miniature und Zeitraffer.

„Ist ja gut. Jetzt hören Sie schon auf. Ihnen wird ja noch ganz schwindelig."

Wie wahr, wie wahr. Vor dem Detektiv tanzte bereits die komplette Milchstraße. Er brach seine übertrieben devote, aber vielleicht lebenserhaltende Unterwerfungsgeste ab. Seine Umgebung schwankte wie bei einem Erdbeben der Stärke sieben bis acht.

Nach dreißig Sekunden stand der Schrank wieder an seinem Platz und die Milchstraße war aus dem Fenster entfleucht. Stumm wie ein Fisch sah er dem Killer beim Packen zu. Den Tod vor Augen flüchtete sich Herr Schweitzer in bekannte und weniger bekannte Weisheiten.

‚Wer früher stirbt, ist länger tot' – nee, nicht gut, gerade äußerst unpassend.

‚Leben und leben lassen' – na ja, aber weiß das auch der Esterházy?

‚Das Leben besteht aus vielen Höhen und Tiefen, man darf nur nicht im Tief steckenbleiben' – stimmt, im Tief steckte er, Leugnen zwecklos.

Mitten in seine philosophischen Betrachtungen platzte Esterházys Frage: „Haben Sie auch Kinder?" In der Hand hielt er einen Bilderrahmen.

Von seiner Warte aus betrachtet, befand sich Herr Schweitzer nun in einer Zwickmühle, wie sie verzwickter kaum hätte sein können. Da war einerseits der Befehl, die Fresse zu halten, dessen strikte Einhaltung der Pistole wegen nachgerade existenziell geboten war, andererseits die nun höflich an ihn gerichtete Frage, deren Beantwortung genau so dringlich erforderlich erschien. Auch der Pistole wegen.

Herr Schweitzer wäre nicht Herr Schweitzer, fände er keinen Ausweg. Lautlos schüttelte er den Kopf.

„Dann können Sie auch nicht wissen, wie es ist, wenn einem das Kind vor den eigenen Augen krepiert."

Nein, wissen konnte er das nicht. Er überlegte, ob nun von ihm ein Kommentar erwartet wurde. Sicherheitshalber und auch weil sich die Methode bewährt hatte, schüttelte Herr Schweitzer seinen Kopf abermals.

„Glauben Sie mir, es gibt nichts Schlimmeres auf der Welt."

Er nickte.

„Von einem auf den anderen Tag liegt das ganze Leben in Trümmern." Karel Esterházy drehte den Bilderrahmen um, so daß Herr Schweitzer in das Gesicht eines kleinen Mädchens blickte. „Hier, sehen Sie, meine Tochter. Sandra. So hieß sie. Sandra. Totgefahren von diesem Auer. Finden Sie nicht auch, daß ich gar nicht anders konnte? Ach, was verstehen Sie schon davon."

Herr Schweitzer war natürlich heilfroh, angeblich nichts davon zu verstehen. So konnte er die Antwort schuldig bleiben.

Der Killer wickelte das Bild in ein Handtuch und verstaute es bruchsicher zwischen Shirts und Hosen im Koffer. Nachdem er noch ein Paar Turnschuhe hineingelegt hatte, legte er den Deckel um und drehte am Zahlenschloß. Danach stellte er den Koffer auf den Boden und legte seinen roten Reisepaß sowie einen Umschlag auf den Tisch.

Herr Schweitzer erkannte das Logo eines Reisebüros. Gerne hätte er den Inhalt gesehen. Nicht das Ziel wollte er in Erfahrung bringen, sondern das Datum des Abflugs. Schon seit jeher interessiert sich der Mensch für den eigenen Todeszeitpunkt. Nicht alle. Aber die meisten. Und Herr Schweitzer war gerade jetzt – sonst eher nicht – einer von den meisten. Das Abflugsdatum spielte dabei eine nicht ganz unwichtige Rolle. Denn wenn er, der Esterházy, tatsächlich vorhatte, ihn, Herrn Schweitzer, zwecks Ausrottung von Personen, die bei der Flucht ins Paradies hinderlich waren, zu eliminieren, so müßte dies stringent noch vor dem Abflug geschehen. Doch des Detektivs Wissensdurst blieb vorerst ungestillt.

„Sie können sich jetzt ein wenig hinlegen und schlafen. Am späten Abend müssen wir fit sein. Da haben wir noch einiges vor." Der Killer setzte sich in den Sessel, legte die Beine auf den Tisch und machte es sich mit einem großen Kissen hinter dem Kopf gemütlich. Die SIG Sauer klemmte er unter den rechten Oberschenkel.

Hä? Hat der sie noch alle? Wie soll ich jetzt schlafen können? Ich schwebe hier in höchster Todesgefahr und der Typ meint, ich könnte mich auf Knopfdruck von allem Unbill befreien. Der hat leicht reden. Na ja, sagte sich Herr Schweitzer, hinlegen kann ich mich ja mal. Auf den Pobacken balancierend hievte er seine geschnürten Beine unter dem Couchtisch hervor.

Dann lag er und starrte die Decke an. Schön war sie nicht. Mehr so aus der Kategorie Schnäppchen. Schlichtes Holzimitat in einer hellen Farbe, der man schon von weitem die chinesische Kunststoffabrik ansah. Herr Schweitzer schloß die Augen und versuchte zu denken.

Eigentlich hatte Esterházy nicht vor, den dicken Detektiv in Lebensgefahr zu bringen, geschweige denn, ihn mittels finalen Todesschusses … Asche zu Asche, Staub zu Staub.

Eigentlich. Eigentlich ein komisches Wort, das eigentlich das Gegenteil von dem impliziert, was man ursprünglich, also eigentlich, gemeint hat. Der geneigte Leser spürt bereits, daß das mit Herrn Schweitzers Überleben eine sehr delikate Sache war. Und so war es auch, sehr heikel das Ganze. Dazu hätte es nicht kommen brauchen, aber unvorhersehbare Ereignisse machten einen Strich durch Esterházys Rechnung.

Zunächst einmal servierte der Killer gen zwanzig Uhr dreißig ein frugales Mahl. Brot mit Käse ohne Butter.

Mit einem Teppichmesser befreite Esterházy die Hände seines Gefangenen. „Bier, Wein, Wasser?“

Na, immerhin etwas. Herr Schweitzer nahm das als Zeichen für eine zumindest temporäre Unterbrechung des Redeverbots: „Wein. Bitte. Wenn's recht ist.“

„Es ist recht“, sagte Esterházy mit einer Spur Süffisance, schenkte einen kleinen Schluck in den Römer und hielt die Flasche so, daß Herr Schweitzer das Etikett lesen konnte.

Secua tinto 2004, finca la estacada, las Herr Schweitzer, tippte auf Spanien, kostete und nickte. „Ausgezeichnet.“

„Das freut mich. Es ist nämlich der einzige, den ich Ihnen anzubieten habe.“ Esterházy schenkte großzügig ein. Er selbst trank Wasser. „Guten Appetit.“

Waren seine Gedanken zuletzt anderweitig beschäftigt, so merkte er nun, wie groß Hunger und Durst derweil geworden waren. Sogar das Käsebrot verströmte das Aroma eines von Meisterhand zubereiteten Coq au vin. Herr Schweitzer ließ es sich schmecken.

Zwischen zwei Bissen sagte der Killer unvermittelt: „Ich habe nicht vor, Sie zu töten. Voraussetzung ...“

Gewöhnlich sagt man Männern nach, sie seien nicht multitaskingfähig. Herr Schweitzer in bestimmten Situationen aber schon. Er kaute und verdaute und war trotzdem in der Lage, die Tragweite des soeben Gesagten zu erkennen. Das Leben schien es wieder gut mit ihm zu meinen. Flugs hakte er nach: „Ja?“

„Voraussetzung ist natürlich, daß Sie mitspielen. Keine Dummheiten und so.“

Herr Schweitzer war nicht der Dümmsten einer: „Natürlich. Ich werde tun, was immer Sie sagen.“

„Gut. Alles, was ich brauche, ist ein kleiner Vorsprung. Morgen früh bin ich weg.“

„Klar, verstehe“, kommentierte er diesen redlichen Vorschlag zuversichtlich. „Von mir haben Sie nichts zu befürchten. Ich warte hier und schweige wie ein Grab."

„Nee, nee, nee, Sie sind mir vielleicht einer. So einfach ist das auch wieder nicht. Ich kann Ihnen unmöglich trauen. Das müssen Sie verstehen."

Herr Schweitzer, der gerade noch sein Überleben mit einer Militärparade feiern wollte, wurde nachdenklich. Er selbst fand seinen Vorschlag nämlich geradezu genial. Aber wenn der Killer sagt, so einfach sei es nun auch wieder nicht, dann war dem eben so. Und so kurz vorm Ziel riskiere ich lieber nichts mehr. „Ich verstehe."

„Schön. Wir machen es wie folgt ..." Karel Esterházy erhob sich, ging ein paar Schritte zur Tür, blieb stehen, kehrte um und griff sich die SIG Sauer. „Hätte ich jetzt glatt vergessen."

Zurück kam er mit einer kleinen weißen Schachtel. „Das sind die Schlaftabletten meiner Frau."

„Wo ist sie?"

„Tot."

„Mein Beileid."

„Halb so schlimm." Esterházy öffnete den Verschluß der Wasserflasche und bröselte drei Tabletten hinein. „Das müßte reichen. Danach schlief Vera immer wie ein Murmeltier. Zwölf Stunden und mehr an einem Stück." Dann hielt er kurz inne und blickte nachdenklich auf Herrn Schweitzer. „Aber vielleicht, Sie sind ja viel, äh, umfangreicher als Vera. Das reicht womöglich doch nicht." Sprach's und zerkleinerte eine vierte Tablette.

„Das soll ich jetzt trinken?"

Der Killer schien über diesen Vorschlag nachzudenken. Doch, wie wir bereits wissen, gehörte er zu der Sorte Mensch, die einmal gefaßten Entscheidungen bedingungslos folgten. Ein Plan ist ein Plan und Abweichungen davon konnten übel enden. „Nein, nicht jetzt. Später. Ich will nicht, daß Sie bei mir in der Wohnung bleiben." Er sah auf die Wanduhr. „Wir warten noch ein halbes Stündchen, dann gehen wir."

„Wohin?"

„Keine Angst, es ist nicht weit."

Das halbe Stündchen zog sich wie Knetmasse. Der Wein hatte dazu beigetragen, daß Herr Schweitzer sich vor Angst kaum noch ins Hemd machte und auch ansonsten recht gefaßt wirkte. Er schmiedete bereits Pläne für die nahe Zukunft. Und die sahen so aus: Schoppe in'n Kopp und das in Begleitung von Giorgio-Abduls zweitem Gratisjoint. Das hatte er sich aber mal so was von verdient, fand er.

Dann war es um, das halbe Stündchen.

„So, gehen wir. Die Pflicht ruft", erklärte Esterházy. „Sie nehmen bitte den Koffer. Ihren Autoschlüssel haben Sie?"

„Ja, aber meine Füße ..."

Der Killer klatschte sich an die Stirn und gab ein Geräusch von sich, das dem Glucksen einer Henne ähnelte. „Mann, Mann, Mann, was bin ich vielleicht blöd. Das hätte ganz schön affig ausgesehen, wenn Sie mit Fesseln zum Auto gehopst wären. Da könnte ich ja gleich selbst die Polizei rufen. Mann, Mann, Mann." Mit einer Schere durchschnitt Esterházy das Klebeband und entfernte die Reste.

Herr Schweitzer schnappte sich den Koffer. Obwohl er beim Packen zugesehen hatte, war er doch über dessen Leichtigkeit erstaunt. Seine Maria brauchte selbst für einen kurzen Wochenendtrip bedeutend mehr. Ohne daß es abgesprochen gewesen wäre, ging er voraus und wartete, bis Esterházy die Wohnungstür abgeschlossen hatte. Herr Schweitzer wußte, was sich zwischen Gefangenen und bewaffneten Wärtern so gehörte.

Die Dämmerung hatte bereits eingesetzt. Unten öffnete der Killer den Briefkasten und kontrollierte ein letztes Mal seine Post.

Sie mußten warten, weil sich von Sachsenhausen her ein Rettungswagen mit Blaulicht und hoher Geschwindigkeit näherte.

Dieser Vorgang wurde vom Killer mit den Worten kommentiert: „Ja, ja, das Altersheim dort hinten. Aber so ist das immer im Hochsommer, es wird viel gestorben bei den Tattergreisen. Die trinken einfach zu wenig."

Sie überquerten die Straße. Herr Schweitzer öffnete die Heckklappe, um den Koffer hineinzulegen. Dann stutzte er.

Esterházy wartete bereits ungeduldig an der Beifahrertür. „Was ist?"

Es sei jetzt mal dahingestellt, ob seine Begriffsstutzigkeit der immer noch mörderischen Hitze oder dem Umstand geschuldet war, daß Herr Schweitzer vorher noch nie einen VW Käfer gefahren hatte, jedenfalls kam ihm das, was er sah, ganz und gar nicht geheuer vor. Es war kein Platz mehr für den Koffer. Und er, Herr Schweitzer, war vorübergehend ziemlich aufgeschmissen.

Übellaunig kam der Killer heran und besah sich das Problem, was strenggenommen aber keins war, denn Käfer wurden schon ab Werk stets mit Heckantrieb geliefert; daran hatte sich über all die Jahre, in denen das Auto vom Band lief, nichts geändert. Karel Esterházy aber hatte spontan auch nicht daran gedacht, erfaßte die Lage jedoch sofort. Schelmisch legte er den Kopf schief und fragte: „Na, Meister, und jetzt?"

„Auf den Rücksitz damit?" schlug ein noch immer schwer von Begriff seiender Herr Schweitzer zaghaft vor.

Der Killer ließ es auf sich beruhen. Er war schließlich nicht auf der Welt, um Schnüfflern Nachhilfeunterricht in puncto Kraftfahrzeugkunde zu erteilen. „Gute Idee. Der Käfer macht bestimmt so seine zweihundertdreißig Sachen, bei zwei Motoren ..."

Herr Schweitzer ahnte, daß er gerade mächtig verarscht wurde, wußte aber nicht inwiefern. Brav bugsierte er den Koffer auf die Rückbank.

Esterházy legte sich seinen kleinen schwarzen Rucksack zwischen die Beine.

Es kam, wie's kommen mußte. Der schadhafte erste Gang war komplett aus seinem Gedächtnis gebannt. Der Käfer machte einen Satz nach vorne und der Motor erstarb.

Fast hätte der Killer dabei die Knarre verloren. Im letzten Augenblick konnte er sich am Armaturenbrett abstützen. „Hey, was soll das?"

„Tschuldigung, das hatte ich total vergessen, tschuldigung. Der erste Gang ist kaputt. Ich hätte daran denken müssen. Tschuldigung."

„Schon gut. Das ist wohl nicht Ihr Wagen, was?"

„Nein, ein Kumpel hat ihn mir ..."

Esterházy fiel ihm ins Wort: „Ist ja schon gut. Umdrehen!"

„Das Auto?"

„Was denn sonst?! Wir fahren runter zu den Bootshäusern."

Mit viel Gefühl in den Beinen startete Herr Schweitzer den Käfer erneut. Diesmal klappte es. In einem eleganten Bogen wendete er.

Ein paar Minuten später parkte der Wagen vor dem zu einem Künstleratelier umgebauten alten Frachtkahn, der dort, kurz vor der Gerbermühle bei den Ruderdörfern, schon seit vielen Jahren vertäut am Ufer lag.

„Sie geben mir jetzt die Autoschlüssel, nicht daß Sie mir noch abhauen."

Das sagt sich so leicht daher, das mit dem Abhauen, dachte Herr Schweitzer. Auch wenn der Killer versprochen hatte, ihn zu verschonen, so lange er sich ihm nicht widersetzte, so war das Schießeisen weiterhin allgegenwärtig und vernichtete jedweden Fluchtgedanken schon im Ansatz. Er händigte ihm den Schlüssel aus. „Was jetzt?"

„Sie steigen aus. Dann gehen wir zusammen den Weg Richtung Gerbermühle. Da kommt dann gleich rechts eine kleine Wiese mit ein paar Bänken. Dort sitzt fast nie jemand. Ich bleibe direkt hinter Ihnen. Hocken Sie sich einfach auf eine Bank. Und immer schön an die Pistole denken."

Herr Schweitzer dachte an nichts anderes. Er stieg aus und scannte die Umgebung. Es herrschte ein Trubel wie auf der Zeil während des Weihnachtsgeschäfts. Skateboarder, Radler, Flaneure mit und ohne Hund wuselten auf den Uferwegen herum. Aus den Gärten der Gaststätten drang das übliche Stimmengewirr herüber. Noch zwei, drei Autos mehr, dann müßte der Parkplatz wegen Überfüllung geschlossen werden. Kurzum, halb Frankfurt schien sich vorgenommen zu haben, auf Deibel komm raus der mediterranen Lebensweise zu frönen; auch in den Ländern rund ums Mittelmeer begann das Leben erst nach Sonnenuntergang. Das Thermometer zeigte noch immer über dreißig Grad an. Zu Herrn Schweitzers Leidwesen stagnierte auch die Luftfeuchtigkeit kurz vor der Grenze zum Gewitter. Jeder Schritt brachte einen neuen Schweißausbruch mit sich.

Die erste Bank war von einem Liebespaar besetzt. Ohne dazu aufgefordert worden zu sein, steuerte er von sich aus auf die letzte Bank zu. Etwas weiter ab vom Schuß, so hat er es bestimmt gerne, der

Esterházy, überlegte Herr Schweitzer und stampfte durchs hohe Gras.

„Stop. Gut so. Setzen!“

Eine geglückte Flucht, auch wenn er dabei hätte rennen müssen, wäre zwar besser gewesen, aber auch Sitzen hatte was. Mit einem lauten Schnaufer ließ sich Herr Schweitzer nieder. Zu seiner eigenen großen Überraschung war er nun ganz ruhig. Kein überhöhter Puls machte ihm mehr zu schaffen und auch seine Angst war wie weggeblasen. So wie's aussah, lief alles nach Plan. Nach Esterházys Plan. Er nahm ihn als gegeben hin. Alles andere wäre auch immens illusorisch gewesen. Na gut, dann trinke ich halt meinen Schlaftrunk, wache morgen auf der Bank wieder auf, der Killer wird über alle Berge sein und das Leben wird seinen gewohnten Gang nehmen.

„Schön hier, was? Ich sitze oft hier. Ich meine, ich habe hier oft gesessen. Im Sommer. Manchmal auch im Winter, ein paar Minuten.“

„Ja, sehr hübsch, das Plätzchen“, bestätigte Herr Schweitzer, der hier schon oft vorbeigekommen war. Meist mit Maria, wenn sie zur Stärkung im Restaurant der Gerbermühle eingekehrt waren. Weiter waren sie selten spaziert, irgendwo dort hinten lag nämlich Offenbach. Und dorthin geht der Frankfurter nicht, sofern sein Sinn für Ästhetik nicht völlig verquer ist.

Karel Esterházy hatte seinem Rucksack die Wasserflasche entnommen. „Es tut mir leid, aber es geht nicht anders. Sie müssen das jetzt trinken. Lassen Sie sich Zeit, es pressiert nicht.“

Herr Schweitzer nahm die ihm dargebotene Flasche. Bevor er ansetzte, fragte er vorsichtshalber: „Und da sind wirklich nur die Schlaftabletten drin und kein anderer Chemie-Dreck?“

„Ich schwöre. Nur die Tabletten. Sie haben mir doch dabei zugesehen.“

Er fügte sich in sein Schicksal, das so schlimm nicht war. Noch nicht. Herr Schweitzer leerte die Flasche zu einem Drittel. „Iiih, schmeckt das scheußlich. Wie lange dauert es, bis die Wirkung einsetzt?“

„Unterschiedlich. Kommt drauf an, ob Sie sonst auch regelmäßig Tabletten nehmen.“

„Nein, nur bei Zahnschmerzen.“

„Das ist gut. Ich würde sagen, in spätestens einer Dreiviertelstunde sind Sie weg vom Fenster.“

Es mag einem grotesk vorkommen, wie einträchtig der Killer und Herr Schweitzer miteinander plauderten. Aber das Leben ist halt nicht schwarz-weiß, wie es Hollywood seinem Publikum suggeriert. Das wirkliche Leben besteht aus Zwischentönen und Grauschattierungen. Was Herrn Schweitzer betraf, so hatte er einfach keine andere Wahl, man bedenke die SIG Sauer, als das Spiel mitzuspielen, grotesk hin, grotesk her. Er nahm einen großen Schluck aus der Flasche.

Die nächsten zehn Minuten saßen sie schweigend beisammen und betrachteten jeder für sich und in Gedanken versunken die noch immer in großer Zahl an ihnen vorbeischlendernden Menschen. Karel Esterházy sah sich in Rio bereits dem Flieger entsteigen, während Herr Schweitzer auf die Wirkung der Schlaftabletten wartete.

Weitere fünf Minuten vergingen, die Flasche war restlos geleert, als sich ein wohliges Gefühl vom Magen ausgehend im Aushilfsdetektiv verbreitete. Wie bei einer Massage entspannte er mehr und mehr. Er streckte die Beine von sich und legte seine Hände in den Schoß. Hin und wieder machten seine Äuglein Anstalten, sich zu verabschieden. Aber Herr Schweitzer wehrte sich. Es war ein schönes Gefühl und er wollte es so lange wie möglich auskosten. Ein Kokon aus butterweichen elastischen Fäden umspannte ihn und machte jede Bewegung unmöglich. Er ließ sich treiben und fühlte sich eins mit den von den Laternen illuminierten Bäumen und Sträuchern. Ein kleiner rosa Vorhang hatte sich in sein Blickfeld geschoben.

Der Killer betrachtete die Veränderungen seines Gefangenen mit Wohlwollen. Seine Befürchtung, die Tablettenration könnte eventuell zu gering ausgefallen sein, bewahrheitete sich nicht.

Urplötzlich und ohne jede Vorwarnung brach in dieser heimeligen Idylle das blanke Chaos aus. Und niemand war darauf vorbereitet, am allerwenigsten Herr Schweitzer.

Von rechts, also von der Gerbermühle her kommend, näherte sich ein Pärchen, das auf den ersten Blick nicht anders aussah, als all die anderen Verliebten, die diese sternenklare Nacht für einen romantischen Spaziergang nutzten.

Trotz der dunklen Baseballkappe und seiner in immer kürzer werdenden Abständen zufallenden Augenlider erkannte Herr Schweitzer den seine weibliche Begleitung um mindestens zwei Haupteslängen überragenden Mann sofort. Und ebenso schnell, wie das Pärchen aufgetaucht war, verfiel er für Sekundenbruchteile in eine Art Schockstarre. Was er sah, war entschieden zu viel und verhieß nichts Gutes. Unaufhaltsam näherte sich das Ende all seines Strebens und Trachtens auf Erden. Seine Zukunftspläne zerplatzten, als hätte es sie nie gegeben. Herr Schweitzer wähnte sich vom Wahn besessen und konnte sich nur noch in die Hoffnung flüchten, die Götter mögen gnädig mit ihm sein und ihn nicht allzu lange leiden lassen.

Zuerst dachte der Killer, die Ursache für die unruhig zuckenden Augen des Schnüfflers läge in einer Überdosierung des verabreichten Narkotikums. Dann sah er, wie sich Herrn Schweitzers Mund mehrfach öffnete und wieder schloß, als wolle er ihm etwas mitteilen, was aber offenbar von einer unsichtbaren Macht verhindert wurde. „Ist Ihnen nicht gut?“ fragte er besorgt.

Herr Schweitzer wollte die Hand heben, schaffte es aber nicht. Die außerordentliche Erregung, die von ihm, Gottes momentan einsamster Kreatur, Besitz ergriffen hatte, erlaubte nur mehr ein Stottern: „Der da, der da, der da.“ Es klang, als übe er ein neues Wort.

Der da, der da, der da. Damit war der Hüne gemeint. Genau. Der Hüne aus der Alten Oper. Der Typ, der ihn schon damals angesehen hatte, als sei Lynchjustiz gerade sehr im Kommen, als wäre sie der letzte Schrei. Ein Schrei, der Herrn Schweitzer gerade auf der Zunge erstarb.

Karel Esterházy konnte die Panik seines Sitznachbarn im Augenblick nicht einordnen. Er besah sich den männlichen Teil des Pärchens, das im Abstand von etwa vier Metern an ihnen vorüberging. Obschon er nichts Außergewöhnliches entdecken konnte, schob er seine Hand nicht gerade unauffällig unter sein Hemd, wo die SIG Sauer steckte. Es mag komisch klingen, aber der Killer fühlte so etwas wie Fürsorgepflicht für seinen Gefangenen. Oder: Meines Freundes Feinde sind auch meine Feinde.

Die Situation eskalierte völlig, als auch der Hüne ganz kurz glaubte, den dicken Typ neben Esterházy auf der Bank zu kennen. Bislang hatte er ihn nur von weitem gesehen, meist mit Hilfe des Fernglases.

Abrupt blieb er stehen und drückte Doris Brenn-Scheidler dergestalt feste den Unterarm, daß diese leise aufschrie.

Selbst der dämlichste aller Serienkiller hätte nun erkannt, daß hier irgend etwas ganz und gar nicht stimmte. Die Bewegung, mit der Esterházy seine Pistole zog, war wie aus einem Guß. Er wußte zwar nicht welche, aber daß das Pärchen dunkle Absichten verfolgte, war sonnenklar. „Stop! Stehen bleiben! Keine Bewegung!“ Mit einem beherzten Sprung ging er hinter der Lehne in Deckung.

Alles in allem waren vielleicht sechs oder sieben Sekunden verstrichen, seit er den Hünen erkannt hatte. Weder diese noch die nächsten waren dazu angetan, Herrn Schweitzer rühmlich in der Sachsenhäuser Chronik bemerkenswerter Kriminalfälle zu verewigen. Von einem bronzenen Heldendenkmal mal ganz zu schweigen. Die Schlaftabletten forderten unverzüglich ihren Tribut. Er sah noch, wie der Hüne die Hände in den Himmel streckte und Doris Brenn-Scheidler sich auf die Seite fallen ließ.

Den ersten Schuß bekam er noch am Rande mit. Der zweite peitschende Knall sorgte dafür, daß Herr Schweitzer in ein tiefes schwarzes Loch fiel. Sein Kopf sackte nach hinten.

Vor den Mauern war allerhand los. Draußen tobte der Mob. In Ermangelung geeigneterer Waffen wurden Knüppel geschwungen und messerscharf geschliffene Sensen brünstiger Halbstarker glänzten im Sonnenlicht. Er, Herr Schweitzer, fühlte sich in die Enge getrieben. Viele seiner Soldaten waren bereits zum Feind übergelaufen. Und keine Spur vom König weit und breit. Lange würde die Bastille nicht mehr zu halten sein. Mit ernstem Gesicht überbrachte ihm sein Adjutant die Nachricht, auf der Zugbrücke warte einer mit Parlamentärflagge. Mit betont forschen Schritten, die seine Angst übertünchen sollten, ging er zum hölzernen Haupttor und öffnete ein Guckloch.

Was Herr Schweitzer sah, war ebenso furchterregend wie unmöglich. Denn der Revolutionär, der die weiße Flagge und einen Wisch in Händen hielt und ihn angrinste wie ein Honigkuchenpferd, war kein geringerer als der Hüne aus der Alten Oper. Mit galoppierendem Herzen schloß er das Guckloch. Was macht der Arsch hier in Paris? Warum ist er nicht in Frankfurt, wo er hingehört?

Als sei dies nicht schon genug des Unsinns, kam auch noch Marquis de Sade herangewatschelt und teilte ihm freudestrahlend mit, im Großen Saal sei alles für die von ihm, Kommandant Schweitzer, befohlene Sexorgie vorbereitet und römische Lustknaben würden gefesselt und nackt auf ihren Einsatz warten.

Noch viel mysteriöser wurde das Spektakel, als ihm wohlbekannte Stimmen ins Ohr drangen.

„Na ja, sagen wir mal so, mein Simon kann auch ohne Schlaftabletten so lange schlafen."

„Wollen wir ihn nicht langsam mal wecken? Immerhin schläft er jetzt schon fünfzehn Stunden. Das kann doch nicht gesund sein."

„Gesund ist das schon. Behauptet zumindest Simon immer. Aber wecken können wir ihn trotzdem so langsam."

Als ihn eine zarte Hand an der Wange streifte, zuckte Herr Schweitzer zusammen. War es der Hüne, der ihn zu enthaupten gedachte, oder war es der Marquis, dem die römischen Lustknaben nicht pervers genug waren und der sich statt dessen an einen unschuldigen Sachsenhäuser Privatdetektiv heranmachte?

Da ihm aber beide Optionen völlig indiskutabel erschienen – weder wollte er seinen eigenen Kopf rollen sehen, noch stand ihm der Sinn nach frivol-sadistischem Lustgewinn –, zog Herr Schweitzer die Trumpfkarte, indem er die Augen öffnete. Drei Personen standen um sein Bett herum.

Maria von der Heide – kenne ich, meine Freundin.

Doris Brenn-Scheidler – kenne ich auch, ist die Freundin vom Schmidt-Schmitt, der mein Kumpel ist.

Der Hüne – ist mir nur allzu gut bekannt. Leider. Wollte mir schon wiederholt ans Leder und schreckt wahrscheinlich vor überhaupt nix zurück.

Zwei komplett verschiedene Gefühlswelten kollidierten nun miteinander. Zum einen war da natürlich der Fluchtgedanke, der zum Repertoire eines jeden aufs Überleben geeichten Menschen gehört, zum anderen Herrn Schweitzers Bedürfnis nach Liebe, Harmonie und Geborgenheit. Des Hünen wegen schloß er die Augen, Marias wegen spitzte er die Lippen.

Prompt wurde er geküßt. „Hallo, Schatz. Wie geht es dir?"

Das würde Herr Schweitzer auch gerne wissen. „Weiß nicht", antwortete er schnell, schob jedoch sogleich die Frage hinterher: „Was will der große Mann an meinem Bett?"

„Du meinst Hauptkommissar Krajczek?"

Herr Schweitzer ließ seinen Blick durch den Raum wandern. Er erkannte Marias Schlafzimmer, aber außer dem Hünen keinen zweiten Mann. „Hauptkommissar? Wieso Hauptkommissar?"

„Weil ich vor zwei Jahren befördert worden bin", ertönte eine sonore Baßstimme. „Deshalb."

„Ach."

„Kann es sein, daß Sie die Gefahr lieben?"

Hm? Meint der jetzt die Gefahr, in die man sich begibt, wenn man in der Alten Oper versehentlich einen Wecker zum Rasseln bringt? Oder jene, die das Aufspüren von Serienkillern naturgemäß nach sich zieht? Apropos Serienkiller: „Was ist mit Esterházy?"

Als habe sie nur auf dieses Stichwort gewartet, mischte sich Doris Brenn-Scheidler ins Gespräch ein: „Verletzt. Knieschuß. Ich habe ihn erwischt, nachdem er den Hauptkommissar fast ..." Ihre Stimme brach weg.

Krajczek ergänzte: „Halb so wild. Wir haben ihn verhaftet wegen des Mordes an Jens Auer."

„Nur?" fragte Herr Schweitzer, der sich vage an einen Gesprächsfetzen mit dem Killer erinnerte. Sein Gedächtnis bezüglich der Geschehnisse am Main war größtenteils den Schlaftabletten zum Opfer gefallen.

Der Hauptkommissar, etwas erbost: „Wieso nur? Ist das nicht genug? Absichtlich töten wir niemanden."

„Ja, nein. Ich meine, was ist mit den zwei anderen Opfern?"

Doris und Krajczek sahen einander an.

Der Hauptkommissar: „Hat er Ihnen erzählt, daß er auch den Sattler und den Decker ..."

„Nein. Nicht direkt jedenfalls. Nur so eine komische Andeutung."

Krajczek zuckte mit der Schulter. „Andeutungen helfen uns nicht weiter. Na ja, die Vernehmung steht ja noch aus. Vielleicht gesteht er die noch. Die Pistole ist jedenfalls die Waffe, mit der der Taxifahrer erschossen wurde."

Na ja, dachte auch Herr Schweitzer, letztendlich ist es egal, ob einer wegen eines oder mehrerer Morde zu Lebenslänglich verdonnert wird. In Karel Esterházys Alter sowieso. Jemals wieder auf freien Fuß zu kommen, kann der sich mal so was von abschminken. Aber eine nicht ganz unerhebliche Frage blieb noch: „Wieso seid ihr eigentlich so plötzlich an der Gerbermühle aufgetaucht?"

Doris Brenn-Scheidler schien um ein paar Zentimeter zu wachsen. Jan-Peter Krajczek überließ ihr generös die Lorbeeren. „Tja, Simon. Wie soll ich's sagen?"

„Versuch's einfach mal."

„Also gut. Der Mischa hat ja immer in den höchsten Tönen von dir und deinem Spürsinn geschwärmt."

„Aber er hat mir nicht geglaubt."

„Na und, macht doch nichts. Ich ... wir, Krajczek und ich, haben dir geglaubt. Okay, sicher waren wir uns natürlich auch nicht. Aber es war immerhin eine kleine Spur. Wir hatten ja sonst nichts. Vor knapp zwei Tagen haben wir dann damit begonnen, Esterházy zu observieren. Einquartiert haben wir uns bei einer netten alten Dame im Haus schräg gegenüber. Und als du dann plötzlich aufgetaucht bist ..."

„Wir mußten schon zwei Mal hingucken", fuhr der Hauptkommissar fort, „um die Pistole zu sehen, mit der der Esterházy Sie in den Käfer genötigt hat. Da wußten wir, daß wir so schnell wie möglich handeln mußten."

Doris: „Ja, genau. Wir haben uns dann auch sofort an eure Fersen geheftet, sind euch mit dem Auto gefolgt. Und an der Gerbermühle haben wir einen auf Liebespaar gemacht. Aber, zum Glück ist ja alles noch mal gutgegangen. Das einzige, was uns noch fehlt, ist deine Aussage. Aber das eilt nicht, morgen ist ja auch noch ein Tag. Werde erst mal wieder gesund."

Hä? Spinnt die? Ich bin doch gesund! Zur Demonstration seines Wohlbefindens brachte Herr Schweitzer seinen Oberkörper in die Senkrechte. „Ich bin doch ..."

... mit den Nachwirkungen von Schlaftabletten nicht vertraut, hätte man den Satz vollenden müssen. Ihm war schwindlig wie nach einer rasanten Achterbahnfahrt. Auch die tanzende Milchstraße rückte wieder in sein Blickfeld. Stöhnend ließ er sich zurück ins Kissen fallen. „Puh. Das war wohl nix. Einverstanden, meine Aussage, morgen."

Doris Brenn-Scheidler legte ihre Hand auf den Unterarm des Hauptkommissars. „Ja, Simon, wir gehen dann mal."

„Genau. Wir sehen uns dann morgen im Präsidium", sagte Krajczek und fügte zögerlich an: „Sagen Sie mal, kennen wir uns nicht irgendwoher?"

„Och nö. Glaube nicht", erwiderte Herr Schweitzer, denn schlafende Hunde soll man nicht wecken. Denn sie könnten beißen, fügte er in Gedanken hinzu.

Krajczek: „Hm, komisch. Ich bin mir fast sicher, Sie schon mal gesehen zu haben. Sie kommen mir bekannt vor. Aber egal. Ciao."

„Tschö."

„Auf Wiedersehen."

„Ich bringe Sie noch zur Tür", erbot sich Maria.

Derweil lupfte Herr Schweitzer die Bettdecke und stellte mit Erstaunen fest, daß er noch seine Jeans anhatte. Aus Erfahrung klug geworden, setzte er sich im Zeitlupentempo auf die Bettkante und entledigte sich behutsam seiner Klamotten. Er hatte nicht vor, die heimelige Bettstatt die nächsten Stunden zu verlassen.

Als Herr Schweitzer nackt, wie Gott ihn schuf, im Schlafgemach stand, kam seine Liebste zurück. „Was gibt das denn? Wird das jetzt die Geschichte von einem, der sich auszog, das Fürchten zu lehren?"

Ende der siebten Sachsenhäuser Kriminalepisode

Aus der Simon-Schweitzer-Krimireihe bisher im Röschen-Verlag erschienen:

„Simon Schweitzer – immer horche, immer gugge"(2003)
„Geiseldrama in Dribbdebach"(2004)
„Tod im Ebbelwei-Expreß"(2005)
„Die Leiche am Eisernen Steg" (2006)
„Opium bei Frau Rauscher" (2007)
„Verschollen im Taunus" (2009)
„Das Geheimnis vom Kuhhirtenturm" (2010)

Vom selben Autor:
„Tagesgeschäfte" (Erstausgabe 2002 in einem andren Verlag, seit 2005 im Röschen-Verlag). Ein Frankfurter Wirtschaftskrimi, basierend auf einer wahren Begebenheit.

Signierte Bücher können ohne zusätzliche Versand- und Portokosten direkt beim Autor bestellt werden: www.roeschen-verlag.de

Röschen-Verlag

Autor: Frank Demant

ISBN-13: 978-3-9809915-0-6
Preis: 9,30 Euro / SFr. 17,70

Simon Schweitzer - immer horche, immer gugge

Eines Tages wird Simon Schweitzer, ohne daß er es merkt, mit einer Leiche konfrontiert. Und außerdem sind da noch die zwei bis dato ungeklärten Polizistenmorde an der Startbahn West und Maria von der Heide. Die mit der atemberaubenden Figur.

Autor: Frank Demant

ISBN-13: 978-3-9809915-1-3
Preis 9,30 Euro / SFr. 17,70

Simon Schweitzer - Geiseldrama in Dribbebach

Eines tristen Tages betritt Simon Schweitzer die Filiale der Teutonischen Staatsbank, um sich über deren widerlichen Gebührenpolitik zu beschweren. Doch dann gerät er unversehens in einen Überfall, der von Anfang an etwas seltsam anmutet und sich gar arg in die Länge zieht.

Autor: Frank Demant

ISBN-13. 978-3-9809915-2-0
Preis 9,30 Euro / SFr. 17,70

Simon Schweitzer - Tod im Ebbelwei-Expreß

Schurkische Kräfte aus Rußland und Italien versuchen, im Apfelweinland Sachsenhausen Fuß zu fassen. Doch haben sie nicht mit dem Widerstand der einheimischen Bevölkerung und dem Ebbelwei-Expreß gerechnet.

Röschen-Verlag

Autor: Frank Demant

ISBN-13: 978-3-9809915-4-4
Preis 9,45 Euro / SFr. 18,00

Simon Schweitzer - die Leiche am Eisernen Steg

Alles fängt ganz harmlos mit einer Leiche am Eisernen Steg an. Dann bekommt Laura Roth, seine Untermieterin, Besuch aus Berlin, und Herr Schweitzer wird in einen Fall verwickelt, dessen Wurzeln im Dritten Reich liegen.

Autor: Frank Demant

ISBN-13: 978-3-9809915-6-8
Preis 9,30 Euro / SFr. 17,70

Simon Schweitzer - Opium bei Frau Rauscher

Herr Schweitzer, Privatier aus Leidenschaft, lebt gerne in den Tag hinein. Die Nacht widmet er intensiv der Sachsenhäuser Kneipenszene. Um diese Ausschweifungen zu finanzieren, spielt er mit dem Gedanken, eine Detektei zu gründen.

Von einer Urlaubsbekanntschaft aus Laos erhält Herr Schweitzer seinen ersten Auftrag und wird versehentlich Zeuge eines Mordes aus Eifersucht. Doch je mehr Details die Frankfurter Kripo ans Tageslicht zerrt, desto weniger glaubt er an das, was er mit eigenen Augen gesehen hat.

Autor: Frank Demant
ISBN-13: 978-3-940908-03-2
Preis 9,45 Euro / SFr. 18,00

Verschollen im Taunus

In Unterwäsche erwacht Herr Schweitzer, seines Zeichens Detektiv und Privatier aus Leidenschaft, leicht verletzt in Nachbarschaft zu einem enthaupteten Bösewicht fern jedweder Zivilisation im Taunus. Ein kleiner temporärer Gedächtnisschwund erschwert die Ursachenforschung.

Derweil ist in Frankfurt die Hölle los. Ein russischer Milliardär würde sich gerne den hiesigen Fußball-Bundesligisten unter den Nagel reißen, was aber von einem aufmerksamen Sportjournalisten recht fix aufgedeckt wird.

Und irgendwie hat das eine mit dem anderen zu tun.

Röschen-Verlag

Autor: Frank Demant

ISBN-13: 978-3-9809915-3-7
Preis 10,00 Euro / SFr. 18,50

+++Tagesgeschäfte+++

Das vorliegende Buch beruht auf einer wahren Begebenheit, die sich im Umfeld des Autors zugetragen hat. Das couragierte Verhalten eines unbedeutenden Sachbearbeiters entwickelte sich zum wohl teuersten Mobbing-Fall in der Geschichte der Bundesrepublik Deutschland.

Es ist eine Hommage an all diejenigen, die trotz größter Repressalien den Blick für Recht und Unrecht nie aus den Augen verlieren.

Autor: Wolfgang Fienhold

ISBN-13: 978-3-940908-00-1
Preis 9,80 Euro / SFr. 20,30

Kaputt in Frankfurt

Harry 1968: Er ist jung, groß, wild, unglaublich attraktiv, dazu mit einem außergewöhnlichen IQ ausgestattet, ein Spieler, Genießer, Biertrinker, Frauenversteher – kurz: ein Liebling der Götter. Für ihn gelten nur seine Regeln; er will alles und das sofort, als da wären Geld, Gold, schnelle Autos, Frauen, Partys, Sex, Drugs und Rock'n'Roll. Sein Leben ist eine Achterbahnfahrt zwischen Kick und Absturz. Die Frauen reiht er auf wie Perlen auf einer Kette, da gibt es die edel schimmernden echten und auch die hässlichen Imitate. Insbesondere interessieren ihn Unregelmäßigkeiten – jedenfalls lässt er keine Dame auf der Bettkante schmoren.

Röschen-Verlag

Autor: Wolfgang Fienhold

ISBN-13: 978-3-9809915-8-2
Preis 9,80 Euro / SFr. 20,30

Die flambierte Frau

Ein Callgirl und ein Callboy werfen ihre Klamotten zusammen und betreiben ihre Jobs von der gemeinsamen Wohnung aus, welche auch Arbeitsplatz ist. Alles läuft perfekt an, doch als Liebe ins Spiel kommt, werden die Dinge komplizierter und immer schwerer, und es ist Schluss mit der scheinbaren Leichtigkeit des Seins. Die flambierte Frau ist ein Roman über Leidenschaft und Obsession, der in all den Jahren nach der Erstveröffentlichung nichts von seiner Originalität und suchterzeugenden Wirkung verloren hat. Ein zeitloser Klassiker, der buchstäblich unter die Haut geht.
